AF142872

Dans la série :

« Putain d'oiseau »

Éditeur BoD-Books on Demand

12/14 rond-point des Champs Élysées, 75008 Paris

Impression : Bod-Books on Demand, Norderstedt, Allemagne

ISBN : 9782322198733

Dépôt légal :février 2021

Meurtres sur le Nil

OU

L'œil d'Horus

Pierre DABERNAT

Musée Georges Labit

Je ne comprends pas ce que je fais ici. Je suis étendu sur le sol et j'ai mal à la nuque. Il fait noir et devant moi, un rayon de lumière éclaire le visage d'une petite fille. Ce rayon provient de la torche qui m'a échappée des mains. Je ne vois pas d'autres explications car je sais que c'est la mienne.

La petite fille est minuscule. Est-ce mon imagination ? Elle est nue et se tient droite comme un piquet. Son bras droit est collé à son corps et l'autre posé en travers de sa poitrine, sous ses jolis seins menus. Son visage est hermétique.

Je rampe avec difficulté vers la torche car j'ai toujours mal. Dès que je peux m'en saisir je l'oriente un peu plus haut. Cette fois-ci, j'aperçois deux géants, comparé à la taille de la petite fille. Un homme avec une barbe noire carrée et des cheveux tressés. Il fixe quelque-chose au-dessus de moi. Il est vêtu d'un vêtement ocre. Son bras gauche est posé sur les épaules d'une femme, avec des yeux immenses. Elle aussi possède une chevelure abondante. Ils sont installés sur une sorte de banc en pierre. La petite-fille semble encore plus fluette, dressée ainsi entre leurs pieds.

Voilà ! Cela me revient. C'est la famille Renout. Ils ne sont pas réels. C'est un ensemble statuaire égyptien en calcaire peint. Si je me souviens bien, il y a aussi de chaque côté, la représentation de leurs deux fils. Cette statuette provient de Thèbes. Merde ! On m'a assommé et soudain l'angoisse saute comme un bouchon de champagne. J'ai brusquement envie de vomir.

Je suis toujours incapable de me relever. La lumière de la torche vacille dans l'obscurité et se fixe sur Isis allaitant son fils Horus. Cette fois c'est un bronze de la basse Égypte. Et plus loin, c'est encore lui, mais représenté sous la forme d'un faucon pèlerin. Un autre bronze incrusté. Les yeux sont en obsidienne et le larmier en lapis-lazuli. Un larmier c'est le coin des yeux où les larmes s'écoulent. C'est le conservateur du musée qui me l'a dit. Je suis affecté au musée Georges Labit depuis quinze jours et ce n'est pas parce que je ne suis qu'un simple vigile que je ne m'intéresse pas à l'art. Au contraire ! J'ai sauté de joie quand le chef m'a nommé sur ce nouveau poste de nuit. Je viens à peine d'être titularisé.

Peu à peu, mes forces me reviennent. Je me tiens debout et je braque la torche vers la vitrine. Je remarque que la serrure est fracturée et qu'il manque une pièce. Une seule, car je viens de voir les autres. La peur revient comme un boomerang. Je pivote et je me trouve nez à nez avec un autre homme. Celui-là, n'est pas en bronze ni en calcaire. Je ressens une douleur fulgurante dans le ventre qui me coupe le souffle. Je me plie en deux et je m'écroule à nouveau sur le sol.
Je tente de garder le peu de conscience qui me reste pour ne pas sombrer. Je me laisse aller sur le côté et j'observe un court instant mon agresseur. Je ne distingue qu'une ombre. Il a pris la torche et m'éblouit avec. Il a une arme. Un révolver ou un pistolet. C'est avec cela qu'il m'a frappé au ventre. C'est un cambrioleur et je n'ai rien vu venir. Avant que je reprenne mon souffle, l'inconnu m'a posé le canon sur la tempe. Je comprends qu'il va me tuer.
Je voudrais lui dire que je n'ai pas vu son visage. Mais la peur me cloue la langue. Je suis incapable de parler.

Je pense à ma mère qui ne m'a jamais dit qu'elle m'aimait. Et à l'indifférence de mon père. L'une c'est le pognon de la famille qui l'intéresse et l'autre c'est le tabac et l'alcool. Mais je ne vaux pas mieux ! Depuis que je suis môme, je n'ai pas cessé de les faire chier. Je leur ai tout fait. Je leur ai rendu la monnaie de la pièce. Mais dans ce musée, avec ce canon froid sur ma tête, je voudrais qu'il en soit autrement, et leur dire, malgré tous leurs défauts, que je les aime.
Il y a aussi Emilie, qui vit à Lyon et à qui j'ai fait un enfant avant de la fuir lâchement pour me réfugier dans la maison familiale avec tout son confort. Fric et employés de maison...
Je n'ai pas été fichu de faire des études. J'ai baigné dans le confort et dans la fumée du chichon. J'ai fait l'armée et je l'ai quittée dès que j'ai pu. Le seul job que j'ai réussi à décrocher,

c'est celui-là. Simple vigile. Diplôme que j'ai obtenu avec difficulté au bout de quinze jours de formation à Blagnac. Le jour de l'épreuve, j'ai failli tout foirer car j'avais bu un peu trop pour me donner du courage. Au sous-sol de l'hôtel, dans la chaufferie, il y avait un mannequin qui était étendu. Il tenait un fil électrique dans la main. J'ai failli me précipiter pour le tirer par les pieds mais je me suis souvenu à la toute dernière seconde qu'il ne fallait jamais faire ça. Sinon on était mort. Qu'il convenait de couper le jus avant de porter secours à la victime. Puis j'ai pratiqué les gestes essentiels des premiers secours, bouche-à-bouche et massage cardiaque. Le capitaine des pompiers, ainsi que le chef de la sécurité de l'hôtel, m'ont donné une note à peine moyenne. Ils avaient capté mon premier geste et j'avais brisé les côtes du moribond car mon massage cardiaque avait été trop violent. Pourquoi je pense à ça ? J'ai la bouche sèche mais je sens que je vais parler. Je le dois si je ne veux pas crever. Pourquoi le type a-t-il enlevé le canon de ma tempe. Il vient d'y poser quelque-chose de doux à la place. Mais c'est quoi ? Merde ! On dirait un vêtement, un pull ! Mais pourquoi ? Je ne…

David Marchand était attendu au port

La France venait de battre l'Argentine pour son premier match de la coupe du monde de rugby sur le stade flambant neuf de Tokyo. Un combat rude, où les bleus avaient brillé en première mi-temps mais qui avaient bien failli tourner en débâcle durant la seconde partie. Pour une fois la chance s'était rangée du côté de l'équipe nationale, grâce à une pénalité ratée de l'Argentine à la dernière minute de la rencontre. Ouf ! On l'avait échappé belle, avait prononcé David Marchand à son voisin de gauche. Celui-ci, avait posé la Dépêche sur la tablette devant lui et avait tourné la tête vers cet inconnu qui venait de lui adresser la parole. Il prit conscience que cet homme avait parlé un peu fort mais en voyant les oreilles de ce type, bouchonnées par des écouteurs, il sut qu'il avait à faire à cette catégorie de gens qu'il n'aimait pas, celle des supporters. David avait eu les yeux rivés sur son téléphone, et il n'avait eu de cesse de bouger, de sursauter, et de souffler comme un bœuf depuis l'instant où il avait pris place sur son siège à côté du hublot de cet Airbus, qui pour une raison ignorée, s'attardait depuis plus de vingt minutes sur la piste de l'aéroport de Blagnac. Excédé, le passager, derrière son journal bougonna :
- Si cela continue je me demande à quelle heure on va arriver à Louxor ?

David Marchand avait toujours ses écouteurs et il n'avait rien compris à la remarque de son voisin. Il les enleva et dit de la façon la plus naïve qui soit, pensant qu'à cet instant précis la France entière ressentait la même émotion que lui :
- C'est génial ! Je suis sûr que nous avons une chance d'aller en quart et même plus loin !

L'homme reprit son journal et profitant du passage de l'hôtesse il demanda :
- On décolle quand ?
- Dans cinq minutes, répliqua l'hôtesse pour la dixième fois.

L'homme haussa les épaules et ouvrit largement le journal pour faire barrière à ce gêneur qui l'emmerdait copieusement. Encore un, se dit-il, qui disait « nous » en parlant d'une équipe de sport au lieu de dire « ils ». L'identification des masses populaires à tout ce qui portait les couleurs tricolores sur un stade ou ailleurs l'horripilait. Enfin, l'avion se bougea et se positionna sur la piste.

David Marchand avait bien compris le message du paravent en papier. De son côté, il voyait d'un mauvais œil tous ces bobos écolos qui ne buvaient jamais de bière et qui snobaient les gens du peuple qui s'enthousiasmaient pour les grandes rencontres de foot ou de rugby. Lui était issu de ce terreau. Il y avait grandi et cela ne l'avait pas empêché de faire des études et de réussir sa vie. Il avait été surtout bien plus malin que les autres et, même si certains souvenirs venaient parfois gêner son sommeil, il s'en était parfaitement accommodé. Il regarda sa montre Rolex en or et il marmonna entre ses lèvres :
- Pauvre con !

Ce que l'autre avait certainement entendu au vu du froissement de la page qui venait d'être tournée.
L'avion se posa sur l'aéroport international de Louxor alors qu'il faisait déjà nuit sur la ville. Chacun prit son bagage à main et s'enfila dans les couloirs, pressé de récupérer ses valises, et de passer les formalités.

David Marchand était attendu au port. C'était un homme grand et mince avec un visage en triangle avec un bouc poivre-sel qui en accentuait la géométrie. Un vrai visage de satire, se plaisait-il à ironiser lorsqu'il se regardait dans le miroir du matin. Ses yeux clairs, sous des sourcils épais et désordonnés, s'étiraient en longueur, un souvenir d'un peuple asiatique, devenu sédentaire dans le centre de l'Espagne, dont était native sa mère.

Le taxi zigzaguait dans le flot des voitures. Un autre aurait eu peur mais ce n'était pas son premier séjour en Égypte. Le quai,

à cette heure tardive était désert. Un homme qu'il avait appelé, cinq minutes auparavant, tardait à venir... Il régla le taxi et sa valise au sol, il attendit. Il en profita pour allumer une cigarette. Son regard accrocha le message explicite, sur le dos du paquet, qui mettait en garde contre la nocivité du tabac : « fumar mata ». Il n'en avait rien à fiche des recommandations hypocrites sur la santé de ses concitoyens. L'état se gavait juste sur les taxes. Et le cancer du poumon coûtait moins cher à la sécurité sociale. Ainsi allait le nouveau monde. Il avait l'habitude de se rendre à la Junquera, faire le plein de cartouches, et aussi d'alcool. Avec, de temps à autre, une visite dans un hôtel où il savait trouver de quoi satisfaire son appétence sexuelle. Malgré ses soixante-neuf ans, il se sentait un homme accompli quand il s'agissait de s'envoyer une pute. La ville frontière espagnole avait une belle réputation, notamment auprès des chauffeurs poids-lourds. Un sourire idiot s'étala furtivement sur son visage. Sa pensée avait cliqué sur l'image d'une petite chambre minable où il retrouvait cette fille incendiaire et particulièrement chère ; pour cette raison il ne fit pas attention à l'homme qui descendait du débarcadère. Celui-ci s'approcha par derrière, et lui tapa dans le dos. Revenu à la réalité il se retourna.
- Tu n'as presque pas changé.
- Banalité ! Mon vieux... Tu sais bien que les années sont là... C'est bizarre ce qui nous arrive. Tu ne penses pas ?

David Marchand tira une bouffée sur sa cigarette. Cela datait ! Une bonne trentaine d'années. S'il était là, c'était pour les mêmes raisons que son ancien collègue.

- Écoute ! reprit Amada Youssef. Allons sur le bateau ! Je vais te conduire à ta cabine. Le repas est servi dans une heure. On a le temps de prendre un verre au bar en attendant. Cette histoire m'intrigue sérieusement.

Amada Youssef avait été un des collaborateurs du célèbre ex-ministre des Antiquités, Zahi Hawass, qui avait exercé avec une certaine autorité entre 2002 et 2010. Cet homme avait la sinistre réputation d'humilier les journalistes. Aujourd'hui, il était encore une pointure, crainte et respectée... Ceci pour dire qu'Amada Youssef avait été à la bonne école.

David Marchand défit sa valise et rangea avec soin son contenu dans le placard de sa cabine. Le bateau possédait trois étages et la sienne était à l'avant, au second niveau. Il tira les rideaux mais il n'aperçut que le miroitement des lumières sur le noir des eaux du Nil. Le ciel était couvert et il n'y avait aucunes étoiles suspendues là-haut. Il rabattit d'un coup sec le rideau. La beauté du fleuve, sur un écran de lune dénudé, le laissait froid car il avait autre chose en tête.

Au bar, il retrouva Amada.
- Peut-on avoir un verre de whisky sur ce rafiot ? demanda-t-il au serveur qui ne parlait qu'anglais.

La salle se remplissait... Une bonne centaine de plaisanciers qui allaient faire partie, comme lui et comme Amada Youssef, de la croisière qui allait les conduire jusqu'aux Éléphantines et, pour ceux qui le désireraient, jusqu'au au temple d'Abou Simbel. La majorité était des fonctionnaires territoriaux en activité ou bien à la retraite de la mairie de Toulouse. Quant au reste, c'était leur homologue du ministère des Antiquités du Caire. Marchand et Youssef semblaient être parmi les doyens de ce groupe, assez bruyant pour l'heure. Au bar, le toulousain se saisit de son verre tandis qu'Amada remuait son verre de thé à la menthe. Il n'était pas question de boire de l'alcool en public !

Deux jeunes femmes se présentèrent. Une française à l'accent du midi, au visage rosé, et une égyptienne au regard étincelant. Celle-ci aussi brune que sa copine était blonde. Elles étaient les animatrices qui allaient orchestrer la croisière. La blonde prit le micro. Elle s'appelait Nathalie et elle s'occupait notamment de toute l'organisation. A son tour, Yasmine expliqua qu'elle serait de toutes les visites et que c'était elle qui les guiderait et qui leur fournirait toutes les explications historiques, toute fière de son master en histoire.

Les deux compères échangèrent un regard complice.

David jeta sèchement :

- Elle va sans doute nous en apprendre, cette petite pute !

- A ce propos, j'ai lu ton dernier livre sur Ramsès II. Cela ne t'a jamais lâché la passion, monsieur le conservateur ? Pourtant tu aurais pu passer à autre chose, après…

- Et quoi faire d'autre ? J'ai passé des années à étudier l'Égypte ancienne. Toi tu es bien resté dans le giron de Zahi Hawass, tant que tu as pu. Si aujourd'hui, tu es arrivé en haut de la hiérarchie, c'est bien grâce à lui... Au fait, pourquoi tu n'es pas à la retraite comme moi ? On a presque le même âge.

- Le régime de retraite en Égypte n'a rien à voir avec le tien.

- Tu vas me faire pleurer ! Je ne parle pas de ça.

- Tu as raison. Heureusement que je ne compte pas sur ce genre d'indemnités. Disons que je suis comme toi. Cela me passionne.

Les deux hommes éclatèrent d'un rire rapide et retrouvèrent très vite leur air de conspirateur. Amada demanda :

- Tu as reçu la lettre ?

- Oui ! répondit David, sans oser en dire plus.

La salle à manger comportait une vingtaine de tables nanties de belles et lourdes nappes en coton, avec des serviettes assorties. Nathalie plaça les convives à leur table respective. Les deux hommes n'étaient pas ensemble. Les confidences seraient pour plus tard.

Autour de la table de David Marchand, il y avait six personnes. Deux couples de vieux et un autre de jeunes gens, des novices en ce qui concernait la vie maritale. Lui avait été marié onze ans, puis un jour, il s'était débarrassé brutalement de sa femme qui l'encombrait. N'ayant pas d'enfant, et surtout un bon avocat, il avait évité le pire. Il avait de l'argent mais il n'aimait pas le dépenser en futilité. Dans son esprit, son épouse avait été une erreur de jeunesse. Et depuis, il s'était tenu éloigné des femmes amoureuses. Il donnait sa préférence à celles qui tarifaient leurs prestations sexuelles. Il était donc le seul célibataire de sa table.

A sa gauche, une femme, une brune piquante, alerte pour son âge, monopolisait la conversation. C'était une ancienne cadre de l'urbanisme. Son mari, à sa gauche, était lui aussi retraité. Il avait été le patron de la police municipale de la ville rose. Pour l'heure, il matait sa voisine de gauche. Une belle femme plantureuse qui n'hésitait pas à s'afficher avec un chemiser noir en dentelles et transparent à travers lequel un soutien-gorge rouge appelait sans équivoque au crime de la chair. Le mari était psychanalyste. La tenue excentrique et provocante de sa moitié semblait ne pas le déranger. Bien au contraire... Les apparences étaient cependant souvent trompeuses et David Marchand était bien placé pour le savoir. Quant aux deux jeunes amoureux, ils étaient aux anges. Ils venaient juste de se marier. C'était leur premier grand voyage.

De temps à autre David coulait un regard vers la table voisine ou Amada Youssef dînait. Il était entouré lui aussi de couples. Mais à la différence, lui s'était marié, et il avait eu des enfants. Tout ce que David exécrait. L'égyptien n'était pas venu pour le plaisir et il était seul. Le Nil avait été son lieu de travail durant des années. Il l'était encore... Pour lui, c'était le dernier endroit où passer des vacances.

Le repas terminé, dans le brouhaha de fin de soirée, il rejoignit Amada qui l'invita au bar du grand salon pour boire un verre.
Le fonctionnaire des Antiquités commanda un thé spécial en coulant des regards soupçonneux autour de lui. La barmaid eut un sourire complice et discrètement lui versa du whisky dans sa tasse. Elle poussa le jeu en lui demandant s'il désirait du sucre. Il haussa les épaules et faillit injurier la jeune fille. Il se ravisa à temps. David connaissait cette façon de pratiquer, surtout en période de ramadan, et dans le cercle bien sûr d'une certaine élite. Il réclama la même chose mais dans un verre et avec une double dose. Il n'appréciait pas les quantités ridicules que l'on servait habituellement dans les bars. Il demanda à Youssef :
- Tu me montres la lettre ?
Ils restèrent ensemble un moment. Puis l'égyptien s'en alla et le toulousain réclama la bouteille. Il étala un billet de cinq-cents

sur le comptoir et s'installa dans un fauteuil. Il picola une heure durant en relisant plusieurs fois la lettre, celle qu'il avait reçue et qui ressemblait en tous points à celle de Youssef. La bouteille en prit un sacré coup puis, d'un pas chancelant, il regagna à son tour sa cabine.

Malgré ses années l'homme tenait une forme physique qu'il avait intelligemment entretenue. A l'exception de quelques problèmes de thyroïdes l'ensemble fonctionnait pas mal. Il se déshabilla et débrancha la climatisation pour éviter d'avoir des crispations aux épaules. En cette saison, la température nocturne oscillait autour d'une vingtaine de degrés. Le taux d'humidité était important. En réalité, c'était une mauvaise période pour visiter la région. C'était pour cette raison que les prix des tour-opérateurs étaient attractifs.

A peine eut-il fermé les yeux, que les gros moteurs diesels se mirent en branle. La coque du bateau trembla et cela le dégagea brutalement de son premier sommeil. Durant la manœuvre, la cabine tangua légèrement. Ensuite, les moteurs cessèrent et le calme revint à bord. Le capitaine avait sans doute ses raisons. De toute manière, il n'était pas prévu de remonter le fleuve cette nuit puisqu'il y avait la visite du temple de Louxor, le matin et celle de la vallée des rois dans le courant de l'après-midi. David Marchand se retourna et ferma les yeux. Il pensa un moment à la discussion qu'il avait eu avec Youssef, et finit par s'endormir. Il ronfla plus que de coutume à cause de l'alcool. A trois heures du matin, il se réveilla et fut obligé d'aller pisser. Il avait la gorge sèche et pesta intérieurement car il n'avait pas acheté de bouteille d'eau. Il n'était pas question de boire celle du robinet. Il se remit dans le lit et resta éveillé jusqu'au petit matin.

David Marchand s'était réveillé de bonne heure. Il avait mal au dos. Il se leva et s'habilla avec lenteur. Il enfila sa saharienne et décrocha son éternel sac en cuir qu'il portait en bandoulière lors de ses déplacements. Une vieille habitude. Il y avait dedans sa vieille paire de jumelle, un Laguiole, un appareil photo, et son carnet à croquis. Les cigarettes, le briquet, les lunettes et le téléphone avaient leur place dans les poches plaquées de sa saharienne beige. Ce n'était plus vraiment la mode, cela faisait clicher, archéologue mondain, mais il n'en avait cure... Il était d'une humeur épouvantable. Sur le point de sortir de sa cabine, il vit qu'un papier avait été glissé sous sa porte. Il se pencha et s'en saisit. Il le lut et le glissa dans sa poche. Il retourna à sa valise et en sortit un objet entouré d'un chiffon. Il le soupesa et il le rangea dans son sac. Puis il sortit.

Après le petit-déjeuner, pris à la même table que la veille, avec les mêmes convives, David Marchand se leva le premier et s'en alla à l'entrée du bateau. Son compère, installé à la table, juste à côté, avait compris la manœuvre. Il avait avalé d'un trait son thé et il l'avait rejoint.

Devant le trépied qui affichait le programme de la journée, ils purent échanger à peine quelques mots mais ils furent dérangés par la belle guide égyptienne. Yasmine savait qui il était et cela lui plut. Il se demanda si elle était vénale.

- Bonjour chers messieurs ! Cette première journée est assez classique. Je vois que vous lisez mon tableau. J'espère que je n'ai pas fait d'erreur... et j'avoue que votre présence érudite me met un peu la pression. Je voulais vous dire que si vous jugez bon de prendre la parole, au cours de la visite, je n'y verrais aucun ombrage.

L'ancien conservateur toulousain répondit d'un ton aimable qu'il lui faisait entièrement confiance. Il n'était pas venu pour se faire valoir et donner une conférence. Il lui expliqua que des amis lui avaient offert ce voyage et il en avait profité pour demander à son ex-collègue, Amada Youssef, de le rejoindre sur la croisière pour évoquer le bon vieux temps.

Très vite, le groupe de touristes grossit et ils descendirent tous sur le quai. Il faisait relativement bon malgré l'heure matinale. Des nuages gris stagnaient sur le fleuve. La météo annonçait une éclaircie. Septembre en Égypte était relativement chaud et sec. La température pouvait osciller entre 25 et 40 degrés. Les bus attendaient, moteur au ralenti, et chacun monta dedans, la plupart pressés de découvrir les merveilles de Louxor. David Marchand et Amada Youssef s'en fichaient complètement. Ils allèrent se réfugier sur la banquette du fond, au beau milieu, une attitude pour décourager ostensiblement la venue d'autres personnes à leur côté. Durant le parcours les deux hommes se parlèrent à voix basse.

Le bus avait eu du mal à se frayer un chemin dans le dédale de la circulation. De nombreuses calèches, des chariots tirés par des chevaux ou des mules, des cyclistes, des mobylettes, des voitures, encombraient les rues dans un tintamarre incessant. Sur le parking du temple, il y avait déjà beaucoup de monde… Des marchands ambulants se précipitèrent à leur rencontre pour tenter de leur vendre des petites statuettes ou autres babioles. La guide leur intima de les laisser tranquille mais cela ne servit à rien.

Yasmine agita son chapeau de paille et expliqua que c'était son signe de ralliement. Puis, comme la bergère avec son troupeau de moutons, elle poussa son petit monde vers l'entrée du temple et exhiba son billet de groupe. A l'écart, les deux égyptologues regardaient d'une œil blasé les touristes ébahis, plantés comme des artichauts, devant le majestueux portique du temple et le grand obélisque qui pesait ses 375 tonnes. Ces hommes et ces femmes semblaient écrasés par tant de grandeur. Pour ceux qui débarquaient pour la première fois en Égypte, cette première rencontre était à couper le souffle. Les obélisques servaient à percer le ciel pour attirer les énergies positive du cosmos sur les temples. En 1836, le célèbre Champollion, né à Figeac, avait fait expédier la sœur jumelle de l'obélisque à Paris, cela va sans dire, avec quelques difficultés. Elle trônait de nos jours au milieu de la place de la Concorde. Mais elle ne crevait plus les nuages pour recueillir la sagesse du ciel.

David Marchand sortit son paquet de cigarette et en offrit une à Amada Youssef qui refusa. Celui-ci paraissait anxieux.

- Cette lettre me laisse perplexe. Si c'était un piège ?

18

Le français ne répondit pas de suite. Il alluma une cigarette et observa une chinoise qui faisait un selfie devant un des sphinx de l'allée qui reliait à l'époque les temples de Louxor et celui de Karnak. Tous les sphinx avaient la tête de Ramsès II. Un mur de briques en terre les séparait des immeubles d'habitations. Ce pharaon était à l'origine du temple au XIII siècle avant notre ère, ayant poursuivi ainsi l'œuvre de son prédécesseur Amenhotep III. Cette allée était longue de quatre kilomètres environ dont il ne restait qu'une petite partie visible. Le reste était enfouie sous la ville. La chinoise souriait bêtement à son téléphone dans des attitudes ridicules.

- A notre époque, répondit David Marchand, il fallait demander à quelqu'un de vous photographier.
- Je te parle de la lettre ! s'impatienta l'égyptien.
- Que risque-t-on ? C'est ancien cette histoire, mais je voudrais bien savoir avant d'être trop vieux ce qu'il est devenu…
- Quoi donc ?
- Tu sais bien ! Le coffret…
- Si tu le dis... Mais je ne peux m'empêcher de me méfier. J'ai trop à perdre.
- Certes ! Mais tu es venu et la curiosité est la plus forte.
- Oui je l'admets mais je commence à me demander si j'ai eu raison de faire le déplacement.

La guide leur fit signe de se dépêcher. Ils étaient les derniers.
Le groupe était passé sous le regard impassible de deux statues géantes qui gardaient l'entrée. Ces colosses, il n'en restait que deux sur les six, étaient encore à l'effigie du pharaon.
David jeta sa cigarette allumée et ils la rejoignirent. Ils passèrent, sous le pylône monumental qui était décoré avec des scènes de la bataille de Kadesh. Le pharaon, encore jeune homme, y avait affronté, en compagnie de son père, les Hittites, un peuple de Syrie. La bataille s'était soldée par un match nul, mais Ramsès s'en était glorifié pour magnifier sa grandeur. La nature humaine ne changeait jamais.

Le groupe était arrêté à l'entrée de la cour du pharaon, ornée de soixante-quatorze colonnes papyriformes sur deux rangées. Les portables engendraient leurs millions de pixels. Chaque visiteur désirant ses propres photos pour les accumuler dans des albums ou des tablettes. Les deux anciens observaient ce manège d'un air entendu. Yasmine, avec sa voix grave et perchée, expliquait à son groupe que le pharaon était omniprésent dans le temple.

Le soleil fit son apparition. Les nuages semblaient être partis cette fois pour de bon. Le groupe, maintenant était réuni au pied d'une ancienne mosquée. A partir de trois cents ans après Jésus Christ, l'empereur Dioclétien avait établi un camp militaire sur le site, puis les chrétiens y avaient édifié une église. Ensuite les musulmans au XIIIe siècle l'avaient transformé en mosquée. Par la suite des familles avaient occupé les lieux et les détritus, les grabats, au cours des siècles, s'étaient amoncelés. Les fouilles terminées, le sable enlevé, sable qui avait sauvegardé si bien les vestiges du lieu, la mosquée resta suspendue à plusieurs mètres de hauteur.

Puis Yasmine, secoua en l'air son chapeau de paille et repartit d'un pas énergique entre les colonnes. Le groupe lui emboîta le pas. Quand Amada Youssef releva la tête il s'aperçut que David Marchand n'était plus là. Il le chercha du regard parmi les têtes mais en vain. Il ne sut quoi faire. Cette visite devait l'emmerder passablement, pensa-t-il. David en avait eu certainement assez de cette mascarade et il avait préféré faire demi-tour. Il serait, à ne pas en douter, revenu en arrière et les attendrait à l'autocar en grillant cigarette sur cigarette. Le fonctionnaire du ministère des antiquités se souvint du temps où ils avaient travaillé sur les sites de l'époque, et aussi de leur première rencontre en 1985. David Marchand alors jeune stagiaire avait montré un caractère qui trahissait une impatience certaine.

Amada Youssef continua la visite et oublia son compagnon.
Pendant ce temps, David Marchand, profitant du remue-ménage du groupe s'était éclipsé. Le mot trouvé au pied de sa porte était griffonné en anglais. On lui donnait rendez-vous sans aucune

précision d'heure. Il y avait juste un nom. Celui de la mosquée Abou el Haggag. Il se dépêcha.

Il fit le tour et grimpa pour accéder à l'entrée de la mosquée. Elle était fermée. Seul l'imam autorisait les visites. Il trouva une porte et la poussa. Elle résista. Le mot était explicite. Il disait que le rendez-vous était devant le bâtiment. Perplexe, il grilla une allumette et alluma une cigarette. Il transpirait et il sortit de son sac qu'il tenait en bandoulière une casquette. Il commençait déjà à perdre patience… Il n'y avait personne dans l'allée. Sauf un gamin qui le regardait avec curiosité. Puis, celui-ci sembla se décider et s'avança vers lui. Le môme lui tendit un papier. Il s'en saisit et l'enfant détala. Étonné, il le regarda s'enfuir puis il lut ce qu'il y avait écrit. L'inconnu lui donnait un autre rendez-vous dans l'après-midi à Karnak.

David Marchand fit la grimace et il jeta son mégot sur le sol. L'inconnu était particulièrement bien informé sur le programme de la journée. Il s'en alla et retrouva le groupe confiné dans le sanctuaire qui avait été édifié par Hatchepsout, la reine-pharaon. Dans cette salle étaient entreposées les barques du dieu Amon, de son épouse Mout et de Khonsou, le dieu de la lune. Durant les fêtes d'Olet qui duraient plusieurs jours, la statue du dieu Amon, descendait le Nil dans une barque couverte d'or jusqu'au temple de Louxor. Ces processions majestueuses qui donnaient lieu à de somptueuses fêtes étaient très importantes pour les égyptiens de l'époque. Ce furent les paroles qu'entendit David Marchand quand il rejoignit Amada Youssef, surpris de le voir de retour.

- Où étais-tu passé ? demanda-t-il.
- J'en avais assez de l'écouter. Je suis allé faire un tour.
- Tu sais ! Elle ne dit pas de sottises. Elle connaît bien le sujet.
- Je vais te dire mon ami… Celle-là je me fiche pas mal de ce qu'elle a dans le cerveau. Je préfère plutôt ce qu'elle cache sous sa veste si tu vois ce que je veux dire.
- Je vois que tu n'as pas changé !
- Et pourquoi je changerais ? s'esclaffa discrètement David.
- Les années ! Les années ! répondit Amada en se moquant.

David Marchand eut un geste de mépris et il s'en alla précédant le groupe. Pourquoi diantre cet inconnu jouait-il avec lui au chat et à la souris ? Il commençait, à son tour, à être inquiet.

A la sortie de la visite, les bus les emmenèrent en ville, dans un restaurant typique. Quand ils furent installés à leur table, les deux hommes ne furent guère enclins à partager les bavardages de leurs voisins de voyage. Chacun étant dans ses pensées. David Marchand avait posé son sac à ses pieds. Au cours du repas, il ne put s'empêcher de se pencher et de glisser sa main à l'intérieur pour la caresser. Elle était bien là. Enfin il allait savoir…

En début d'après-midi, les autobus repartirent vers le temple de Karnak. Ils furent vite rendus à pied d'œuvre.
Yasmine les regroupa devant l'entrée et elle commença :
- Karnak est le temple le plus vaste. C'était une entité qui était propriétaire de nombreuses terres, de troupeaux, d'un chantier naval et de soixante-dix villages. Il n'y avait pas moins de 80.000 employés avec des prêtres permanents, des temporaires pour les festivités, des artisans, des bouchers, des brasseurs et bien sûr des agriculteurs. Cette entité, ce temple, était un lieu spirituel mais aussi économique où régnait un petit groupe d'initiés. Les nourritures étaient sacralisées par des rituels puis elles étaient redistribuées ou stockées dans des caves suivant les cas pour le confort des prêtres. Il y avait aussi des sculpteurs, des peintres, des orfèvres, des menuisiers, des chanteurs, des danseuses mais aussi des parfumeurs qui passaient leur temps à embaumer les différentes salles du temple. Quand les nuits étaient claires des astrologues ainsi que des astronomes grimpaient sur les toits pour observer le cosmos où habitaient les dieux.

David Marchand profita de cette longue tirade pour fausser compagnie pour la deuxième fois au groupe. Amada Youssef le vit s'éclipser mais resta à écouter Yasmine. Il aimait cette petite guide. Il était sous le charme. Il était évident qu'elle ne savait pas grand-chose sur les temps anciens mais le peu qu'elle disait était vrai et cela sonnait correctement dans sa jolie bouche. De toute façon, ces commentaires basiques suffisaient amplement à la compréhension de la majorité de ces touristes. Comme David Marchand, Amada Youssef en connaissait un rayon sur la vie de ses anciens concitoyens.

Pendant ce temps, David accéléra le pas. Il connaissait le site par cœur. Il y était venu des dizaines de fois pour écrire son dernier ouvrage. Il passa sans le regarder devant un obélisque, puis se dirigea à l'écart du grand axe, est-ouest, où se dressaient les vestiges de deux temples. Le conservateur toulousain entra dans celui dédié à Ptah, le dieu des artisans et des architectes. Dans ce lieu discret, encore peu visité, il y avait trois chapelles dont l'une était condamnée par des palissades en contreplaqué. C'était justement celle-là qui l'intéressait. Cette chapelle était celle de la redoutable Sekhmet, une déesse hybride possédant un corps de femme, taille fine et seins arrondis, robe moulante et sensuelle, avec une tête de lionne effrayante. Détentrice de la puissance qui tantôt, engendre les maladies, les destructions, et tantôt, pouvant aussi rétablir la santé, si la fantaisie lui prenait. Au cours des milliers d'années, elle parut si effrayante que personne n'avait osé la détruire.

Le presque septuagénaire hésita quelques minutes... Il reprenait sa respiration car il avait arpenté un peu trop vite. Il y avait une porte provisoire avec une chaîne qui pendait sur le côté. La voie était libre... Ayant retrouvé son souffle, il entra dans la chapelle. Au pied de la déesse il y avait un autre papier. Il se pencha pour le ramasser. Courbé et vulnérable, il reçut sur le dos une masse humaine qui lui fit perdre l'équilibre. L'impact fut extrêmement violent. Il avait senti, l'espace d'une seconde, le souffle chaud de l'agresseur sur sa nuque. Il essaya de résister mais l'assaillant était nettement plus costaud que lui. De toute façon, à son âge, il n'avait aucune chance. Plaqué au sol, face à terre, l'odeur forte du chloroforme envahit ses narines. Il perdit connaissance.

Quand il se réveilla il était prisonnier dans un grand sac de jute. Il ne comprit pas pourquoi il était nu. Il tenta de se libérer, de déchirer le sac, mais celui-ci était solide. Il gigota, appela au secours, pris par la panique et soudain, David Marchand décela le long de sa jambe quelque chose qui ondulait et qui se glissait sous lui. Il comprit ce qui se passait et se mit à hurler. Il hurla longtemps car il ne voulait pas mourir de cette façon. Épuisé, il finit par s'étouffer et perdit connaissance.

L'hélicoptère se posa devant l'étang

C'était entre chien et loup. L'étang miroitait encore de couleurs éphémères. Le soleil couchant disparaissait derrière les roseaux. Je m'étais assis sur le ponton. Je fixai l'eau qui clapotait devant mes pompes. J'étais comme Zorro. Sauf que moi, je n'avais pas une grotte où logeait mon cheval. A la place, j'étais l'heureux et improbable propriétaire d'un chalet lacustre, planqué dans un endroit magique et perdu de la Camargue. D'où je me tenais, je ne pouvais pas le voir.

Cela faisait bientôt cinq mois. J'avais toujours dans ma tronche les images de ces événements tragiques qui avaient eu lieu dans ce même chalet. Herma, le tueur repenti y avait laissé la vie. Ce tueur, hermaphrodite, qui m'avait légué sa fortune et ce bout de paradis dont je n'avais su quoi faire. Jusqu'à ce que je rencontre ce jeune couple bourré d'enthousiasme.
Nous étions faits pour nous comprendre. Je leur avais permis de réaliser leur rêve en leur louant le domaine pour une peau de chagrin. La création d'un centre équestre dans un milieu encore sauvegardé. J'espérais que le réchauffement de la planète leur laisserait quelques répits, avant de s'attaquer à cette magnifique région. Ils voulaient utiliser le mas pour en faire des piaules.

J'avais commencé à faire rénover les bâtiments car ils étaient en ruine. J'avais hérité, en plus de la fortune de l'hermaphrodite, de son frère aîné, qui avait une bonne quarantaine. Alex était un être différent. Il vivait dans un monde dont il était le seul à voir les paysages.
L'hermaphrodite m'avait fait son héritier, avec la condition que je m'occupe de lui. J'étais donc devenu le tuteur d'Alex. Je ne savais pas comment celui-ci avait supporté la disparition de son frangin. Il parlait peu et il était attaché à ce lieu tranquille, où personne ne venait l'emmerder, et lui faire sentir sa différence. Il vivait avec ses chevaux et se débrouillait bien avec eux, malgré le fait qu'il ne les montait quasiment jamais. Herma lui

25

avait fait construire un studio, attenant au mas, et qu'Alex tenait dans un ordre plus que parfait. Aussi, dans le contrat avec mes futurs locataires, il était stipulé qu'Alex resterait avec eux. Il ne serait nullement lié à eux comme employé. Il aurait ses chevaux dont il s'occupait depuis le début. Ce serait à lui de voir s'il désirait que d'autres personnes les approchent ou les montent parfois. Le couple avait la charge de veiller sur Alex, de l'approvisionner en nourriture. En contrepartie de ce service, je leur avais octroyé un loyer dérisoire. Bien sûr, j'avais gardé la jouissance du chalet. Ce lieu était marqué par l'horreur d'une tuerie. Cela ne m'effrayait nullement... La mort était mon quotidien. J'étais un flic et, contre toute attente, je n'avais pas encore donné ma démission. Encore une fois, j'étais passé entre les mailles du filet et j'avais évité l'hôpital psychiatrique.

Tout à l'heure, quand le soleil dardait son dernier rayon sur ma figure, j'avais ressenti une plénitude comme jamais. Durant cet éphémère moment, je m'étais dit que le bonheur pouvait être cela. Un baiser solaire qui vous vidait le cerveau de toute votre merde. J'étais resté ainsi, les yeux fermés, le corps relâché, la respiration ralentie, durant de longues minutes. Quand j'étais revenu de cette extase, je m'étais souvenu que le beau blond, comme je l'avais baptisé, pouvait rester des heures à méditer ainsi, devant la baie vitrée de sa pièce de vie, dans son chalet qui pivotait et qui suivait la marche du jour. C'était un drôle de type. J'avais encore du mal à lui donner une étiquette. Pour moi le monde se divisait en deux. Les malfaisants et tous les autres. Herma avait été, à la fois, un homme et une femme, et il se situait dans un équivoque milieu. Cependant, en ce qui concernait le bien et le mal, je pensais que nous étions tous des hermaphrodites.

Je m'extirpai de ma songerie. La petite barque était attachée au piquet et je sautai dedans pour rejoindre le chalet. Il allait faire nuit et je venais d'apercevoir la silhouette d'Alex qui rentrait chez lui. Il allait sans doute se préparer une omelette dont il raffolait, jouer ensuite sur son ordinateur et se coucher comme les poules.

Une vie réglée comme du papier à musique.

L'escalier escamotable replié dans son caisson, j'avais enlevé mes bottes maculées de boue avant de pénétrer dans le séjour. Je venais de passer plusieurs heures à débroussailler les abords du mas. Le chalet était autonome en énergie. Un ordinateur gérait les lumières ainsi que le chauffage. Les éclairages, en fonction de mes mouvements, s'allumaient automatiquement. Nous étions dimanche soir. Et pour mézigue, c'était une soirée comme les autres. J'étais divorcé et célibataire. Ma petite amie, Isabelle Zancarini, capitaine à la criminelle de Marseille m'avait laissé tomber. Il était vrai qu'entre la place du Capitole et le vieux Port il y avait des kilomètres... Aux dernières nouvelles, elle sortait avec un autre capitaine. Mais celui-là, était pompier et c'était, paraît-il, du sérieux. C'était pour cette raison que le téléphone qui sonnait n'émanait sûrement pas d'elle.

- Ouais ! dis-je d'un ton peu amène.
- Bonsoir Marcello. Alors cette vie de millionnaire ça ressemble à quoi ?
- C'est plus compliqué qu'avant.
- Ne me fais pas marrer ! J'échange ma condition tout de suite avec la tienne.
- C'est ta femme qui serait contente !
- Tu parles ! Elle serait bien capable de me ruiner en quelques années.

Généralement le commandant Frédéric Costessec ne m'appelait jamais pour tailler une bavette. Comme moi, c'était un taiseux et quand il téléphonait c'était qu'il avait une bonne raison.

- L'avantage d'avoir autant de fric et autant de choses à gérer c'est que je ne t'ai plus importuné pour décrocher une affaire.
- C'est vrai vieux frère ! Mais cette fois-ci, contrairement aux autres enquêtes dont tu as eu la charge, c'est pressé !

Inquiet, je rétorquai car je n'aimais pas être bousculé. Ni mon piaf d'ailleurs !

- C'est quoi cette embrouille ?

- Cela vient d'en haut... C'est parti du Capitole jusqu'à Paname. Puis c'est redescendu dans la demi-heure.
- Pourquoi moi ?
- Ils ont besoin de toi et ...

Je le coupai avant qu'il continue :
- Ce n'est pas la peine d'en rajouter. Tes allusions récurrentes au sujet de mon hallucination volante cela commence à m'énerver sérieusement. Maintenant que je suis un homme riche peut-être jugera-t-il utile enfin de ne plus vouloir m'apparaître.
- Ferme-la avec tes états d'âme à la con ! Tu sais très bien que ton oiseau continuera à venir tant que tu gambergeras sur une enquête. Et celle-ci va te faire pas mal cogiter !
- Bon c'est quoi ?
- C'est délicat. Il s'agit d'un ami très cher de notre maire... Il a disparu hier lors d'un voyage en Égypte. Tu dois t'y rendre dès le prochain vol.
- C'est une blague ?
- Pas du tout... Tu es bien dans ta résidence camarguaise ?
- Ben oui ! Et de toute façon je n'ai pas de passeport.
- On vient de prévenir le préfet. A l'heure qu'il est, sa secrétaire a déjà donné le dernier coup de tampon qui va te permettre de décoller dans un peu moins d'une heure.
- Tu te fiches de moi ? Tu crois que je vais pouvoir revenir à Toulouse à temps pour prendre ce putain d'avion.
- Qui te parle de Blagnac ! Marignane c'est plus près. Tu as juste le temps de préparer ton sac. L'hélico est déjà parti pour t'y amener. Quant au passeport, il t'attend à l'aéroport. Le préfet ce n'est pas celui de Toulouse mais celui de Marseille que l'on a tiré de son week-end. Allez ! Il y aura quelqu'un pour te filer les indications dont tu auras besoin.

Perplexe, je posai le bigophone sur la table... L'Égypte ! J'allais me retrouver cette nuit à pioncer je ne sais où. Je n'avais pas eu la présence d'esprit de demander si c'était le Caire ou ailleurs ? J'avais pourtant des affaires à régler ici mais en y réfléchissant, elles pouvaient bien attendre. Je devais juste prévenir Alex que je partais quelques jours. Heureusement j'avais fait le plein des congélateurs.

J'avais à peine bouclé mon sac qu'un bruit lointain me parvint aux oreilles. J'habitais dans le temple du silence. La nuit je ne percevais que le bruit du vent ou le crépitement de la pluie sur les vitres quand il pleuvait. En temps ordinaire, on n'entendait que le hululement des chouettes et le croassement des crapauds. Je sortis puisque j'étais prêt. Du fond de ma barque, j'actionnai sur ma télécommande l'escalier métallique qui se rétracta et se positionna dans un claquement sec sous le chalet.

L'hélicoptère se posa devant l'étang. Un gendarme en uniforme kaki en sortit en galopant. Il me salua réglementairement et me proposa de monter sans tarder dans l'appareil. Je lui demandai d'attendre un peu... Je devais prévenir Alex de mon départ. Le boucan d'enfer du retors avait dû le perturber.
Je devais m'assurer qu'il allait bien.

A l'aéroport, devant le quai d'embarquement, une belle surprise m'attendait. Je dus faire une drôle de gueule en la voyant. Mais Isabelle Zancarini avait une certaine classe. Elle avait su, bien avant moi, que notre histoire resterait une aventure. Elle avança avec un grand sourire.
- Quand j'ai appris que tu partais en voyage, je me suis portée volontaire pour t'amener le dossier. Ce fameux voyage où tu voulais tant m'amener...

Piteusement, je restai sec. Incapable de répondre... Elle avait raison. Combien de fois lui avais-je promis que je l'emmènerais en voyage au bout du monde ? En fin de compte, c'était moi qui partais et seul.
- Ne fais pas cette tête... dit-elle. Je plaisante. Allons prendre un café. Tu as le temps avant d'embarquer. Voilà ton billet.

J'ouvris la pochette et jetai discrètement un œil sur le lieu de la destination. La compagnie aérienne s'appelait Air Shoucroune. Cela m'inquiéta car je n'avais jamais entendu parler d'elle. Je

partais donc pour Louxor. C'était mieux que la grouillante et dévoreuse ville du Caire. Je répondis à ma collègue :
- Tu en sais plus que moi j'imagine ?

Nous avions commandé deux cafés mais ils restèrent dans leurs tasses.
- C'est un ami du maire de Toulouse.
- Oui cela je le sais. Et il a disparu. C'est tout ?
- C'est quelqu'un de connu dans le milieu de l'égyptologie. C'est un conservateur à la retraite, qui a écrit plusieurs ouvrages sur l'Égypte ancienne et qui font autorité.
- OK pour le portrait ! Qu'est-ce qu'il foutait à Louxor ?
- Le COSAT organise plusieurs fois dans l'année des voyages pour les fonctionnaires territoriaux.
- C'est quoi le COSAT ?
- C'est le comité d'entreprise de la mairie.
- Vu ! Et ce type, au fait, comment il s'appelle ?
- David Marchand. Il s'est inscrit à ce voyage et il a disparu le premier jour durant la visite du temple de Karnak. Ils se sont aperçus qu'il était absent le soir, au repas, sur le bateau.
- Le bateau ?
- Ah oui ! reprit-elle. Ce voyage c'est une croisière sur le Nil, jusqu'à Assouan.
- Pourquoi ne s'en sont-ils pas aperçus au cours de la visite ?
- Ils sont nombreux sur cette croisière et ils ne se connaissent pas vraiment, notamment le premier jour. En réalité c'est une de ses anciennes connaissances qui a donné l'alerte. Un certain Amada Youssef. Il est fonctionnaire au ministère des Antiquités. Il fait partie aussi du voyage.
- Je croyais qu'il y avait que des fonctionnaires français ?
- Non ! Il y a aussi des égyptiens. Ils partagent le bateau.
- Et donc je dois retrouver ce gars ? Quel âge a-t-il cet ami si cher à notre maire ?

Isabelle fit une grimace. Elle répondit :
- Vu son âge, pas loin de soixante-dix, il s'est peut-être perdu ? A mon avis tu vas vite revenir. Ils vont le retrouver au fond d'un

souk en train de divaguer. Le ravisseur s'appelle sans doute Alzheimer…

- On verra ! En attendant je me tire au pays des pharaons.
- Profites Marcello ! Tu me raconteras...

La capitaine se leva, m'embrassa sur la joue, et me laissa avec mon billet entre les doigts. Elle sentait la lavande.

L'avion se posa lourdement sur la piste de Louxor vers vingt-trois heure, heure locale. L'avion était à moitié vide. Des types en costumes et cravates et quelques familles. Curieusement, il y avait peu de touristes. Les attentats qui avaient eu lieu plusieurs années auparavant avaient détérioré le tissu touristique du pays. Le terrorisme sévissait aujourd'hui n'importe où dans le monde.

Une trentaine de sarcophages en parfait état, vieux de 3000 ans, venaient récemment d'être découverts dans la vallée des rois. Et déjà la communication avait commencé pour tenter de faire venir une vague nouvelle de touristes. Après avoir changé sur place des euros contre une liasse de lires égyptiennes, un taxi m'amena directement à mon hôtel. J'en avais ma claque ! J'avais prévu d'interroger Amada Youssef le lendemain. A cette heure tardive de la nuit, il devait pioncer comme tout le monde. Après une bonne nuit réparatrice, je serais davantage en mesure de donner suite à cette enquête qui ne ressemblait en rien à celles que j'avais l'habitude de traiter. Il n'y avait pas de cadavre… Et c'était bien cela qui me gênait.

A travers la vitre du taxi, je scrutai le ciel d'un bleu marin. Il était magnifique et je ressentis alors une impression étrange. Nous étions en train de longer un canal, de croiser aussi des charrettes à peine éclairées, aux contours fantomatiques et des souvenirs du Maroc, du temps de ma jeunesse, m'assaillirent soudainement.

Un quart d'heure plus tard, la voiture stoppa devant l'hôtel. Un grand immeuble avec plusieurs étages. Je récupérai les clefs de ma chambre et montai sans tarder. Je me couchai aussitôt, après avoir grillé la dernière de la journée.

Ma conductrice s'appelait Dalida

Je m'étais réveillé à quatre plombes. Je m'étais levé dans le noir pour aller pisser et j'avais failli me foutre en l'air en me prenant les pieds dans mes godasses que j'avais laissées au pied du lit. De retour au pieu, je n'avais pas pu me rendormir. Mon cerveau avait téléchargé durant une heure avant de lâcher prise et d'autoriser le sommeil à reprendre ses prérogatives.

La gueule chafouine je me levai et allai prendre le petit-déjeuner à la salle prévue à cet effet. Les fenêtres donnaient sur le Nil. Je m'attardais un moment à contempler la vue. Je n'avais jamais mis les pieds en Égypte. Je me demandais si j'aurais l'opportunité de me balader lors de mon enquête. Mon hôtel était le Suzanna à proximité du célèbre temple de Louxor. Ma hiérarchie n'avait pas eu le porte-monnaie pour m'offrir une piaule au Winter Palace où était souvent descendu Howard Carter, le découvreur de la tombe de Toutankhamon.

A ma toute nouvelle montre, une superbe Seiko, que j'avais trouvée dans un tiroir d'un secrétaire du chalet camarguais, et qui avait appartenu à l'hermaphrodite, il était presque huit heures. Je fis appeler un taxi et lui demandai de me conduire au débarcadère où, d'après mes renseignements, le bateau « Nil Azur », devait se trouver encore amarré. La capitaine Zancarini m'avait donné le programme de la croisière. Le groupe de touristes était arrivé le samedi tard dans la nuit, Le premier jour avait été consacré à la visite des temples de Louxor et de Karnak. Le soir même David Marchand ne s'était pas présenté au repas. Le lendemain, tout le monde avait été sur le pont, dès six heures pour aller visiter la vallée des rois et ses tombeaux. Puis, au pas de course, c'était la règle dans ces voyages-là, le groupe s'était tapé une courte halte devant les deux colosses de Memnon, tout ce qui restait d'un énorme temple qui s'était écroulé lors d'un tremblement de terre, en l'an vingt-sept avant notre ère. Puis le bus avait stoppé de nouveau devant l'entrée du temple de la reine Hatchepsout, où des fous, d'un dieu assassin qui leur appartenait, avait massacré 62 personnes en 1997, avant d'aller se planquer dans la montagne et d'être délogés par l'armée. Dans la foulée, les fonctionnaires en villégiature avaient visité le temple de Médinet Habou, temple funéraire de Ramsès III, puis ils étaient revenus au bateau pour déjeuner. J'avais noté sur le programme que l'on m'avait donné, que ce petit monde avait son quartier libre pour l'après-midi. Le navire devait appareiller que le lendemain matin.

Sur le quai les nombreuses felouques attendaient les touristes. Il n'y avait pas foule. Je comptai plusieurs bateaux de croisières mais je n'aperçus pas le « Nil Azur ». Le taxi était déjà reparti et je commençais à m'agacer sérieusement. Pour ne pas changer, le commissaire Visconti avait voulu faire cavalier seul et ne pas s'encombrer du contact que j'aurais dû, suivant les consignes, prévenir dès mon arrivée.

Espèce d'abruti de touriste de mes deux ! Le maudit rafiot a levé l'ancre. Et te voilà comme un con.

J'écarquillai les yeux. Une oie se dandinait sur le ponton devant moi. Cet oiseau avait une place à part dans le cœur des anciens. Durant des millénaires les sculpteurs l'avait gravé sur tous les frontons de l'Égypte. On avait retrouvé aussi de nombreuses momies de ce volatile.

- Quoi ! éructai-je, contrarié au possible.

Tu as le numéro de téléphone du poulaga local. A mon avis tu devrais l'appeler vite fait à moins que tu préfères te jeter à l'eau et rattraper le bateau à la nage.

- Putain ! Dégage de là, il faut que tu viennes me faire chier jusqu'ici… Ce n'est pas croyable ! Tu ne peux pas me lâcher ?

Allez mon canard ! Écoute ta vieille copine. Je vais m'envoler. Je serai avant toi sur le bateau. Salut.

Je regardais l'oie décoller dans un grand battement d'ailes. Et pourquoi étais-je si catastrophé de son apparition ? Je pensais être guéri de mon hallucination. Je devais me rendre à l'évidence. Ce n'était pas encore pour aujourd'hui.

J'appelai mon contact. Je tombai sur une voix masculine et qui me jacta en anglais. Je fis un gros effort et parvins à faire passer le message. J'attendis trois bonnes minutes puis une deuxième voix, féminine celle-là, me jeta un hello de bon augure. Cette personne parlait un français coloré. Je lui indiquais qui j'étais, où j'étais et ce que j'attendais d'elle, si c'était dans ses cordes.

- Si j'ai compris vous voulez monter dans le bateau.
- Un marin m'a renseigné. Il a appareillé il y a une demi-heure. Il est parti plus tôt que prévu et c'est pour cela que je l'ai raté. Je ne comprends pas. Normalement le capitaine avait été prévenu de mon arrivée et il devait m'attendre.
- Il doit avoir ses raisons.
- Sans doute. Comment on procède ?
- Attendez-moi où vous êtes. Je viens vous prendre.

Mon interlocutrice raccrocha. Sa voix était douce mais avec un ton décidé. J'allumai une clope et fis les cents pas. Il y avait pas mal de bateaux vides, accrochés les uns aux autres, le long des pontons. Certains en piteux états, d'autres mieux entretenus. Une felouque avait accosté. Des matelots se démenaient pour faire monter à bord une dizaine de touristes, flanqués de gilets de sauvetage jaunes. Je me marrai. Heureusement que le ridicule ne tuait pas. Vingt minutes plus tard, une voiture blanche stoppa devant le quai. Une femme d'une quarantaine d'année en sortit et s'avança tout sourire vers moi.

J'évitai de lui tendre la main en premier. Je connaissais la règle. Je me contentai de lui rendre son sourire en disant :

- Salam ! Chère collègue.
- Vous pouvez me serrer la main. Je suis musulmane mais cela s'arrête là.

Je lui serrai la menotte puisqu'elle m'y autorisait. Sa main était comme sa voix. Douce et ferme.

- Le bateau doit être loin. Comment procède-t-on ?
- Je vous emmène à Edfou. On s'en va de suite si vous voulez ?

Ma conductrice s'appelait Dalida et je n'osais pas lui demander pourquoi ses parents l'avait appelée ainsi, même si je m'en doutais... Elle avait eu la chance de ne pas s'appeler Néfertiti, Isis ou Cléopâtre.

Elle conduisait avec une certaine vivacité. La Ford fiesta se faufilait dans cette circulation hétéroclite et assez anxiogène à mon goût.

- Nous allons passer par Esna, me dit-elle.

Je ne savais rien de cet Esna et je me gardais bien de répondre. Je hochai la tête d'un air entendu, en attendant la suite.

- Il y a une bonne centaine de kilomètres jusqu'à Edfou. Nous arriverons dans un peu moins de deux heures.

Je matai ma Seiko.

- Le bateau sera-t-il rendu sur place ? dis-je, pour alimenter un peu la conversation.

- Aucune idée. Je peux vous demander quelque-chose ?

- Quoi donc ?

- Pourquoi vous a-t-on envoyé pour chercher cet homme. Nous avons une police efficace, malgré les apparences.

Dalida était remontée d'où son silence. Je me dépêchai de la rassurer.

- En réalité je ne suis ici qu'officieusement. Juste pour rassurer la famille de David Marchand. Je suis plutôt un observateur qu'un conseiller. Je n'ai aucune leçon à vous donner sur votre façon de travailler. Je ne veux surtout pas interférer dans vos recherches.

Dalida se détendit. Elle me jeta un œil en coin puis se concentra sur le camion qu'elle désirait doubler. Le Nil coulait le long de la route. De temps à autre, j'entrevoyais entre les longs roseaux des bateaux qui voguaient avec leur cargaison humaine. Des paysans, des pauvres gens, sur le bord de la route, avançaient péniblement, à pieds, sur des ânes et ils ne faisaient nullement attention à ces nantis, qui du haut de leur bateau, les photographiaient... Nous arrivâmes bientôt à Esna. Dalida m'expliqua qu'autrefois, cette petite agglomération était un lieu de commerce. Les caravanes chargées de produits venus du Soudan y passaient. Aujourd'hui, les artisans et les commerces avaient conservé le même rythme de ces siècles passés. Le seul intérêt de ce lieu, c'était l'écluse, qui était particulièrement étroite, qui ralentissait les bateaux et qui profitait aux marchands de chemises en coton et d'autres babioles.

Nous arrivâmes à Edfou en fin de matinée. Le bateau n'était pas là. J'invitai ma collègue à partager des brochettes car j'avais un petit creux. Elle accepta et nous discutâmes agréablement. Son père était général et il était dans la réserve, vu son âge. Il était natif du Caire. Sa mère, par contre, était d'une famille d'armateur d'Alexandrie. Je me demandai pourquoi une telle femme, issue de la bourgeoisie, bossait dans la police. Elle devina ce que je pensais et elle me confia :
- L'armée ce n'était pas une option pour moi. La police ce fut plus commode après mes années à la faculté. Je ne vous cache pas que ce n'est pas facile tous les jours.
- Être la fille d'un général cela ne doit pas aider.
- Vous avez parfaitement raison.

Le navire n'arriva qu'en fin de journée. Dalida était repartie après la pause repas et elle était retournée à Louxor. Elle faisait partie du groupe de recherche. David Marchand avait disparu à Karnak et les investigations s'orientaient dans ce secteur. Je lui avais demandé si elle voulait interroger les passagers du bateau mais elle m'avait dit, puisque j'avais fait le voyage, qu'il valait mieux que cela soit moi qui m'en charge. Entre concitoyens français, j'avais plus de chance d'apprendre quelque-chose, m'avait-elle rétorqué, le plus sérieusement du monde. Bien sûr, je n'avais pas répondu. Cela m'arrangeait. J'avais ma petite idée pour la jouer en souplesse.

J'avais passé l'après-midi à me balader. Quand je retournais au débarcadère le « Nil Azur » était à quai. Les passagers avaient eu l'autorisation de descendre pour aller se perdre dans le souk de la ville. Je montai à bord, et demandai à voir le capitaine. Dans sa tenue d'un blanc passé, avec des épaulettes aussi voyantes qu'un collier de strass sur une cantatrice, mal rasé, l'air jovial, l'homme me parut sympathique au premier abord. Sa poignée de main était ferme et trahissait le marin habitué à jouer avec les bancs de sable, éternel danger du fleuve, depuis la nuit des temps. Il parlait un français correct, nimbé d'une touche anglo-saxonne, ce qui n'était pas étonnant pour un égyptien.

Il s'excusa d'être parti sans moi. C'était son second qui avait eu l'information et il avait oublié de la lui transmettre. Le capitaine eut un geste désinvolte de la main. Je fermai ma gueule. Ce qui était important chez moi ne l'était pas forcément ici. Je n'avais pas à juger. Je lui confiai que je désirais conserver l'incognito et que ma fonction policière devait demeurer secrète sur le navire, pour un temps du moins. Il suffisait de faire croire que j'avais intégré le voyage depuis le début de la croisière, mais que l'on m'avait juste changé de cabine. A moi de la jouer de cette façon. Étant donné le nombre important de passagers, il n'y aurait sans doute personne pour dire à quel moment j'avais fait ma première apparition. Le capitaine appela un responsable. On m'attribua une cabine au premier pont. J'avais déposé mon sac à l'entrée et indiquai qu'on le porte chez moi. Tant que j'y étais, je réclamai la clef de la cabine de David Marchand. Je suivis le responsable qui était un jeune gars d'une trentaine d'année. Il était égyptien et possédait un visage sombre avec une expression indéfinissable. Sa peau était basanée, une fine moustache et des mains longues et agiles. Il portait un pantalon noir et une veste blanche croisée, impeccablement repassée. Il avait lui aussi des galons dorés mais ils étaient moins voyants que ceux du seul maître à bord, après Allah. Il m'expliqua en anglais qu'il ne possédait pas la clef de la cabine, vu que le passager en question n'était pas revenu sur le ferry. Cependant il avait un passe et il me laissa pour la fouiller. Le lit était fait, le placard était rempli partiellement. Il n'y avait rien de particulier qui laissait entrevoir une quelconque piste. Je sortis et entrepris de visiter le bateau. J'avais une manie. Quand j'arrivais dans un lieu inconnu, j'explorais toujours les alentours pour de pas être pris au dépourvu, par la suite.

Je fis connaissance du groupe au moment du repas. Je m'étais arrangé discrètement avec le chef de rang pour qu'il m'attribue la place qu'occupait la veille, David Marchand.
Installé le premier, j'attendis que les convives se pointent.
Les premiers furent un jeune couple. Ils se tenaient, main dans la main, les yeux dans les yeux. Ils me dirent bonjour du bout de leur bonheur et s'assirent à leur place. Ils me dévisagèrent mais ils ne m'adressèrent pas la parole. Soit, ils étaient timides, soit, j'étais trop vieux pour eux et je ne méritais de leur part que peu d'attention. Ensuite, se pointa un couple spécial. Un homme qui sortait à l'évidence de sa douche. Il avait les cheveux humides, un pantalon en toile kaki et une chemise blanche, col ouvert sur un foulard rouge en soie. Son visage de sexagénaire était franc et arborait un sourire comblé. Je pensais aussitôt qu'ils venaient de s'envoyer en l'air car son épouse avait encore dans les yeux un éclair canaille qui avait du mal à s'éteindre. Sa tenue oscillait, à ma grande surprise, entre excentricité et vieille pute de trottoir. Un jupe longue fendue très haut, noire, des talons vernis, et un chemisier rouge transparent sur un soutien-gorge noir avec des seins énormes qui avaient beaucoup de mal à rester confinés. Quand cette maîtresse femme prit place sur la chaise présentée par son cher mari, elle ne fut nullement gênée par l'étalage des bourrelets de son ventre qu'elle ne cherchait point à cacher. Elle assumait parfaitement son physique et me décrocha un sourire en me tendant une main chargée de bagues de prix.
- Je suis Carla et mon mari c'est Stefano. Il est psychiatre.
- Enchanté madame. Je m'appelle Visconti Marcello.
- Et vous faites quoi dans la vie ?
- Allons ! Ma chérie... Tu es indiscrète, laisse donc notre voisin de table souffler. Il aura le temps de nous dire ce qu'il fait plus tard, s'il le désire.

La dame était curieuse. Je la rassurai en répondant au mari.
- Je suis en pré-retraite. Je travaillais à la voirie à Toulouse.

Puis arriva ensemble, une petite femme brune, charmante. Elle paraissait avoir la cinquantaine mais elle devait être plus âgée. Son mari avait le physique d'un paysan, ou celui d'un chasseur. Il avait les trais burinés et ses yeux clairs étaient comme deux sources d'une eau limpide. Un regard inquisiteur qui me fouilla. Ils étaient accompagnés d'un second couple. Une femme blonde avec une taille fine et qui souriait, elle aussi, avec une attitude plus réservée. Sans doute le même âge que sa copine mais son maquillage trahissait plus facilement son âge. L'homme qui l'accompagnait, de taille moyenne, était vêtu d'une chemise à carreaux et d'un jean noir, avec un gros ceinturon qui tenait son ventre. Les présentations furent conviviales, chacun y allant de son petit mot pour tenter d'installer une ambiance vacance de bon aloi. Avec moi, nous étions neuf. Discrètement, je regardai la salle. Il y avait de nombreuses tables. Certaines plus petites que la nôtre.

C'est une menace ?

Autour de la perche du Nil que nous dégustâmes, je jouais mon rôle en orientant la discussion sur mon prédécesseur. J'appris de la bouche de Carla, qui était une sacrée pipelette, que David Marchand avait peu communiqué avec eux. Toutefois, elle avait remarqué qu'il s'était retourné plusieurs fois vers une table à proximité et elle me désigna un homme âgé, lui aussi, de type égyptien. Elle l'avait revu ensuite, discuter avec cet homme à l'entrée du bateau et cela l'avait intriguée car ils se parlaient à voix basse, comme s'ils avaient eu peur d'être entendu.

Le type en question était celui qui avait signalé la disparition de Marchand. J'avais son nom dans les papiers que m'avait refilés, Isabelle à l'aéroport. Cela me facilitait la tâche. Le dîner terminé, il y avait une animation de prévue. Un bal déguisé avec une attraction en ouverture. J'avais une bonne demi-heure devant moi. Je quittai notre table avant que les cafés ne soient servis. Amada Youssef s'était levé et filait dans le couloir. Je le rattrapai :
- Monsieur Amada, excusez-moi ! Je désirerais vous parler.

L'homme s'arrêta et il me fixa, étonné. Je devinai aussitôt une forme d'inquiétude dans le ton de sa réponse :
- Comment connaissez-vous mon nom ?
- Je suis le commissaire Visconti mais je vous demanderais de rester discret à mon sujet.
- Ah ! Je vois... Vous êtes là pour la disparition de mon collègue Marchand ?
- Oui ! Votre ami a des relations importantes et l'on m'a dépêché sur le sol égyptien pour tenter de le retrouver.
- Ce n'est pas la police égyptienne qui doit se charger de cela ?
- Absolument ! Je suis juste venu comme conseiller. C'est plutôt pour rassurer le maire de Toulouse. J'ai cru comprendre que David Marchand était assez proche de lui.
- Cela n'est pas étonnant. Marchand est un personnage connu dans le milieu de l'égyptologie. Il a des relations politiques et

d'autres, moins en vue, mais certainement plus puissantes si vous voyez ce que je veux dire.
- Vous voulez parler de la franc maçonnerie ?

Amada Youssef ne répondit pas. Il se remit à marcher.
- Allons au bar ? Cela vous dit un verre ?

Je n'allais pas cracher dessus. La jeune française qui nous servit au bar était jeune et jolie. Je m'en étonnais et elle me répondit que le bateau appartenait à un voyagiste français qui au départ avait été toulousain. Il y avait donc aussi parmi les employés quelques français. Elle s'empara d'une tasse à café, se pencha derrière le bar, y versa du whisky et le tendit à l'égyptien. Je fis celui qui n'avait rien vu. En ce qui me concernait, j'eus droit à un verre.
- Vous n'avez rien remarqué chez votre ami ?
- Non ! Cela faisait des années que nous ne nous étions pas revus. Nous avons évoqué le bon vieux temps, sans plus.

Cela sonnait bizarrement. J'avalai une gorgé de whisky. J'allais lui poser une autre question quand un oiseau se matérialisa sur le comptoir. Un ibis sacré. Un volatile blanc avec le cou, le bec et les pattes noires.
Pourquoi ces deux foutus savants sur le monde pharaonique sont-ils venus s'emmerder sur ce rafiot avec tous ces ignares qui ne pensent qu'à bouffer et à utiliser leur portable ?
- Justement ! répliquai-je. Je ne suis pas complètement idiot et je n'ai pas besoin de toi sur ce coup-là. Fiche le camp et rejoins le vol d'ibis qui tournent autour du bateau depuis un moment.
Ce ne sont pas des Ibis sacrés mais des aigrettes, appelées garde-bœufs. Nous avons disparu depuis longtemps d'Égypte. Sache mon petit commissaire inculte que nous étions l'emblème du dieu Thot, le caïd de l'écriture.

Je ne répondis pas. Amada Youssef me regardait d'un drôle d'air.
- Vous racontez quoi et à qui ?

- A mon piaf ! Mais vous ne pouvez pas comprendre.

Maintenant, je ne prenais même plus la peine de camoufler par des mensonges superflus l'étrange attitude qui était parfois la mienne, quand j'avais mon hallucination.
- Un oiseau ? répéta le Youssef en question.
- Putain ! Oui ! J'ai une hallucination qui se manifeste sous la forme d'un piaf quand il y a quelqu'un en face de moi qui me raconte des conneries... Quelle est la raison qui vous a fait vous retrouver sur ce bateau de touristes pour vous taper un voyage qui doit être particulièrement ennuyeux pour des types de votre acabit ? Je parle de Marchand et de vous, haut fonctionnaire du ministère des antiquités. Vous avez toutes les clefs pour entrer gratis sur les sites archéologiques du territoire. Pourquoi avez-vous payé votre billet pour être là ?
- Qui vous dit que je l'ai payé ?
- Dans les deux cas ce n'est pas logique... Vous pouviez revoir votre ex-collègue n'importe où, chez vous, à l'hôtel, dans un cadre plus officiel... Alors pourquoi sur ce rafiot ?
- Vous perdez votre calme commissaire. Cela ne vous regarde pas. Adressez-vous au chef de notre police mais méfiez-vous car c'est un bon ami. Il pourrait vous demander de repartir à Toulouse.
- C'est une menace ?

Le vieux bouc ne chercha même pas à me répondre. Il n'avait pas touché à sa boisson. Il me tourna le dos et il s'en alla dans sa cabine. Je matai la tasse à café de cette baderne et l'envie me prit de me l'envoyer. Ce que je fis aussitôt et cul-sec. Boire dans la tasse d'un autre permettait-il de lire ses pensées ? Je restais sur mes simples suppositions.

Je retournai à la salle de réception. Les passagers arrivaient en petits groupes. La majorité était déguisée en natif du bled. La boutique du bateau avait été dévalisée. Les chemises brodées, les djellabas, les coiffes, les tarbouchs, les babouches de toutes les couleurs, les poignards de pacotille, chacun y allant de sa touche personnelle. La surprenante Carla s'était transformée en sultane avec un large décolleté. Allait-elle nous faire une démonstration de la danse du ventre ? Avec cette femme, il fallait s'attendre à tout. Son mari, toujours aussi flegmatique, s'était déguisé avec un saroual rouge et d'une ample tunique blanche, scindée par un énorme ceinturon dans lequel il avait glissé une copie d'un antique pistolet que j'avais repéré, en passant devant la vitrine de la boutique. Quand tout ce beau monde fut réuni, Nathalie, la gentille organisatrice, annonça le numéro qui devait ouvrir le bal. Un montreur de serpent... Je sentis alors le frisson qui parcourut l'assistance quand le bonhomme ouvrit son sac et qu'il en sortit deux beaux cobras qu'il jeta sur le plancher. Le premier resta lové autour de ses pieds nus. Le second ondula vers le premier rang des spectateurs, sur les lattes en bois cirées. Cela faisait un effet bizarre. Ce serpent glissant sur un sol qui ne lui était pas naturel. Ceux, qui ne voulant rien perdre du spectacle, avaient bousculé tout le monde pour être au-devant de la scène, avant les autres, poussèrent des cris et s'écartèrent dans une ridicule bousculade. Le serpent fit demi-tour et soudainement, il s'arrêta net. Il se dressa face à une femme qui faillit s'évanouir. Le montreur de serpent avait réussi son entrée. Il se précipita et il attrapa le cobra par la queue et le déposa autour de son cou. Il se retourna et cueillit le second qui avait l'air endormi. Il le fourra dans le sac et joua avec celui qui tenait la forme olympique.

Je n'étais pas fan ni des serpents, ni des araignées... J'étais resté précautionneusement en arrière car un pote m'avait parlé de ce tour idiot. Je connaissais aussi la suite qui ne tarda point... Le gars réclama dans un charabia français-anglais un volontaire. Je ne fus pas surpris de constater que la seule qui répondit présente fut Carla. Le montreur lui colla le cobra autour du cou et cette femme incroyable s'amusa avec la bestiole comme si elle portait un boa de plumes le soir d'une première à l'opéra. Il y eut un autre frisson dans l'assistance quand le cobra se redressa et qu'il se positionna devant son nez, à quelques centimètres à peine de son visage, les yeux anesthésiants du reptile dans ceux énigmatiques de la Castafiore. Le serpent comprit à qui il avait à faire et il se déroula lentement autour des épaules charnues de Carla. Celle-ci, avec un air de triomphe, le fit couler le long de son bras nu et le rendit à son propriétaire. Les applaudissements qui fusèrent dans la salle firent disparaître la tension qui s'était glissée dans le groupe lors de la prestation.

Puis ce fut le bal. Je regardai un temps les gens s'amuser mais en ce qui me concernait je n'avais guère envie de danser. Je n'avais nulle envie de lier connaissance avec qui que ce soit. Je retournai au bar, commandai un verre à la jeune barmaid. Nous étions les seuls et j'en profitai pour la faire causer.

Il y avait des soirs, on ne savait pas pourquoi, où la chance vous souriait. La gamine avait assisté à une discussion entre les deux vieux égyptologues. Le premier soir, ils avaient fait comme moi. Ils étaient venus picoler un verre. Elle me raconta que les deux hommes avaient discuté à voix basse et il lui avait semblé qu'ils avaient fait en sorte qu'elle n'entende rien à leur conversation. Aussi, s'était-elle écartée pour ne pas les gêner mais à contrario, cela avait aiguisé sa curiosité. Elle avait observé à la dérobée leur manège. C'était aussi pour cette raison qu'elle se souvenait bien, de ces clients… L'égyptien avait sorti une lettre de sa poche et il l'avait montrée au français. Puis il s'en était allé, et le français avait acheté une bouteille et il en avait bu la moitié. Elle l'avait vu sortir de sa poche un papier ou bien une lettre et il l'avait lue à plusieurs reprises. Puis, il était parti en laissant la bouteille sur la table.

Je pris congé de la barmaid. Perplexe, je regagnai ma cabine. Sur mon lit, il y avait un cygne. Mais cette fois-ci, ce n'était pas le résultat de mon cerveau dérangé. Ma parano me fit penser aussitôt que quelqu'un connaissait mes troubles psychiques et me laissait un message. Je ressortis dans le couloir et cherchai un employé. Je tombai sur un grand gars. Encore un égyptien...

Je devais m'y faire... J'étais sur le sol égyptien et c'était normal d'en rencontrer autant. Celui-là me sourit. Ils souriaient tous... Nous étions sur un bateau rempli de voyageurs et le sourire était le passeport obligé dans ce business. Il était plus grand que moi d'une tête. Mon œil averti remarqua que je n'avais pas à faire à un vrai chauve. Sa tête était juste rasée complètement. Il avait des yeux noirs, flamboyants et rieurs. Ou moqueurs... Ce n'était pas évident. Il était habillé avec la sempiternelle tenue blanche. La veste possédait un galon mais il était vert. Cela changeait du doré. Avec mon anglais primaire je l'invitai dans ma cabine et je lui montrai le cygne. Il me répondit en français que c'était la coutume. Les femmes de ménage qui étaient sous ses ordres, me dit-il en passant, utilisaient les serviettes de bain pour créer cet oiseau dans chaque cabine en signe de bienvenue. Parfois elles changeaient et sculptaient un autre animal, un crocodile.

Rassuré et confus de m'être laissé à ma psychose je rentrai. Un bref instant, j'avais cru que l'hallucination s'était transformée en ce tas de serviette. Cela m'avait déstabilisé. Je devais être fatigué. Mais au lieu de me pieuter, je pris un pull et montai sur le pont supérieur. J'y étais monté lors de ma visite et j'avais repéré une piscine et une sorte de pagode avec un bar en bambou. C'était éclairé et il y avait un couple qui buvait des bières. Sur la table basse, autour de laquelle ils étaient assis, il y avait six cadavres.
Je ne pus m'empêcher de balancer :
- Vous avez bu tout ça ?

L'homme se marra. Il était complètement cuit. Il me proposa un siège et après tout, je l'acceptai. D'autant que la femme qui était avec lui était bougrement sexy et moins éméchée que lui. Elle se leva et me demanda :
- Vous carburez à quoi ?
- Double-sec, un douze ans s'ils ont. Sinon ce qu'il y a. Et sans glace.
- Il vaut mieux. Les glaçons il faut toujours s'en méfier, dit-elle.

Elle revint s'asseoir avec mon verre qu'elle me tendit. Puis elle prit la chaise qui était en face de moi. Elle croisa ses jambes et j'eus un peu de mal à ne point la reluquer. Trente ou quarante piges ! Difficile à dire... Son mari, par contre, jouait dans la catégorie supérieure. La cinquantaine... Ma tranche d'âge mais la dame semblait apprécier les hommes mûrs. Bien mûrs.

Elle me fit ostensiblement du pied et je coulai un œil inquiet vers son légitime qui n'avait de regard que pour sa canette qu'il tétait à même le goulot. Elle se pencha et me chuchota à l'oreille :

- C'est lui qui les a vidées... Je n'en ai bu qu'une. Si vous voulez je vais le coucher et on pourrait continuer la soirée ensemble.

Elle était très séduisante et décidée. Était-ce raisonnable ? Je ne l'avais jamais été. Ma dernière aventure datait de Séville lors de mon enquête sur l'assassin de la Retirada. Cela faisait un bail. Je lui répondis à voix basse :

- Raccompagnez votre époux. Je vais rester là un moment.

Cela n'engageait en rien.

- Je m'appelle Alexandra.
- Enchanté ! Moi c'est Marcello.

La belle d'un soir ne revint pas. Après tout c'était mieux ainsi. Je n'étais pas certain de vouloir ce genre de relation. Je terminai mon verre et grillai la dernière cigarette de la journée. Demain matin était prévu la visite du temple d'Horus. J'avais lu quelque part que ce temple était colossal et qu'il était le mieux conservé du territoire. Horus, par contre je ne savais pas qui était ce dieu. Il y en avait trop pour ma petite comprenette. J'allai me pieuter.

Un policier éclairait la scène

Le réveil sonna brutalement. J'avais dormi comme une souche. Cela faisait longtemps. Je m'habillai à la hâte. La visite débutait à 8h30. Il faisait beau. Un vent léger agitait les branches chétives des palmiers. Une flopée de calèches pittoresques nous attendait devant le bateau. Yasmine, notre guide, était à la manœuvre et elle nous octroya un numéro de calèche à chacun. Mais à peine avions nous mis le pied sur le quai que nous fûmes assaillis par les boutiquiers logés face au débarcadère. Yasmine se démenait comme une diablesse pour gérer la centaine de touristes qu'elle était chargée d'accompagner et repousser les vendeurs. Je me retrouvai avec mes voisins de table. A croire que tout était fait pour que l'on se mélange le moins possible. Je serais bien allé m'asseoir près de la drôlesse de la veille, mais elle était un peu plus loin. J'avais quand même eu droit à une œillade enflammée et amusée de sa part.

Dès que le groupe fut opérationnel, les cochers ordonnèrent à leurs canassons maigrichons de démarrer. La cacophonie des sabots sur la route, les coups de fouet et les exclamations des charretiers me fit un bien fou. C'était la vie qui explosait. Une vie exotique et qui aurait pu me faire oublier mon enquête. Le hic c'était qu'elle était toujours présente à mon esprit. Le piaf risquait de se manifester encore. Le fonctionnaire des antiquités n'était pas clair. J'aurais bien aimé lire cette fameuse lettre mais pour ça il me fallait fouiller sa cabine. Mais peut-être la gardait-il en permanence sur lui ? Dans ce cas, à moins de le braquer, je ne voyais pas d'autre moyen.

Après une traversée au triple galop de la ville, nous arrivâmes à destination. Pied à terre, il nous fallut encore passer par une rue remplie de boutiques et ce fut une véritable agression. La guide nous avait conseillé vivement, avant de partir, de ne rien acheter car nous n'avions pas le temps. Comme de bons petits soldats nous repoussâmes les assaillants et parvinrent devant l'entrée du temple d'Horus.

Yasmine nous regroupa devant le pylône d'entrée, haut d'une trentaine de mètres, à vue de nez. Elle expliqua que ce temple était le mieux conservé de la haute Égypte. Il faisait partie des quatre qui restaient de la centaine édifiée par les gréco-romains, durant sept siècles. La civilisation des pharaons avait laissé la place à celle des grecs et des romains. Mais ces derniers avaient adopté cependant la plupart des us et coutumes des égyptiens et même leurs croyances.

Pendant que la petite tentait de relever le niveau culturel de son troupeau, je cherchai du regard le vieil Amada Youssef. A priori, il n'était pas là. Cela m'étonnait à moitié. Il devait connaître par cœur le temple. Il n'avait eu aucunement envie de participer à cette cavalcade. Je me rapprochai de la guide qui continuait son laïus.

- L'art est décadent, poursuivait-elle. Les sculptures sont moins abouties, les proportions sont différentes et le travail artistique aléatoire. Champollion disait que le temple était magnifique par son architecture mais horrible par ses ornements. C'est le style ptolémaïque. Ce temple était dédié au dieu Horus. Il avait une tête de faucon...

Je ne l'écoutai plus... Le faucon était là, au pied d'une colonne pleine de hiéroglyphes.

Sais-tu mon cher Marcello que ces colonnes sont un véritable catalogue des divinités égyptiennes ?

- Non ! Tu me répètes à chacune de tes apparitions que je suis un ignare. Alors arrête de m'humilier et dis-moi ce que je dois savoir. Le pourquoi de ta seule existence est de me renseigner sur mes enquêtes. Alors je t'écoute…

Le faucon battit des ailes mais il demeura sur place. Pendant ce temps, le groupe s'ébranlait vers l'intérieur.

- Alors ? m'énervai-je.

A ta place je retournerais au bateau pour fouiller la cabine de ce fonctionnaire égyptien.

- Il n'est pas venu à la visite, répondis-je

Je sais, abruti, puisque je suis l'émanation de ta cogitation. S'il est dans sa cabine tu n'auras qu'à ruser. Mais peut-être qu'il n'y est pas. Si tu ne trouves pas la lettre tu devras improviser pour la lui piquer.

Le rapace avait raison. Son œil perçant me narguait. Ses serres étaient plantées sur un morceau de granit qui traînait là. Il y en avait des tas en Égypte. Des morceaux de statues, de murs, de temples, ou de constructions diverses. C'était pire qu'à Rome. Rome… Une autre destination que j'avais fantasmée quand je croyais aimer la capitaine Isabelle Zancarini. Je repoussai son image. Celle du faucon avait aussi disparu. Je sortis mon paquet de clopes et je fis marche arrière. La cigarette au bec, je traversai au pas de course la rue marchande en repoussant les gêneurs en babouches et je sautai dans le premier taxi que je trouvai. Les charrettes et les chevaux, j'en avais ma dose, pour un bout de temps.

De retour sur le bateau, je fonçai chez le capitaine. Par chance il était là. Je lui demandai la permission de fouiller discrètement la cabine d'Amada Youssef mais à ma grande surprise, avec son accent, il refusa.
- Pourquoi ? demandai-je. Vous savez bien que je suis policier et que je recherche mon compatriote.
- Vous êtes consultant, m'avez-vous dit. On ne s'attaque pas à un haut fonctionnaire du ministère des antiquités. Il vous faut une autorisation de la police et d'un juge.
- Je croyais que sur un bateau le capitaine était le maître.
- Nous ne sommes pas en mer. Mais sur un fleuve et à quai. Entre nous, je n'ai aucune envie de me mettre à dos ces gens. Ils sont trop puissants chez nous.
- Comment voulez-vous que j'enquête alors ?
- A la rigueur, je peux le convoquer pour que vous ayez une discussion avec lui. Je ne sais pas ce que vous comptez trouver dans sa cabine. Peut-être, serait-il plus utile et courtois de le lui demander. Je doute fort qu'il soit lié à la disparition de son ami.

Je vous rappelle que c'est lui qui nous a prévenu de sa disparition.

- Je voudrais qu'il me renseigne au sujet d'une lettre qu'il aurait reçue. David Marchand en avait reçu, lui aussi, une autre.

- Comment avez-vous découvert cela ?

- Par hasard... Ils ont bu un verre au bar du grand salon et la barmaid les a vu parler à voix basse et lire ces fameuses lettres, qu'ils avaient chacun sur eux.

Le capitaine se caressa la barbichette. Il me regarda droit dans les yeux et sortit dans le couloir. Il frappa à la porte en face de sa cabine et un officier en sortit. Il était torse nu.

- Habillez-vous et allez chercher Monsieur Amada Youssef. Il doit être dans sa cabine. Priez-le aimablement de venir nous rejoindre chez moi.

Le second, se précipita dans sa piaule, enfila une veste, vissa sa casquette sur sa tronche et fila dans le couloir. Dix minutes plus tard, il était de retour. Amada Youssef n'était pas là... L'homme était reparti en ville. Je n'avais plus qu'à attendre son retour. Je saluai le capitaine et gagnai le pont supérieur. La guinguette était fermée. Je fis le tour du comptoir et avisai un frigidaire. Il n'était pas fermé à clef. Je l'ouvris. Dedans il y avait deux bières. J'en pris une et je m'accoudai au bastingage, côté port. Si le vieux se radinait, je le verrais arriver. Je n'avais que ça à faire.

J'eus tout le temps de penser à la disparition de Marchand. Je sortis mon portable et appelai Dalida. Elle était sur le répondeur et je laissai un message. La fouille du temple de Karnak devait être en cours. Ici, le temps était différent. Il ne fallait pas être pressé. Je terminai ma bière et fus tenté de siffler la seconde. Je me ravisai. A ma montre, il était onze heures environ. Je décidai de patienter encore une heure et de me taper l'autre bière quand le téléphone vibra. C'était Dalida. Elle me fit un bref compte-rendu de la situation. Les recherches, pour l'instant, n'avaient rien donné. La police avait déjà fouillé Karnak. Elle n'avait trouvé aucune trace de l'égyptologue. Sa disparition avait été divulguée aux journaux et aussi à la télévision locale. Mais cela sans succès. Des agents parcouraient les boutiques du souk, avec sa photo, dans l'espoir que quelqu'un le reconnaisse. Rien non plus de ce côté-là. Je la remerciai et raccrochai pensif. J'étais épaté que David Marchand soit si activement recherché et si rapidement. D'ordinaire, chez nous, quand une personne adulte disparaissait, il fallait plusieurs raisons concomitantes pour lancer un avis de recherche. En partant du principe que chacun avait le droit de disparaître, s'il le désirait. Je regagnai mon poste d'observation. Le quai grouillait de monde. C'était un va et vient de calèches, de bus et de taxis. Les boutiques en face du quai étaient animées par une joyeuse cacophonie. D'autres touristes étaient arrivés. Une demi-heure plus tard, un employé ouvrit enfin le bar. Avant qu'il ne s'aperçoive que j'avais piqué les deux bières, je m'avançai et lui filai un billet de dix en lui montrant les bouteilles vides. Il encaissa le fric, avec le sourire, et me gratifia d'un « thank you » sonore.

J'allais redescendre quand mon portable vibra pour la seconde fois. C'était le capitaine du bateau.
- Venez vite sur le quai. Il s'est passé quelque chose de grave.

Je dévalai les escaliers quatre à quatre. Le vieux loup, non pas de mer mais du Nil, m'attendait. Il était dans tous ses états.
- Que se passe-t-il ?
- Amada Youssef est mort, lança-t-il.
- Comment bordel ?

Dans les cas graves j'avais du mal à être poli. Le capitaine reprit
- Yasmine m'a appelé... Au cours de la visite ils ont entendu des cris. Cela se passait dans un coin reculé du temple. Un des militaires chargés de la surveillance du site s'est aussitôt rendu sur place. Ils ont trouvé le corps d'un homme baignant dans son sang. Il avait été égorgé.

Putain ! Enfin j'avais un cadavre. Dommage pour le vieux mais

51

la mort faisait partie de la vie. Je compris que je ne retrouverais pas David Marchand vivant. Ces deux vieux compères s'étaient mis dans la même galère. Une galère funéraire qui descendait les eaux millénaires du Nil. J'appelai Dalida et la mise au courant. Elle me donna le feu vert et appela ses collègues d'Edfou pour qu'on me laisse pénétrer sur la scène de crime.

Midi approchait mais je n'avais vraiment plus faim. Sur le quai c'était toujours la même effervescence. Je me faufilai entre le cul d'une calèche et les naseaux d'un cheval fatigué pour tenter de trouver un taxi. Devant ce mélange d'autochtones en babouches et de touristes en bermudas, j'eus une hésitation. A l'exception des deux roues et des charrettes il n'y avait aucun taxi. Dans mon champ de vision, j'aperçus un jeune gars juché sur un scooter. Il fumait et observait mes concitoyens occidentaux avec un œil de prédateur. En Égypte comme dans toute l'Afrique le boulot était un luxe. Chacun devait se débrouiller pour survivre. Celui-là, je ne savais pas quel était son fonctionnement, mais je subodorais, moyennant quelques euros qu'il pouvait me servir de chauffeur. Un scooter ce n'était pas des plus confortable, mais dans cette cohue c'était certainement le plus rapide Je m'approchai et lui demandai s'il pouvait me conduire au temple. Tout cela dans mon anglais primaire. Cela tombait bien, il le parlait aussi mal que moi. Il accepta. Je m'installai à l'arrière et nous démarrâmes en trombe. Je serrai les fesses mais j'en avais vu d'autres...

Nous arrivâmes devant le temple d'Horus. J'avisai une voiture de police et me dirigeai illico vers elle. J'avais payé mon jeune gars d'un billet en euros et lui avais demandé son numéro de téléphone. Ce qu'il s'était empressé de faire en flairant une prochaine bonne aubaine.

Il y avait un officier dans la voiture. Il téléphonait. J'attendis qu'il raccroche et lui demandai de m'accompagner sur les lieux du meurtre. D'entrée de jeu, le policier fut soupçonneux. Afin de le détendre, j'appelai aussitôt Dalida qui heureusement n'était pas sur répondeur. Je lui passai le portable pour qu'elle lui parle. Quand l'officier me rendit le téléphone, le sourire égyptien était revenu sur son visage. Il m'invita à le suivre et m'ouvrit la route, pour percer la troupe de touristes qui commençait à s'agglutiner devant le portique du temple, qui venait juste d'être barré par un cordon rouge en plastique. Il y avait derrière, une patrouille de militaires, la mitraillette en bandoulière, qui interdisaient l'accès. Si leurs uniformes étaient sales, rapiécés, leurs armes anciennes et leurs ceinturons éculés, leurs fasciés, par contre, n'inspiraient guère confiance.

Nous passâmes sous le portique, que seuls des initiés, au temps des pharaons étaient autorisés à franchir, et nous pénétrâmes dans le temple, dans une cour à ciel ouvert, bordé de colonnades. De l'autre côté de cette cour, la façade du temple couvert, était gardée par une incroyable statue d'un faucon. Il était coiffé d'une sorte de couronne. Horus en personne me dévisageait de son œil de pierre impitoyable. Qui était l'assassin qui avait profané son sanctuaire, semblait-il me dire ?

L'intérieur était sombre. Le sol s'élevait et le plafond à l'inverse semblait s'abaisser. Dans cette pénombre, le décor des colonnes tout autour poussait au recueillement. Le policier me précédait et il avançait prudemment. Il avait l'air lui aussi impressionné mais peut-être, était-ce pour d'autres raisons ?

« Ne pénétrez pas dans ce temple en état d'impureté ! » avais-je lu la veille, dans un dépliant, avant de m'endormir. Je ne m'étais pas confessé au curé du coin et je n'en menais pas large, moi non plus. Ma chienne de vie n'avait pas été un long fleuve tranquille et j'avais pas mal de choses à me reprocher. Horus ne devait pas voir d'un bon œil ma visite impromptue dans son domaine.

Nous quittâmes la salle hypostyle pour traverser une autre avec d'autres colonnes avant d'arriver devant une salle plus modeste mais qui était la plus importante du temple. Dans tous les temples, cette salle existait. Elle était dédiée à un dieu. A Edfou, le Naos était un monobloc de granit imposant, d'une hauteur d'environ quatre mètres. Au milieu de cette salle, dédiée au silence, trônait la copie imposante de la barque sacrée du dieu Horus. C'était une espèce de brancard, sur lequel une niche servait, à l'époque, à balader la statue du dieu en question, lors des processions. Les égyptologues en lisant les hiéroglyphes avaient eu connaissance qu'il s'agissait d'une statuette en or massif. Seulement, on ne l'avait jamais retrouvée. L'original de la barque était au Louvre, en piteux état. J'avais du mal à imaginer, lorsque l'égyptologue Ferdinand Mariette avait fait dégager ce temple énorme, enfoui sous le sable, à la fin du dix-huitième siècle, qu'il y avait de nombreuses habitations au-dessus, des volailles, des chiens, une vie pauvre qui grouillait.

L'officier avait obliqué sur la droite le long d'un couloir mais je n'avais pas pu m'empêcher de pénétrer à l'intérieur du saint des saints. Je fis respectueusement le tour de la barque. Je remarquai sur les parois de la cabine une frise dont le motif représentait un cobra dressé. Décidément, ce foutu reptile me poursuivait. Je me remémorai la scène de la veille et j'en eus un frisson. Je sortis précipitamment du Naos, comme un môme pris en flagrant délit de connerie, et j'accélérai le pas dans la direction qu'avait prise le flic égyptien. Dès que j'eus franchi le coude de ce long couloir, j'aperçus alors, une oasis de lumière. Je passai devant plusieurs chapelles et me heurtai, au fond de ce lieu mystérieux, à d'autres uniformes. Ces militaires étaient munis de torches. Mais ceux-là ne portaient pas d'armes. Un homme avec trois étoiles sur ses épaulettes sortit du groupe. Il s'avança vers moi, une main gantée, plutôt un doigt pointé sur moi. Un doigt qui m'interrogeait :
- C'est vous le commissaire français ?

Enfin ! J'y étais. Je répliquai :
- Je suis content de vous trouver. Je commençais à flipper dans cet endroit.
- La première fois que l'on vient ici, cela fait toujours cet effet.

L'homme parlait un français correct. J'en fus soulagé.
- Vous êtes ? dis-je
- Je suis le capitaine de la police.
- Vous n'êtes pas militaire ?
- Non commissaire ! Notre histoire a été un peu compliquée ces

dernières décennies. Aujourd'hui nous portons tous l'uniforme. Ces hommes qui sont là sont des policiers. Les seuls militaires que vous avez croisés sont ceux qui sont à l'entrée.

- Je peux voir le corps ?
- Oui ! Mais ne touchez à rien. Nous attendons un légiste.

Je me penchai. Un policier éclairait la scène... Le cadavre était allongé sur le dos. Il avait la gorge tranchée. Sa tête baignait dans une flaque de sang pourpre et visqueuse. J'empruntai une torche et l'auscultai sans le toucher, en évitant de polluer la scène. Je vis qu'il y avait quelque-chose sous son dos. On aurait dit un livre qui dépassait. Je le montrai au capitaine. Il s'accroupit, sortit un sac plastique et tira le livre. Il le retourna et me montra le titre.

C'était des convocations

L'après-midi fut longue. Il fallut attendre le légiste et l'arrivée de Dalida Wagdi. Comme je m'amusais à lui demander où était son uniforme, elle me rétorqua sèchement qu'elle en était dispensée. Je ne cherchai pas à en savoir davantage. Je m'étais rencardé sur internet sur l'organisation de la police égyptienne. Son patron c'était le ministre de la sécurité publique. Son job consistait à diriger, outre les affaires criminelles, toutes les affaires liées à l'émigration, à la gestion des passeports, à régler les problèmes avec les touristes et assumer pour finir, la direction de la police portuaire. Le mec n'avait pas le temps de courir la gueuse.

Le cadavre fut emporté vers Louxor, à l'institut médico-légal. Il avait été égorgé avec une certaine dextérité… Mais cette façon d'agir était ancrée dans les mœurs du pays. Les victimes étaient le plus souvent des moutons et rarement des hommes. On avait trouvé à proximité du corps, un sac-à-dos en toile dans laquelle quelques effets personnels étaient rangés. On n'avait rien de plus. Sauf ce bouquin. L'avait-il sur lui lors de son assassinat ? Ou était-il tombé du sac ? C'était un roman d'Agatha Christie édité en anglais. C'était une édition de poche qui avait souffert. Les pages étaient jaunies comme si elles étaient restées des années au fond d'un grenier. Son titre célèbre « Death on the Nile ». Le fonctionnaire des antiquités avait-il voulu profiter de ce voyage pour lire ou relire ce fameux roman où le détective belge Hercule Poirot, démêlait une tragédie meurtrière lors d'une croisière sur le Nil ? Pourquoi pas !

De retour sur le navire, j'invitai Dalida sur le pont supérieur pour boire un verre et faire un mini briefing. Elle demanda un Coca-cola et le barman, sans me demander, me servit un double-sec, sans glaçon. Le serveur connaissait bien son métier.

La visite avait été légèrement écourtée, mais notre groupe Azur avait pu visiter le temple dans presque sa totalité… Par contre, les autres touristes n'avaient pas eu cette chance car l'armée, suite au meurtre, avait condamné l'accès, pour le restant de la journée.

Je racontais ce que j'avais appris à Dalida. Notamment, ce qui s'était passé sur le bateau et cette histoire intrigante des lettres reçues par les égyptologues. Je demandai à mon invitée :

- Amada Youssef s'est rendu par ses propres moyens dans ce temple. Pourquoi a-t-il fini dans cette salle dédiée au dieu lunaire, Khonsou ?

Il avait rendez-vous, imbécile !

Je fis volte-face. Sur la rambarde, le piaf était là. Cette fois, il avait été plus modeste. Ce n'était qu'un moineau. Le genre petit, moche, les poils en broussailles, le bec tordu, les pattes fragiles.

- Drôle d'allure ! dis-je du bout des lèvres pour éviter que ma collègue n'entende ce que je disais.

Je croyais que tu te fichais maintenant que les autres soient au courant de notre petit secret hallucinatoire.

- Oui ! Tu as raison. Ils avaient rendez-vous.

- Vous devinez ma pensée commissaire.

C'était le lieutenant Dalida qui me répondait. J'avais parlé plus haut et elle avait cru, bien évidemment, que c'était à elle que je m'adressais. J'en profitai vivement pour embrayer. Le piaf venait de s'envoler et filait vers une felouque qui quittait le port et prenait le courant.

- Il connaissait son agresseur. La blessure au cou montre qu'il a été attaqué par devant. D'un seul geste rapide mais cruellement efficace. Ces fameuses lettres...

Dalida me coupa la parole.

- C'étaient des convocations. Les deux hommes en ont reçu une chacun, d'après ce que vous avez appris.

- Ce qui sous-entend que mon compatriote, David Marchand, devait lui aussi rencontrer quelqu'un.

- Et vous croyez qu'il a subi le même sort qu'Amada Youssef ?

s'enquit le lieutenant.

Je n'en étais pas certain mais c'était probable. Peut-être avait-il échappé à son assassin et qu'il se terrait quelque-part ?
- Il faut refouiller Karnak. Amada Youssef a été tué lors de la visite du temple d'Horus. Il s'est éclipsé de la même façon que son collègue à Louxor. Il y a trop de similitudes. Qu'en pensez-vous ?
- Je n'ai pas assez d'autorité, répondit-elle, pour réclamer cela. Par contre, nous pouvons y retourner ensemble. Qu'en dites-vous commissaire ?

Je n'étais jamais contre un peu d'action… J'avais toujours pensé qu'il fallait aller sans cesse de l'avant, foncer, pour faire bouger les limites d'une enquête.
- Avant d'y aller, vous ne trouvez pas bizarre que ces hommes, de vraies pointures sur l'égyptologie, se sont retrouvés sur cette croisière, comme n'importe qui ?
- Sans doute... Les lettres devaient y être pour quelque-chose.

Je terminai mon verre et me levai.
- Allons-y ! Mais cette histoire de lettres laisserait entendre que l'assassin fait partie du voyage.
- Il pourrait suivre le bateau en voiture.
- Oui ! Cela se tient.

La voiture de Dalida était garée sur le quai. Nous montâmes sans rien nous dire de plus. Chacun dans ses déductions. Elle démarra, passa la première et prit la direction de Louxor. Le crépuscule gommait lentement le paysage. Nous longeâmes des maisons misérables, devant lesquelles des mômes déguenillés jouaient en poussant un pneu de voiture. Le long de la route, des poules, des moutons, des chiens errants squelettiques, toujours des charrettes sans aucune lumière dans l'obscurité naissante, chargées jusqu'à la gueule, tirées par des ânes fatigués, avec souvent femmes et enfants installés dessus. Plus loin, au beau milieu d'un canal, le cadavre d'un cheval offrait son ventre gonflé, à la lumière rasante et mordorée du soleil couchant. Les quatre pattes rigidifiées tendues vers les nuages avec une monstrueuse nuée de mouches tournoyantes autour. La voiture, cent mètres plus loin, dépassa une bande de gamins. Ils se baignaient dans ce même canal. Dans cette même eau polluée. Je crus vomir. Je jetai un regard perdu vers Dalida qui haussa les épaules.

- La misère est plus proche chez nous que chez vous… Ici, la majorité des gens souffrent de dysenterie et d'autres saloperies.

- Rien n'a vraiment changé ! répondis-je, d'un ton amer. Les pharaons paradaient dans leurs barques dorées, au milieu du Nil, et le peuple, le même qu'aujourd'hui, sur la rive, en train de les regarder passer.

- Vous avez raison commissaire. Les pharaons ne sont plus sur le Nil. Mais les ferrys y sont... Le peuple, comme autrefois, sur les bords du fleuve, contemplent les touristes. Et les marchands tentent leur chance dès qu'ils ont la chance de les approcher. Il y a des tas de gamins qui essayent d'accoster les bateaux, sur des embarcations de fortune, pour leur vendre un animal qu'ils ont tressé avec des herbes. Au risque de leur vie. Voilà mon pays, commissaire.

Je n'osai plus répondre. Elle avait raison. L'Égypte était belle à regarder du haut du ciel, ou du haut d'un bateau. Dès que l'on mettait le pied à terre, c'était une autre histoire qui nous était conté.

Quand nous arrivâmes dans les faubourgs de Louxor, il faisait nuit. Le ciel était étoilé et un vent frais s'était levé. Le temple était sur la route. Il côtoyait le fleuve depuis si longtemps que l'on avait du mal à imaginer qu'un jour cela risquait de changer. Et pourtant, ce qui avait préservé les monuments c'était leur enfouissement sous le sable, sous le limon du Nil. Mais de nos jours, ces constructions en granit ou en grès étaient attaqués par l'humidité. Rien ne garantissait que ces temples seraient encore là dans mille ans. Rien ne disait aussi si l'humanité serait encore là, elle aussi.

- Nous y sommes ! conclut Dalida en stoppant le moteur.

Nous étions devant le parking. Il était vide. Sur le côté, il y avait une guérite en bois avec deux militaires en faction. Ils gardaient l'entrée du site. Dalida alla les voir et ils nous laissèrent entrer. Le lieutenant avait sorti une torche de son coffre. De mon côté j'avais allumé mon téléphone portable. Nous décidâmes de nous séparer. Elle me donna un plan qu'elle avait dans la bagnole et me proposa de chercher sur la droite. Elle prenait sur la gauche. Nous devions nous retrouver au bout.
- Je pense que nous devons nous focaliser sur les salles qui sont assez peu visitées. L'assassin, si David Marchand a été tué, a dû procéder comme à Edfou.
- Il y avait une salle qui était en réfection... Une chapelle dans laquelle il y avait pas mal de matériel entreposé, me répondit le lieutenant, le front plissé.

Il était vrai qu'elle avait fière allure cette femme. Une chevelure frisée qui encadrait un beau visage, des yeux magnifiques mis en valeur par un bracelet de rides souriantes et énergiques. Un corps de liane, souple, et une voix que l'on aimait entendre. Elle portait un jean sombre, une chemise blanche dont l'échancrure laissait entrevoir l'éclat d'une chaîne en or. Avec une veste grise, ample qui cachait son holster et son petit calibre 9 mm Helwan 920. Je l'avais tenu dans les mains quand nous étions montés dans la voiture. Elle l'avait enlevé pour être à l'aise pour conduire et me l'avait tendu pour le ranger dans la boite-à-gants. Elle avait dit que les simples policiers n'étaient pas autorisés à porter une arme sur eux. En cas de besoin, elles étaient enfermées dans le coffre des voitures de patrouille. Seuls les officiers avaient ce droit.
- Si on commençait par cette chapelle, se ravisa-t-elle ?
- Bonne idée. On reste ensemble. Je ne suis pas rassuré dans ces murs et toutes ces ondes qui nous viennent de si loin.

Dalida eut un rire léger.

- Commissaire, vous êtes superstitieux ?
- Généralement non... Je suis assez pragmatique habituellement. Mais ces lieux étranges me font un effet bizarre que je ne peux pas m'expliquer.
- Vous voulez que je vous tienne la main ? plaisanta-t-elle.

Ce fut à moi de rire :
- Attention que je ne vous prenne pas au mot.

Dalida me coula un regard que je ne sus interpréter et passa devant.
- Suivez-moi commissaire.

J'avais traversé le temple d'Horus durant la journée. Ce soir c'était différent... Nous passâmes sous le portique géant dont le sommet se perdait dans la pénombre. L'immensité de son poids colossal et son antique puissance pesa soudainement sur mes épaules. Dès que fûmes de l'autre côté, le ciel et ses étoiles nous offrit un peu plus de clarté. Je respirai mieux. Dalida était déjà loin devant. Je pressai le pas pour la rattraper.
Nous traversâmes la salle la plus célèbre de Karnak avec ses cent trente-quatre colonnes, une véritable forêt de pierre. Je n'en menais pas large. Le commissaire avait les jetons... Je craignais qu'un oiseau de nuit ne fasse une brusque apparition. Ce n'était pas le moment d'avoir une hallucination. Nous nous faufilâmes rapidement entre ces ogres immenses. J''avais l'impression que l'un d'entre eux allait subitement s'extraire de son immobilité millénaire, faire un pas en avant et m'écraser comme une vieille tomate.
Nous passâmes sous un autre pylône et nous pénétrâmes dans une autre partie du temple. L'obscurité nous entourait. Le rond de lumière de la torche du lieutenant était comme une trouée bienfaitrice, salvatrice, dans ce noir de tombeau. Je n'osai pas lui demander de ralentir parce que j'avais le souffle coupé. Un comble pour le macho que j'étais censé être. Dalida savait où elle allait. Il y eut d'autres colonnes, d'autres salles, des fresques fantasmagoriques griffées sur d'immenses murs noirs dont je ne

distinguais que des parcelles quand le rond jaune de la torche s'arrêtait dessus. Mon portable n'éclairait que les talons rapides du lieutenant. J'avais peur de la perdre. Enfin nous stoppâmes face à une bâche en plastique.

- C'est là ! La chapelle de la déesse Sekhmet. Elle possède une tête de lionne sur un corps de rêve. Voulez-vous que je vous la présente ?

Mon cœur battait à tout rompre. Je répondis vaillamment :
- Non merci ! Fouillons cette salle et repartons. Je ne sais pas si c'était une bonne idée de venir ici la nuit.

Le lieutenant Dalida Wagdi eut la délicatesse de faire aucun commentaire. Elle me prit le coude et m'entraîna à l'intérieur de la chapelle. La lionne était face à nous et nous regardait. Dalida se dirigea vers un amoncellement de sacs et commença à les bouger. C'était des sacs de ciment. Il y avait des planches dans un coin, des rouleaux de bâches en plastique appuyés contre le mur, des tubes d'échafaudage en vrac sur le sol, une brouette remplie d'outils, plus des sacs de jute, suffisamment grands pour contenir un cadavre.
- Les sacs ! dit-elle

Il y en avait trois. Deux étaient pleins avec des détritus divers. Un troisième à moitié. Nous nous penchâmes sur le premier. On le vida mais il n'y avait pas de corps. Dans le second non plus. Déçus et soulagés à la fois, nous fîmes une pause. On avait les mains sales. Je trouvai un chiffon dans un carton et je m'essuyai les mains. J'allumai une clope. J'avais besoin de me concentrer. Besoin d'un coup de main. Besoin de mon piaf. Et comme par magie, il se manifesta.

Un hibou blanc, au plumage constellé de pointes noires. Avec des yeux jaunes qui dardaient sur moi une flèche imaginaire qui me flanqua la trouille. L'oiseau nocturne était juché sur la tête de la lionne. Je ne pouvais détacher mon regard de l'oiseau.
- Qu'y a-t-il commissaire ?
- C'est mon oiseau. Il est là perché sur la déesse. C'est une

hallucination que j'ai lors de mes enquêtes. Cela fait trente ans que je l'ai. C'est lui qui a construit ma carrière. Je suis célèbre en France pour cette bizarrerie.

- Calmez-vous commissaire. Votre ami le commandant Fréderic Costessec m'a mise au courant. Dites-moi alors, que dit votre oiseau ?

- C'est un hibou. Mais il ne dit rien.

- Questionnez-le !

Ce que je fis.

- Où est ce putain de cadavre ?

Le hibou tourna lentement la tête et me répondit :

Je commence à fatiguer à t'expliquer tout ce que tu dois faire. Le jour de la distribution de ce que l'on appelle le bon sens tu étais où ? Et cette Dalida ? Pas mal la gonzesse ! Tu comptes te la faire ?

- Arrête ça, oiseau de malheur.

- Que dit-il ? demanda Dalida curieuse.

- Il ne me donne rien pour l'instant. Comme d'habitude il se fiche de ma gueule et me demande si vous êtes célibataire.

Sur le coup j'avais été super malin. Ou super con ! Qu'avais-je besoin de savoir si le lieutenant était marié ou pas ?

- Votre oiseau est indiscret. Cela ne le regarde pas. Interrogez-le plutôt où devrions-nous chercher maintenant ?

Ce que je fis piteux.

- Alors connard de hibou ?

- Vous êtes obligés d'être aussi vulgaire commissaire ?

- Excusez-moi, lieutenant. Cette saleté de piaf c'est ma partie sombre et il a tous les défauts, dont celui du langage. Quand je suis seul avec lui, j'avoue que je m'énerve vite.

- Vous le voyez toujours ?

Oui il est là et il nous regarde de ses yeux jaunes.

- Demandez-lui poliment, peut-être sera-t-il plus enclin à vous aider ?

- Peux-tu nous dire mon bel oiseau nocturne où devons-nous aller maintenant ?

Elle a raison la dame. Si tu me prenais plus souvent dans le bon sens des plumes je serais plus sympathique avec toi. Bon ! Voilà la solution. Quand les sacs sont pleins que se passe-t-il ?

- Il faut les vider.

Où les vident-on ?

- Putain ! Dans une benne ou directement dans un camion, puis direction la décharge.

Vous pouvez me dire ce que vous cherchez

Le hibou s'était envolé dans un bruissement soyeux et il avait traversé le plafond de la chapelle pour rejoindre le ciel de mon subconscient.

Nous étions sortis du temple et nous avions regagné la voiture.

Le parking était dans la pénombre. On distinguait la silhouette des deux militaires devant la guérite. Il y en avait un qui fumait. On apercevait le bout incandescent de sa clope. Dalida s'était installée au volant de la voiture, la portière ouverte. Moi j'étais appuyé sur le capot en train de m'en rouler une.

Je pensai à voix haute.

- Ces deux-là doivent savoir s'il y a une benne dans le coin ?

Dalida sortit de la caisse comme une bombe. Et se dépêcha vers les deux zouaves. Elle discuta une minute avec eux et revint vers moi, triomphante. Je venais de finir de rouler ma cigarette et la portai à ma bouche.

- A la sortir du parking, cent mètres après sur la gauche. Il y a un petit terrain vague, dit-elle.

Elle se rua dans la caisse et moi aussi. La cigarette resta éteinte. Nous découvrîmes une benne rouge en attente du camion. Cette masse de ferraille nous bloqua dans notre élan. Comment s'y prendre ? Dalida eut la solution.

- Je vais vous éclairer et vous sautez dedans, si vous y arrivez ?

La garce. C'était à moi de faire l'éboueur. Et maligne elle avait rajouté « si vous y arrivez ? » pour me motiver. Le commissaire Marcello Visconti, fut beau joueur. Je ravalai ma fierté et pris mon élan. J'atterris comme une merde dans la benne. Une de plus ce n'était pas si grave, dans ce foutoir dégueulasse où il y avait de tout.

Je tentai de rester debout et mes jambes s'enfoncèrent dans le tas de détritus. Il y avait des sacs poubelles, des bouts de bois, des planches, de la ferraille, du plastique, et soudain entre un tuyau de caoutchouc et un carton bouffé de moisissure, je vis ce qui ressemblait à un bout de la poignée des sacs de jute que nous avions vidés dans la chapelle de la lionne. Je tirai dessus mais c'était bloqué. Rien ne bougeait.

- Il y a bien un sac de jute là-dessous ! dis-je. Il faudrait y aller doucement, continuai-je.
- J'appelle du renfort. Descendez Marcello... Vous en avez assez fait.

Je ne me le fis pas dire deux fois. Elle m'avait appelé par mon prénom et je pris cela comme une récompense. Je sautai au bas de la benne. Dalida était déjà en train de téléphoner. J'avais le temps de me rouler une autre clope. La précédente était dans ma poche, dans un fouillis de tabac et de papier.

Trois voitures noires se pointèrent sur les chapeaux de roues. Les mecs sortirent comme des billes métalliques d'un juke-box.
Le plus âgé leur criait dessus. Deux des policiers enfilèrent des combinaisons, des gants et des masques et sautèrent comme des cabris dans la benne.
- Ils sont jeunes, ceux-là ! ne pus-je m'empêcher de dire.

Dalida se retourna et se contenta de hocher la tête avec un petit sourire en coin. Ce ne fut pas long. Les gars de la scientifique dégagèrent le sac de jute. Je vis les flashs de l'appareil photo et nous nous approchâmes. Dalida s'adressa à l'officier supérieur qui commandait. Elle me le présenta. C'était son chef direct. Le type avait la soixantaine. Il était en civil et c'était lui que j'avais entendu donner de la voix. Soudain, un des hommes se redressa, sortit sa tête de la benne et annonça qu'il y avait un cadavre dans le sac. Tout cela en arabe mais j'avais pigé... Rien qu'au ton angoissé du bonhomme. Nous dûmes attendre patiemment que l'on sorte David Marchand de cette benne pourrie. Cela ne faisait aucun doute que c'était lui. L'assassin l'avait jeté comme une grosse pourriture dans cette poubelle.
- Tu crois que c'est un message de l'assassin ?

J'avais tutoyé le lieutenant sans m'en rendre compte... Elle me répondit :

- Je ne crois pas commissaire. Il a sans doute essayé de retarder la découverte du corps, peut-être pour ne pas effrayer Amada Youssef. Pour avoir le temps de lui régler aussi son compte.

- C'est sans doute cela.

Le corps fut déposé sur le sol sur une bâche plastique. Il était recroquevillé comme un fœtus obscène dans un état de rigidité avancé. Curieusement, il avait été dépouillé entièrement de ses vêtements. La peau cadavérique de la victime réfléchissait la brillance des spots des torches blanches qui la balayaient dans une ronde effrénée. Le légiste commença son boulot.

- Comment se fait-il qu'il soit déjà là ? questionnai-je surpris.

- Je leur ai dit qu'il y avait un cadavre.

- On n'en savait rien ? rétorquai-je abasourdi.

- C'était une évidence. De cette façon on a gagné du temps.

Je restai coi. Cette femme m'épatait. La logique égyptienne me surprenait. On resta groupés autour du corps. Celui-ci n'avait pas de blessure apparente. C'était pour le moins bizarre. On devait attendre l'autopsie. Rapidement, les vêtements furent trouvés. Le tueur s'en était débarrassé dans la benne en même temps que le corps. Cette nudité n'avait rien d'un rituel, à mon avis.

David Marchand fut empaqueté dans une housse en plastique, et les trois voitures s'en allèrent en nous laissant, plantés, sur le parking. Dalida remonta dans la sienne et conclut :

- Je vous ramène au bateau commissaire.

Elle m'avait vouvoyé. Je me suis senti bête. Ma tentative de tutoiement avait échoué. J'étais déjà installé dans la bagnole quand le hibou se manifesta de nouveau. Ce fut très rapide. Il était sur le capot de la Ford fiesta et il me demanda si j'étais un amateur d'Agatha Christie.

- Attendez lieutenant ! Coupez le moteur et donnez-moi votre torche.

Je me précipitai vers la benne et sautai dedans. Cette fois, je fus plus leste. Les policiers avaient emporté le sac de jute avec eux. Nous avions constaté comme tout le monde qu'il n'y avait rien dedans. Amada Youssef avait emporté avec lui un sac-à-dos en toile. Pourquoi s'était-il encombré ainsi pour aller à son funeste rendez-vous ? Dalida m'avait suivi. Elle me regardait m'activer avec un air incrédule.

- Vous pouvez-me dire ce que vous cherchez ?
- Un sac !
- Ils ont tout trié et emporté ce qui était susceptible d'être lié à l'assassinat. J'ai jeté un œil sur la liste des pièces à conviction. Il n'y avait pas de sac.

Je ne répondis pas et je continuai à fouiller avec acharnement. Soudain, je mis la main sur ce que je cherchais réellement. Ce que je n'avais pas osé dire au lieutenant pour éviter de me faire moquer. Un livre. Un roman. « Mort sur le Nil ». Le roman était cette fois-ci, écrit en français. Comme l'autre, c'était une édition de poche mais il était en meilleur état. Seule la couverture était abîmée et il avait pris l'humidité de la nuit. De toute évidence, le cadavre de Marchand était là depuis la visite de Karnak.

Je quittai la benne et tendis le bouquin à Dalida. Elle s'en saisit et me répondit :

- Vous auriez pu me dire que c'était ça que vous cherchiez.
- Je n'étais pas sûr.
- Votre intuition était bonne. Ne vous sous-estimez pas.

Mon intuition… c'était mon piaf.

- Pourquoi ce fichu roman sur chacune des victimes ? dis-je manière de dire quelque-chose.
- Je ne sais pas. L'avenir nous le dira peut-être ? répondit-elle.

L'atavisme oriental avait parfois du bon. Cela évitait de se faire du souci pour des choses pour lesquelles on ne pouvait rien faire. Tout était écrit à l'avance… Cela restait valable aussi pour les enquêtes policières. Dalida feuilleta rapidement le livre et le mit dans une poche plastique qu'elle dégota dans son coffre.

- Je ne sais pas s'il est exploitable, après son séjour dans cette benne. Vous connaissez la trame du roman, commissaire ?

- Vaguement... je l'ai lu quand j'étais adolescent. Vous croyez qu'il existe un rapport avec les deux meurtres ?

- Il y a une raison. Ce n'est pas une coïncidence, conclut-elle.

Nous remontâmes dans la voiture et nous reprîmes la route. Le bateau devait quitter le lendemain Edfou pour Kom Ombo. Il fut décidé que Dalida allait monter à bord en ma compagnie. Il existait cinquante pour cent de chance pour que le tueur fasse partie de la croisière. La seconde option, avait souligné Dalida, était qu'il pouvait suivre la croisière en voiture. Dans les deux cas, nous avions une chance de le coincer.

Il y avait eu deux meurtres de commis. Ils étaient différents par la manière d'opérer. L'un avait été saigné et l'autre on ne savait pas encore. Cependant, il existait des similitudes… Notamment cette troublante présence des deux livres. L'un était rédigé en anglais pour l'égyptien et l'autre en français pour Marchand. Cela devait avoir une signification pour le meurtrier. Celui en anglais était ancien et celui en français était plus récent. Les deux livres n'avaient donc pas la même provenance. C'était à creuser. Les pistes étaient pauvres. Il y avait aussi celle des lettres mais elles menaient à une impasse puisqu'elles avaient disparu. Certes, les livres nous les avions mais, à part leurs présence près des corps, il n'y avait rien qui pouvait nous mener quelque-part.

- Vous croyez qu'il y aura une autre victime ? questionna Dalida

- Difficile à répondre à ça. Amada et Marchand faisaient tâche parmi les touristes. Deux éminents égyptologues. A priori, il n'y a personne qui possède le même profil sur le bateau.

- Le mobile doit avoir un rapport avec leur métier, supposa-t-elle.

- Cela est vraisemblable. Je donnerai cher pour savoir ce qu'il y avait dans ces putains de lettres. Il faut interroger les passagers. Qu'en dites-vous, lieutenant ?

Quand nous arrivâmes sur le quai, Dalida changea d'avis. Elle préférait continuer par la route, prétextant, et à juste titre, qu'il nous fallait conserver la voiture, pour une certaine efficacité dans les jours à venir. Je la saluai et grimpai sur la passerelle. Le vigile dormait sur sa chaise et je passai devant lui sans le réveiller. Je regagnai ma cabine. J'étais fourbu et je puai. Je pris une rapide douche. Pour une fois, je m'endormis sans difficulté.

Ce fut le rythme des moteurs diesels et les vibrations du bateau qui me réveillèrent de bonne heure. Au petit déjeuner, j'étais un des premiers. J'ignorais la tablée habituelle et m'assis d'autorité à celle où Amada Youssef avait pris son dernier repas.

Derrière mon café et mes brioches, j'attendis patiemment que les autres arrivèrent. Quand nous fûmes réunis, je pris la parole et décidai de confesser mon véritable rôle dans cette croisière. Je racontai brièvement, ce que tout le monde pourrait lire dans les journaux locaux, que deux égyptologues qui faisaient partie de la croisière, avaient été assassinés, et que j'étais là pour aider la police égyptienne. Je demandai si quelqu'un avait remarqué un comportement bizarre chez le vieux fonctionnaire. Hormis qu'il n'était guère bavard, personne ne put m'en dire davantage.

Stefano, le psychiatre, s'était levé et s'était approché de notre table. Carla, n'avait pas tardé à le rejoindre. Son parfum lourd et poivré m'entoura soudainement. Elle était vêtue d'un pantalon noir qui moulait son popotin et d'un chemisier rouge transparent qui mettait en évidence ses gros lolos prisonniers d'un soutien-gorge rose. Que de l'habituel pour cette singulière femme ! Ce fut elle qui m'interpella :

- Pourquoi vous demandez si l'un de nous a vu un de ces deux pauvres diables avec une lettre ?

- On pense que ces lettres ont un rapport avec ces dramatiques événements.

Je ne voulais pas en dire plus. Mais la plantureuse Carla n'en resta pas là.

- En tous les cas, moi je ne l'ai pas vu avec une lettre mais je sais que le vieux transportait quelque-chose de lourd dans son sac.

- Quel vieux ? Quel sac ?

- Ce monsieur Youssef qui était à cette table ! Nous étions au petit-déjeuner. C'était avant de partir visiter le temple d'Horus. Il a quitté la table et il est venu à la nôtre. Il nous a demandé si on avait vu son ami, l'autre vieux monsieur...

- Oui ! David Marchand. Et alors ce sac ?

- C'était un sac à dos. Il l'avait accroché à son épaule. Je l'ai vu faire une grimace. Ce qui était dedans avait l'air de peser pas mal. Cela m'a intriguée... Je me suis demandée ce qu'il portait ainsi surtout pour aller en visite. Puis j'ai oublié.

- Madame Carla. C'est très utile. Je vous remercie.

Stefano, comme à son habitude, n'avait pas dit un seul mot. A croire qu'il était muet. Dans sa profession, il était vrai qu'il passait davantage de temps à écouter les autres qu'à parler. Je connaissais particulièrement la méthodologie des psychiatres. La mienne n'ouvrait la bouche que pour réclamer son dû. Avec une préférence pour des espèces. Pour la symbolique ! rabâchait-elle, comme pour s'en convaincre. Pendant cette discussion, un petit groupe s'était réuni autour de notre table. Certains demandèrent même des précisions, quémandèrent des détails. Je compris alors qu'il était de mon rôle de rassurer tous ces gens. Ils n'étaient pas idiots. Ils avaient compris que le tueur était, peut-être encore, sur le bateau. Je tentai de désamorcer la tension et leur demandai de conserver leur calme et de profiter cependant, au mieux, de leur voyage. Puis je me frayai aimablement un passage parmi eux et partis à la recherche du capitaine. Je devais lui parler.

Je le mis au courant des derniers événements et le questionnai au sujet de son équipage. Il me fit remettre une liste complète par son second et s'excusa. Il devait tenir la barre du navire, se concentrer sur la route à suivre. De nombreuses îles obligeaient le Nil Azur à zigzaguer entre les bancs de sables. Je passai par ma cabine et récupérai le double de la liste des passagers que j'avais en ma possession. J'avais besoin de la réexaminer. Je montai sur le pont supérieur. Le bar était ouvert. Il était un peu tôt pour picoler mais je n'eus pas le cœur de refuser le whisky que le barman m'apporta aussitôt.

Je m'installai à une table et me mis au boulot. De temps à autre, je levais le nez et regardais le paysage.

Le Nil millénaire coulait paisiblement. Les berges défilaient comme dans un film au ralenti. Les palmiers se détachaient sur un horizon de collines ocres. De hautes falaises de pierrailles et de terre jaune jetaient une ombre grise sur l'eau émeraude du fleuve. Peu à peu, ce spectacle tranquille me berça et je piquais du nez sur mes feuilles. Je me roulai une clope pour me donner un coup de fouet. Boire de si bon matin n'était pas une si bonne idée. De temps en temps, apparaissaient des maisons avec de la vie autour, des femmes lavaient le linge dans des bassines de couleur, des enfants jouaient en liberté, entourés de chèvres et de vaches. Sur les rives, on apercevait des felouques colorées, parfois des pêcheurs qui peinaient sur leurs rames, ballottés par le courant, sur leurs minuscules embarcations. Nous avons frôlé une île plate, verte, de la dimension d'un terrain de foot. Dessus des gamins qui tapaient dans un ballon, certains en tenues de sport, d'autres en djellabas. Ce paysage de quiétude, de paix et de tranquillité me parût complètement décalé avec les crimes sur lesquels je devais me pencher.

Le temps était bizarre. Le ciel était devenu soudainement gris et lumineux et se cachait derrière le décor du fleuve. Le vent était plus froid et je préférais regagner ma cabine. Mon piaf ne s'était pas manifesté. J'avais malmené sérieusement mes neurones et cela me posait question.

Alors de quoi est-il mort ?

Le bateau accosta et tout le monde se prépara pour l'excursion de Kom Ombo. La discussion du déjeuner avec mes compagnons de table ne m'apprit rien de plus. Le lieutenant Wagdi attendait sur le quai. Elle avait trouvé une chambre pour passer la nuit et se changer. Elle était habillée différemment de la veille. Toujours avec un pantalon moulant mais il était rouge. Un chemisier noir et sa veste ample qui cachait son arme. Elle s'était maquillée et elle était plus belle que la veille. Elle ne portait pas d'alliance mais cela ne voulait rien dire.

Yasmine, donna le signal et elle entraîna ses adeptes derrière son chapeau de paille, en direction du temple. Celui-ci était un autre édifice gréco-romain, plus modeste que le précédent, mais assez bien conservé lui aussi. Nous étions en nouvelle Nubie et ce temple possédait seize colonnes. Il était dédié à deux divinités, Sobeck le crocodile et Horus, le faucon. Comme à Edfou, les œuvres artistiques étaient de pâles répliques. On retrouvait sur les murs la reproduction du jugement dernier où l'on pesait le cœur du défunt avec une plume d'autruche. Si le cœur était plus lourd que la plume, le défunt partait directement en enfer, avalé par la dévoreuse des hommes. Dans le cas opposé, c'était le paradis qui ouvrait sa porte. Le pharaon était représenté avec un sceptre. Il devait régulièrement rivaliser avec un taureau et le tuer pour avoir le droit de poursuivre son règne. En réalité, c'était lui l'inventeur de la corrida, pensai-je, en me fendant la pipe.
Les trois momies de crocodile, le nilomètre, ce puits qui servait à mesurer la hauteur des crues du fleuve, afin de fixer les taxes du peuple, j'avais eu le temps de lire tout cela sur l'affiche quotidienne que la jeune guide Yasmine, mettait à disposition sur son trépied, à l'entrée du bateau.

Sur le chemin qui menait au temple, toutes les boutiques étaient délimitées par une bande blanche qui les confinait pour éviter d'aller au-delà et de gêner les touristes qui passaient devant. Les militaires veillaient au grain et personne n'osait passer outre. Nous profitâmes de cette tranquillité pour nous balader et pour échanger nos différents points de vue sur l'avancée de l'enquête.

J'avais appelé mon ami le commandant Costessec auparavant. Lui incombait la corvée d'appeler le maire pour lui annoncer le décès brutal du célèbre égyptologue David Marchand. Je lui avais fait un bref compte-rendu de l'affaire qui paraissait assez compliqué, voire mystérieuse. La dépouille, avais-je ajouté, ne pourrait être rapatrié qu'après l'autopsie. Je lui avais aussi posé la question à savoir si je devais rentrer moi aussi en France. Il me connaissait bien et il s'était mis à rire. Il m'avait répondu de profiter au mieux de la croisière avant de me raccrocher au nez. Il avait toujours eu cette fâcheuse habitude d'écourter ainsi nos conversations.

Nous étions en train de prendre le thé dans une gargote du souk, lorsque le téléphone du lieutenant égrena un chapelet de sons aigus. C'était le légiste. Ils causèrent en arabe et cela ne me servit à rien de tendre l'oreille. J'en profitais pour m'en rouler une.
- Alors de quoi est-il mort ? questionnai-je, avide d'en savoir plus, quand elle eut fini sa conversation.
- Il a été mordu par un cobra.
- Hein ! Un serpent.

Soudain, je me remémorai celui de la soirée, autour du cou de Carla.
- Saleté de mort ! ponctuai-je.

Dalida poursuivit.
-. Au labo, ils ont décelé des traces de chloroforme dans ses poumons. Ensuite, le tueur l'a déshabillé et il l'a enfermé dans le sac de jute avec un cobra. En se réveillant, le pauvre diable s'est mis à gigoter et cela a suffi pour réveiller l'agressivité du serpent. Le venin de ce reptile, particulièrement dangereux, à

74

une action neurotoxique. Sa morsure peut être indolore à cause de certaines toxines. Par contre, la plupart sont paralysantes... Ce sont les muscles qui se bloquent. Quand ceux du système respiratoire sont atteints, la mort subvient deux à trois heures plus tard. Par étouffement...

- Vous voulez dire que Marchand a agonisé tout ce temps dans ce fichu sac. C'est horrible. Il s'est vu mourir à petit feu.

- Oui, certainement... Il a eu le temps de réfléchir pourquoi on l'assassinait ainsi.

- Vous pensez à une vengeance ? dis-je en sachant par avance la réponse.

- Peut-être, avait-il quelque-chose à se reprocher.

- Vous croyez que l'on doit éplucher le passé de nos victimes ?

- A votre avis commissaire ?

- Et le cobra ? Comment fait-on pour s'en procurer ? Sur le bateau il y avait l'autre soir un de ces montreurs. Il faudrait le retrouver.

- Bonne idée. Je vais appeler des collègues. On va s'en charger.

Dalida avait raison. Cela ne servait à rien de courir derrière un type qui pouvait être n'importe qui.

Les mobiles de meurtre étaient toujours les mêmes. L'argent, la haine ou l'amour, le pouvoir, la jalousie, la vengeance et parfois d'autres raisons inavouables, incompréhensibles.

- Comment procède-t-on ? m'enquis-je

- Il faut lancer une recherche sur David Marchand chez vous en France. Je vais demander à mon équipe de faire la même chose pour Amada Youssef. Ensuite on croisera nos renseignements.

- Bonne idée. J'appelle Toulouse tout de suite.

Nous retournâmes au bateau. Dalida chercha le capitaine pour obtenir une cabine. C'était plus simple que d'aller loger à l'hôtel. Le bateau ne devait plus bouger. Les visites prochaines devaient se faire en autobus. Nous étions partis du principe qu'il pouvait se passer autre chose lors de ce voyage... Je regagnai ma chambre et me replongeai encore sur ces fichues listes.

La majorité des passagers étaient des retraités. En septembre la population active était au boulot et ne prenait pas de vacances. Il y avait beaucoup d'anciens cadres de la mairie de Toulouse. A ma table c'était le cas. Il y avait, à l'exception des jeunes, une cadre de l'urbanisme à la retraite mariée à un ancien patron de la police municipale, une bibliothécaire de la médiathèque José Cabanis, son mari un ex-commercial de chez Renault, Carla et son psychiatre. A la table voisine de la nôtre, se trouvait une ancienne responsable des mairies, son mari propriétaire terrien, un responsable des cantines municipales, sa femme infirmière à l'hôpital de Purpan et quatre personnes supplémentaires, avec des professions différentes. Découragé, je repoussai la liste et m'en grillai une pour me détendre. Je n'avais ni le temps ni les moyens d'approfondir, seul, le profil de tous les passagers.

Nous devions attendre que l'on nous communique le passé des deux victimes.

Je retrouvai Dalida à l'apéro au pont supérieur.

Elle avait eu des nouvelles. Le montreur de serpent était hors de cause mais on lui avait dérobé un cobra, il y avait une semaine. Il habitait dans un village, proche de Louxor.

- Chez lui ? repris-je étonné.

- Il vit comme un ermite... Il parcourt régulièrement les collines à la recherche de ces sales bestioles. Il en extrait le venin avant d'aller se produire sur les bateaux. Mais la majorité des cobras qu'il conserve sont dangereux. Comme il est seul, c'est facile de le cambrioler. D'autant qu'il laisse tout ouvert. En général les voisins évitent d'aller lui rendre visite.

- OK ! Et pour Amada ?

- On en sait un peu plus, poursuivit-elle. Il est marié et il a eu trois enfants. Deux garçons et une fille. Les deux aînés vivent au Caire. L'un est médecin et la fille est mariée au conservateur du grand musée. Le deuxième garçon travaille à Port-Saïd. Il est responsable au port maritime. Au total, les trois totalisent une descendance de huit rejetons, ironisa Dalida.

J'en profitai pour demander :

- Et vous combien en avez-vous ?
- Un seul, et il vit avec son père.

Sa façon de me répondre me cloua le bec. Le sujet était tabou.
Je n'insistai pas et je continuai :
- Et sa carrière professionnelle ?
- Exemplaire. Il a étudié à l'université et passé un doctorat. Il a
participé comme stagiaire archéologue à différents chantiers au
cours de ses études. Puis il a été titularisé au ministère et il a
grimpé tous les échelons. Parallèlement, il a publié pendant des
années des articles dans de nombreuses revues internationales
comme d'ailleurs son confrère Marchand.
- Ils se connaissent depuis quand, ces deux-là ?
- Vous faites bien de demander. Où en sont vos recherches ?
- J'attends un appel de mon commandant. Il doit me les faire
parvenir sur le fax du bateau. J'ai prévenu le capitaine. Il doit
me prévenir dès qu'il les recevra. Cela ne saurait tarder. Mais je
dois dire que vous avez été plus rapide. Vous avez interrogé la
femme d'Amada Youssef.
- Elle est âgée et très éprouvée par le décès de son mari. Elle n'a
jamais entendu parler de David Marchand, si c'est ce que vous
voulez savoir.

Le lieutenant retrouva le sourire.
- Le tueur est un égyptien. Cela se précise et il connaît bien les
environs de Louxor. L'adresse du montreur de serpent n'était
pas évidente à trouver. Il faut se concentrer sur l'équipage.
- Il peut très bien ne pas faire partie de la croisière, dis-je.
- C'est une option, mais pourquoi avoir attiré les victimes dans
cette croisière ?
- Parce que cela lui facilitait la tâche.
- Voilà la raison. C'est probable.

Nous allions descendre pour participer au repas commun,
quand l'officier en second apparut avec des papiers. Au
commissariat de l'embouchure, le jeune officier Michel était
monté en grade. Mais il avait encore quelques années à passer

avant de devenir capitaine. Comme la moutarde Ducros, il s'était décarcassé. Je le remerciai mentalement. Pour le coup, nous nous étions rassis. Je donnai la moitié de la liasse du fax au lieutenant Dalida et nous parcourûmes attentivement les documents.

- Marchand a suivi le même genre d'étude et il a aussi participé à plusieurs chantiers en Égypte à partir de 1985. Il avait deux ans de plus que son ami, attaquai-je.
- Quels chantiers ?

Un me sautait aux yeux.
- Celui d'Abou Simbel.
- Vous dite ?
- Je ne sais pas. Il n'y a qu'une seule ligne. C'est noté : « David Marchand a participé, en tant que jeune stagiaire conservateur, à un chantier de fouilles à Abou Simbel, durant l'été 1985. »

Le lieutenant sortit son téléphone et elle appela quelqu'un. Elle discuta en arabe brièvement et me précisa, une fois qu'elle eut raccroché :
- C'est bien ce que je me souvenais... Amada Youssef a participé lui aussi, et à plusieurs reprises, à ces recherches, mais on n'a pas plus de précisions.
- C'était quoi ces fouilles ?
- Après le gigantesque chantier commencé en 1965, certains des Antiquités ont pensé qu'il y avait peut-être un autre temple caché à proximité du lac. Des tombes avaient été découvertes. Ils ont entamé des fouilles durant l'été 1985, mais sans aucun succès. C'est à cette époque que les deux étudiants ont fait connaissance.
- Comment cela un chantier gigantesque ?

Dalida ouvrit internet sur son portable et elle me fit la lecture :
- Le déplacement du temple a été, dans sa manière de procéder, presque aussi pharaonique que sa construction initiale... Ceci pour éviter qu'il ne soit à jamais noyé par l'immense étendue d'eau du lac Nasser, long de 550 km. Les travaux ont débuté le

12 mai 1965 et ils se sont terminés le 22 septembre 1968. Les deux temples ont été déplacés de 64 mètres vers le haut, dans une ahurissante course avec le Nil et ses crues.
- Deux temples ? la coupai-je.
- Celui de Ramsès II et celui de sa femme, Néfertari, celui-là avec des dimensions plus modestes.

Elle poursuivit sa lecture :
- Le président Nasser avait ordonné la construction de ce barrage pour réguler le Nil et aussi produire de l'électricité. En 1960 l'UNESCO avait lancé un grand programme de sauvegarde du patrimoine égyptien. Pour répondre à cette fameuse logique, le déplacement du sanctuaire nubien de Ramsès II et celui plus modeste de son épouse, qui allaient être noyés, avaient donc été actés. Le premier coup de scie débuta en mars 1964 et les deux temples trouvèrent leur place définitive, plus haut, sur le bord du lac, en septembre 1968. Les temples avaient été découpés à la main avec de grandes scies, en 1036 blocs de trente tonnes. Et la montagne en 1112 blocs. Puis, 33 tonnes de résine avaient été utilisées et 17000 trous avaient été pratiqués pour le remontage. Le résultat avait été à la hauteur du prix engagé. Douze milliards de dollars dont un quart avait été payé par l'Égypte.

Je n'en revenais pas. Je ne savais pas qu'à l'époque il y avait eu de tels travaux.
- Le temple de Philae, dont la visite est prévue demain, a lui aussi été déplacé, précisa encore Dalida.
- Vous venez de dire qu'on ne connaît pas les dates pour Amada ?
- Oui… mais on peut supposer, qu'ayant suivi le même cursus d'étude, il a suivi le même genre de stage sur le chantier, et ayant quasiment le même âge à cette époque, ils ont forcément dû se rencontrer. On va essayer de creuser cette piste.
- C'est maigre, conclus-je.
- Ils se sont sans doute revus plusieurs fois au cours de leur carrière, ajouta Dalida, songeuse.

Elle continua :

- Amada Youssef a pas mal voyagé. Souvent pour des congrès à l'étranger, ou des conférences. Tout comme David Marchand… Lui, par contre, s'est souvent déplacé en Égypte. Je dirais qu'ils se sont certainement revus durant ces années. Vous croyez qu'ils ont quelque-chose à cacher ?

- Pourquoi les aurait-on tués ? dis-je.

- C'est probable. Bon ! Allons rejoindre les autres à dîner, peut-être apprendrons-nous quelque-chose de nouveau à table, mais j'en doute.

La soirée se terminait par une soirée prestidigitation et par un bal. Nous abandonnâmes la grande salle pour nous réfugier au bar du petit salon. La nuit était plutôt fraîche et le bar du pont supérieur était fermé. Je commandai ma boisson préférée et le lieutenant se fit servir un Martini.

- Vous buvez de l'alcool ?

- Je vous ai dit, lors de notre première rencontre, que j'étais musulmane mais que cela s'arrêtait là. Alors oui, commissaire, je serre les mains, je fais des bises à l'occasion à mes amis, je fume de temps en temps des petits cigarillos, je bois de l'alcool, avec modération, comme vous dites chez vous, je m'habille comme je veux et je ne porte surtout pas le voile. Cela vous va ?

- Vous avez oublié le plus important, me hasardai-je, comme un gros lourdaud.

Elle planta ses yeux eau profonde dans les miens et elle me répliqua avec affront.

- Et oui ! Cela aussi je le fais ! Mais c'est moi qui le décide.

Je n'avais plus qu'à lever mon verre.

- Allons, trinquons à la femme que vous êtes et que j'apprécie de plus en plus.

Dalida cogna délicatement son verre contre le mien.

- Quand je le déciderais commissaire.

Je faillis m'étrangler et j'eus toutes les peines du monde à avaler mon whisky.

A minuit, elle alla se coucher et après un dernier verre je fis la même chose. Dans le couloir il y avait du roulis mais ce n'était pas à cause du fleuve.

J'étais complètement abasourdi

Sept heures du matin...

Je pris ma douche et nu comme un bébé j'ouvris mon placard à la recherche d'une chemise propre. Je restai bloqué, la main sur la poignée. Sur l'étagère, entre mes caleçons et mes chaussettes, trônait une statuette d'une trentaine de centimètres. C'était une représentation d'un pharaon. Peut-être une effigie de Ramsès II cat il ressemblait au visage des sphinx de Louxor. Il était assis sur son trône et croisait les bras sur sa poitrine. Il était coiffé de sa couronne et arborait sa barbichette bizarre. La statuette était peinte. Le visage était jaune, la couronne orange, le trône rouge et le reste du corps violet.

Enfin j'osai la saisir. J'étais stupéfait. J'avais l'impression qu'elle était authentique. Elle pesait son poids et je subodorai qu'elle était en grès. Je la retournai, cherchai un quelconque hiéroglyphe mais il n'y avait rien. Mais à la détailler de près, je constatai qu'elle était constituée de plusieurs morceaux collés ou ajustés. C'était curieux comme fabrication... Je la posai délicatement sur la table de nuit et fouillai le placard. Je ne trouvais rien d'autre. Je m'habillai à la hâte, et appelai le capitaine. Je lui demandai de venir dans ma cabine, ce qu'il fit sans poser de question. Je lui montrai la statue et lui demandai de la mettre en sécurité dans le coffre du navire. Il obtempéra et s'en alla le long du couloir en tenant la statue avec toutes les précautions dues à son ancienneté présumée.

J'étais complètement abasourdi quand je retrouvais ma collègue à la table du petit-déjeuner.

Je la mise au courant de ma découverte. Nous étions sceptiques. Je m'étais couché la veille sans ouvrir mon placard. Quelqu'un avait pénétré dans ma cabine la veille, vraisemblablement dans l'après-midi.

- Pourquoi l'avoir fait mettre dans le coffre ?

-Un réflexe ! répondis-je. Je crois qu'elle est authentique.

- Qu'est-ce qui vous le fait dire ?

- Le contexte de l'enquête, mon intuition de flic. Vous voulez la voir ?
- Quelle question !

Nous traversâmes le bateau pour nous rendre à la poupe où se trouvait la cabine du capitaine. Le coffre ouvert, le lieutenant s'empressa de photographier la statuette. Puis nous repartîmes dans notre quartier général, c'est à dire sur le pont supérieur avec son mini-bar. On prit deux jus d'orange et on se posa des tas de questions qui restèrent sans réponse. Nous eûmes juste la confirmation, par un de ses collègues, qu'Amada Youssef avait bien participé au chantier d'Abou Simbel, durant l'été 1985, en même temps que David Marchand. Que s'était-il passé lors de ce chantier ? Et pourquoi m'avait-on choisi pour me confier ce trésor ?

Bien sûr, il n'en fallait pas plus pour qu'un oiseau soudain se matérialise à côté de mon verre. C'était une mouette. Ou cela lui ressemblait. Elle enfila son bec orange dans mon verre et me dit d'un ton dégoûté.

C'est bien la première fois que tu bois un jus pareil ! Tu es malade ?

Je ne rétorquais point, me maîtrisant. Je ne voulais pas que Dalida assiste à mon entrevue de cinglé. Je pouvais l'interroger par télépathie. Vu qu'il n'y avait que moi qui l'entendait, il était bien obligé d'en passer par là.
- Alors, la mouette, que veux-tu me dire ?

L'oiseau n'insista pas. Ma mauvaise humeur avait le pouvoir de le faire disparaître instantanément et il n'y tenait pas.

La blondasse qui te fait fantasmer, tu sais celle qui déballe ses grosses niches, elle t'a dit quoi au sujet du sac que trimballait David Marchand.
- Ouais ! Qu'il pesait comme s'il y avait eu... une putain de statue de Ramsès !!

Ouais mon pote, reprit la mouette, en secouant son cou

charnu de gauche à droite.

Je m'emparai du verre et balayai d'un revers de main l'image de l'oiseau. Dalida ne s'était aperçue de rien. Je lui fis part de cette hypothèse et elle me répondit :

- Deux solutions. Soit, c'est le tueur qui a fait ça et je ne vois pas pourquoi ? Soit, c'est un troisième personnage...

- Ce qui laisserait entendre qu'ils n'étaient pas deux mais trois à avoir été invités sur ce rafiot, déduisis-je, fièrement... Dans un quart d'heure, c'est le départ pour la visite du temple de Philae. Que fait-on ? On participe ou l'on reste ici à étudier la liste des passagers ?

- Si vous voulez faire une pause et aller vous balader, n'hésitez pas commissaire... Par la même occasion vous garderez ainsi un œil sur le groupe et moi je pourrais rester pour éplucher la liste des passagers.

- Ce n'est pas idiot... Un regard neuf sur cette fichue liste ne serait pas un mal. C'est d'accord... Je vais me fondre dans le décor et peut-être que quelqu'un me paraîtra suspect. C'est à tenter.

Le déplacement se fit en bus. Je montai dans l'un en évitant de rester avec les personnes que je connaissais. A mon humble avis je devais me concentrer sur les hommes et particulièrement les anciens. Il y en avait quelques-uns, de la même génération que les victimes, mais à les observer, je ne décelais rien de suspect dans leur attitude. Quand nous fûmes rendus sur place, comme c'était maintenant l'habitude, tout le monde se groupa derrière Yasmine à la sortie des bus. Contrairement à ce que je croyais, nous n'étions pas encore arrivés. Nous étions devant un ponton où était accosté un gros bateau. Philae se trouvait sur une île et je l'avais oublié.

Yasmine profita de la traversée pour nous dire que les anglais, pour alimenter leurs plantations de coton, avait fait construire un barrage à Assouan en 1894, noyant ainsi, et sans scrupule, tous les îlots sacrés en amont. Le temple qui trônait sur l'île de Philae, depuis des millénaires, avait été englouti par cet immense lac.

Au mois de mars 1980 avait été inauguré la seconde naissance du temple dédié à Osiris. Comme, plusieurs années auparavant à Abou Simbel, le temple avait été découpé puis remonté sur l'îlot d'Agilkia, voisin de 300 mètres, et toujours hors d'eau.

Nous débarquâmes et je matai chacun avec un air de suspicion. Le tueur était-il parmi eux ? J'en doutais cependant. Mais peut-être qu'une troisième victime était parmi nous ? Mais laquelle ? Par contre, certains avaient l'air d'en connaître un rayon sur l'histoire égyptienne. Ils avaient de nombreuses questions et la guide leur répondait du mieux qu'elle le pouvait. Il y avait aussi une femme qui me paraissait être plutôt une emmerdeuse. Les questions qu'elle posait étaient complètement connes. J'admirai Yasmine qui répondait avec toujours ce ton aimable et son joli sourire. Je faillis m'en mêler, pour clouer le bec à la dame, mais je me ravisai... Je n'étais pas venu ici pour jouer le chevalier servant auprès d'une guide, aussi séduisante soit-elle.

Nous traversâmes le portique du temple. Le temple de Philae ressemblait à celui d'Edfou. Ce temple avait été aussi le lieu du culte de la déesse Isis qui avait passé des années à récupérer les morceaux du corps de son mari Osiris. Son frère Seth, divinité ancienne, représentant la violence et le sexe, l'avait découpé en morceaux avant de le jeter dans le fleuve. Les restes avaient été disséminés de la sorte dans chacune des régions de l'Égypte. Sacré boulot de légiste ! avais-je ironisé mentalement.

Je me désintéressais peu à peu de la visite, davantage préoccupé à observer le comportement de mes compagnons. Jugeant qu'ils étaient de bons petits soldats, suivant leur général en jupe sexy, je m'éloignai du groupe et je quittai le temple. Je fis le tour du kiosque de Trajan que je trouvais davantage à mon goût. Un véritable petit bijou. Il avait été édifié par cet empereur romain. Cet endroit avait servi de reposoir à la barque sacrée qui servait à promener la déesse de l'amour et de la maternité, représentée souvent avec le corps d'une femme avec une tête de vache, ou avec des oreilles ou tout simplement avec une paire de cornes.

J'imaginais la plantureuse Carla avec des oreilles de vache et là je me marrai tout seul, pour de bon. A mon avis c'était plutôt le psychiatre qui devait porter des cornes... Mais rien n'était sûr. Carla n'était sans doute qu'une allumeuse et si elle s'habillait de cette façon c'était sans doute pour exciter la libido de son mec. Par contre, celui qui devait en porter c'était le mari d'Alexandra, cette femme séduisante et troublante qui m'avait posé un lapin sur le bateau, un certain soir.

Occupé ainsi à philosopher sur le comportement féminin, j'eus un temps de retard pour comprendre ce que je voyais à l'entrée du temple. Des militaires couraient dans sa direction. Puis ils disparurent de mon champ de vision. Je jetai la clope que je fumais et je fonçai à mon tour. Ce n'était pas dans le temple que les soldats allaient mais juste derrière. Je me pressai à mon tour. Devant un petit édifice, il y avait un attroupement. Deux civils, un homme et une femme qui semblait avoir une crise de nerfs. Des touristes, d'après leur tenues et leurs appareils photo. Il y avait un militaire avec eux. Les deux autres avaient disparu. Je réalisais aussitôt qu'ils avaient pénétré dans ce qui ressemblait à une sorte de couloir. J'appris plus tard que c'était un nilomètre.

A mon tour, je voulus entrer à l'intérieur de l'édifice mais le militaire appuya le canon de sa mitraillette sur mon bide et il n'avait pas l'air commode, à l'entendre. Ce n'était pas la peine d'insister. Je bigophonai au lieutenant Dalida et, comme la fois précédente devant le temple d'Horus, je tendis le portable au militaire. Le type, un grand gars à moustache, avec pas mal de bouteille, eut du mal à récupérer le sourire égyptien. Je ne jactai pas l'arabe mais quand il me dit de passer, je ne me le fis pas répéter deux fois. J'avais toujours le lieutenant en ligne. Avant que je ne descende l'escalier du nilomètre, je savais déjà ce qui m'attendait en bas. Dalida m'avait prévenu qu'il y avait un corps.

Les deux militaires étaient déjà en train de souiller la scène de crime avec leurs godillots poussiéreux. Je leur montrai ma carte de police et leur tendis, encore une fois, le téléphone. Ceux-là, étaient plus jeunes. Le ton décidé du lieutenant de police obtint le résultat escompté. Ils reculèrent et me laissèrent pratiquer les premières constatations.

C'était un homme assez âgé, comme Marchand et Amada. Cela ne présageait rien de bon... Le cadavre était assis sur la dernière marche de l'escalier qui descendait dans le puits. Il était appuyé contre la paroi. Ses pieds croupissaient dans l'eau. Je n'avais pas de gants sur moi et je saisis la manche du mort pour soulever son bras. Il n'y avait plus la rigidité musculaire qui disparaissait au bout de quatre heures environ. L'escouade des diptères, ces mouches vertes, qui bourdonnaient autour du corps, disait que la mort remontait certainement à plusieurs jours. Le légiste allait confirmer tout ça. Ce type-là avait-il un rapport avec les deux autres ?

Il présentait de nombreuses blessures dans l'abdomen. Il était vêtu d'un pull en laine bleu marine avec dessous une chemise blanche dont on voyait le col tâché de sang. Un jean et des baskets aux pieds. Le pull était devenu rigide sous l'effet du sang coagulé. Je ne pouvais pas distinguer le nombre de coups qu'il avait reçus. Mais au vu de l'état de son pull, j'imaginais que l'agression avait été sauvage. Il avait aussi la gorge tranchée. Le tueur l'avait achevé de cette manière. Et je retrouvais là, bien sûr, la même similitude qu'avec l'assassinat d'Amada Youssef. La tête du mort pendait outrageusement sur sa poitrine et, dans la pénombre, je ne distinguais pas les traits de son visage. Je n'osai pas la relever. La blessure béante qui avait tranchée la carotide était impressionnante.

Délicatement, je tâtais les poches de son pantalon mais je ne trouvais rien, sinon un bout de papier sur lequel il y avait écrit au crayon, en français : « nilomètre à 10heures ». Juste un petit mot pour un rendez-vous fatal. On n'avait rien retrouvé d'analogue sur les deux autres, mais j'aurais parié ma liquette qu'il y en avait eu d'autres, de ces petits mots qui vous tiraient inexorablement vers une mort certaine.

Dalida était toujours collée à mon oreille et je lui racontai ce que je voyais.

- Faites-moi une vidéo et envoyez-là moi.

Elle raccrocha et fit le nécessaire pour prévenir la scientifique. J'avais fait le tour. Un détail me chiffonnait. Je n'avais pas vu de roman de la célèbre Agatha. Je remontai l'escalier et auscultai minutieusement les marches de l'escalier. A mi-parcours, dans la paroi, il y avait une niche, éclairée par un rayon de soleil. Je m'étais rué dans le tunnel en arrivant et je ne l'avais pas vu. Le livre était bien là. La signature du tueur. Le roman « Mort sur le Nil ». La même édition, et le même livre de poche que celui trouvé dans la benne à Karnak. Et de trois ! On y était. Il n'y avait plus qu'à trouver l'identité de ce pauvre type. Quelque-chose me disait qu'il avait participé à un certain chantier, tout là-bas, dans le désert, entre celui de Libye et celui de Nubie.

Je remontai et le soleil me fit cligner des yeux. Sur le sol il y avait un ruban en plastique. Je le montrai aux deux touristes qui étaient encore là. Le militaire leur avait demandé de rester sur place. Ils étaient belges.

- C'est vous qui avez décroché ce ruban qui interdisait l'entrée ?
- Non assurément ! répondit l'homme.

La femme paraissait toujours secouée. C'était ce couple qui avait découvert le corps. Ils avaient vu le ruban en plastique au sol et ils s'étaient dit, innocemment, qu'ils pouvaient descendre au fond du puits pour y faire quelques photographies. Pour une raison que j'ignorais, l'entrée du nilomètre avait été condamnée. Le tueur avait profité de l'aubaine pour y rencontrer sa victime. Comme pour David Marchand qui avait été homicidé dans une chapelle en réparation. Idem pour Amada Youssef. J'en déduisis évidemment, que le tueur connaissait parfaitement les différents sites. C'était vraisemblablement un professionnel, un guide ou un archéologue. Certainement un natif du coin.

Et pourquoi pas un simple ouvrier, mon petit commissaire !

C'était un milan noir. Un beau rapace, orgueilleux et fier. Un oiseau de plus d'un mètre d'envergure. Il tenait dans ses serres un gros poisson mort et à moitié pourri.

- Tu es obligé de trimbaler cette saleté avec toi.

Je vis près des lacs et des rivières. Je ne sais pas pêcher et je me nourris avec les poissons morts qui flottent à la surface et aussi avec les déchets que les humains balancent partout.

- Bon ! Oui des ouvriers... Pas forcément des intellectuels.

Pourquoi tu n'as pas cherché à voir la face du mort ?

- Tu poses des questions quand tu connais les réponses. Milan ou pas milan... tu es l'émanation de ma folie. Je n'ai pas voulu déranger le corps avant que les gars de l'institut médico-légal ne fassent leur job.

Dès qu'ils arrivent, tu photographies la binette du bonhomme et tu envoies la photographie à ta copine pour qu'elle interroge les passagers sur son identité. Quelqu'un doit le connaître...

- Oui ! Cela paraît évident. Cette façon d'égorger ses victimes, c'est bien une manière de procéder d'un arabe.

Attention ! Tu fais de la discrimination. Il n'y a pas que les arabes qui ont le privilège d'égorger leur prochain...

Sur ces sages paroles, le Milan déploya ses ailes et s'en fut par-dessus le toit du temple. Bientôt il ne fut qu'une virgule noire sur le cahier blanc du ciel.

Quand le corps fut emporté, à l'arrière de la voiture de police qui me ramenait au bateau, je me plongeais dans le roman. Ce que j'aurais dû faire depuis longtemps. L'oiseau avait oublié de me le dire. Y avait-il une chance pour que la solution de cette nouvelle énigme soit cachée dedans ? Pour le savoir je devais m'y plonger. La romancière avait écrit ce roman policier en 1937. Bien avant la construction du barrage d'Assouan.

Nous nous étions levés ensemble

Je montai rejoindre Dalida dans sa cabine, au deuxième pont. Elle m'attendait sagement, assise sur son lit, des papiers épars sur le couvre-lit.

- Le problème sur cette liste de malheur, c'est qu'il n'y a pas l'âge des passagers. Ne sont indiqués que leur nationalité, leur numéro de téléphone, leur mail et leur état de fonctionnaire en activité ou pas, dit-elle, passablement agacée.

- Il faudrait les interroger un par un, et je ne suis pas certain que cela nous avancerait. Tu as reçu la photo de la victime ?

- Oui ! Les techniciens ont fait en sorte que le portrait de cet homme soit relativement présentable. Ils ont mis un foulard sur la gorge.

- On n'a plus qu'à s'y coller... On attend que tout le monde soit installé à sa table, et on se les fait, les unes après les autres. Avec un peu de chance, quelqu'un le reconnaîtra.

La grande salle se remplissait lentement. Par petits groupe, par affinités. Les habitudes étaient prises. Le positionnement autour des tables était toujours le même. Le brouhaha des discussions faisait un fond sonore. Quand on prêtait l'oreille on percevait le raclement sur le plancher des chaises qu'on tirait pour s'asseoir, quelques toussotements, des sonneries de téléphone, des bips de messagerie, des éclats de rire, et derrière tout cela, l'extérieur, la sirène d'un bateau qui accostait, celle d'une voiture de police ou d'une ambulance. Comme il faisait chaud, les fenêtres du salon avaient été ouvertes. Un vent frais s'était levé soudainement. Il gémissait dans les drisses des felouques agglutinées à proximité du bateau. Le claquement d'un drapeau tout proche donnait la bizarre impression qu'il allait se déchirer à chaque rafale. Puis, le vent cessa brusquement. Il était reparti se perdre au-delà du fleuve, derrière les montagnes pelées et arides, aux portes du désert. Cette accalmie soudaine recouvrit la salle-à-manger d'un silence de quelques secondes. Puis le brouhaha recommença, avec en plus la note cristalline des fourchettes sur les assiettes.

Nous nous étions levés ensemble, dès que le vent avait cessé. Dalida avait pris l'initiative de ce singulier tour de manège.

Devant la première table, elle afficha une attitude souriante, professionnelle. Elle nous présenta en sortant sa carte de police. Ensuite, elle leur tendit le portable afin de montrer le portrait. En découvrant la figure de l'inconnu, cela risquait de leur faire perdre l'appétit, pensai-je, dans le dos du lieutenant. Car il était évident qu'il s'agissait bien de la tête d'un homme mort.
On continua ainsi en passant de table en table. La plupart des femmes firent la grimace. Les maris jouèrent aux hommes forts, évitant d'étaler leur sensibilité.

Il ne restait plus que deux tables à interroger... Notre passage avait fait monter de plusieurs décibels le fond des discussions. Il était clair que tout le monde avait fait le rapprochement avec l'assassinat du fonctionnaire des antiquités et la disparition de David Marchand, pour ceux qui étaient au courant.
Les dernières tables ne donnèrent rien. Personne ne connaissait la victime. Désappointés, nous regagnâmes le bar à proximité. Notre échec nous avait coupé l'envie de nous attabler. La jeune barmaid était à son poste. On commanda des bières et on resta, juchés sur les tabourets, le dos au bar, face à la salle-à-manger. Nous étions muets dans la contemplation de tous ces gens qui se tapaient la cloche. Dalida fut la première à rompre le silence.
- Espérons que les empreintes vont parler, jeta-t-elle, entre deux gorgées, comme pour s'en convaincre.
- A condition qu'il ait eu déjà à faire avec la justice chez nous, s'il est bien français ? Il pourrait tout aussi bien être égyptien... Mais je crois qu'il était nickel, en apparence. Comme les deux autres. Dès qu'on l'aura identifié, il faudra trouver le lien qui unissait ces trois seniors.

Il y avait un bel escalier qui reliait la salle-à-manger aux ponts supérieurs. Une petite dame le descendait d'un pas prudent. Elle avait les cheveux blancs, une robe beige et un châle noir, brodé, sur ses épaules. Un petit sac, dans l'autre main. Elle stoppa au bas des marches, sembla chercher quelqu'un du regard, puis elle se dirigea vers une des tables. Il y avait une chaise de vide et quelqu'un se leva pour l'aider à s'asseoir. Elle parla avec son voisin une minute, puis elle se redressa, fit tomber sa chaise et je la vis s'avancer dans notre direction.

Elle s'arrêta devant nous et elle chancela. Je me précipitai hors de mon tabouret et la rattrapais avant qu'elle ne s'effondre. La barmaid avait vu la scène et elle avait quitté le bar avec une chaise. On y installa la petite dame.
- Monsieur le policier !

Contrairement à son frêle physique, elle avait une voix affirmée avec un fort accent du sud-ouest. Elle ouvrit avec fébrilité son sac et en sortit une petite boite verte. Elle vida dans la pomme de sa main une dizaine de cachets minuscules. Elle s'en saisit d'un, le coupa en deux, et l'avala. Elle était au bord d'une crise de nerf. Deux larmes coulaient dans le sillon des rides de son visage. Elle poursuivit avec difficulté :
- La photographie... Est-ce que c'est mon mari René ?

Je me tournai vers le lieutenant Dalida qui avait déjà extrait de sa poche revolver son téléphone portable.
- Vous le reconnaissez ?

La petite dame éclata en sanglots. Elle n'eut pas besoin de nous confirmer que la victime était son mari. La jeune barmaid s'était agenouillée à côté d'elle et elle tentait vainement de la consoler. Nous attendîmes que la malheureuse reprenne ses esprits. Déjà, des personnes s'étaient regroupées autour de nous. Notamment ses voisins de table qui semblaient bien la connaître.
Je posai la question à une imposante femme, en bermuda, la soixantaine, avec des mèches bleues, un piercing sur son nez qui avait plutôt l'air d'une verrue que d'un bijou.
- Vous avez vu son mari, à cette dame ?
- Non ! Il ne faisait pas partie encore de la croisière. Elle nous a dit qu'il l'avait précédée en Égypte pour raison professionnelle.

Il devait se retrouver hier à l'escale de Kom Ombo. Mais il n'est pas venu et elle n'arrivait pas à le joindre par téléphone.

Dès que la vieille femme put se lever, je demandai au capitaine qui avait été prévenu, un endroit calme pour que nous puissions l'interroger. Il nous précéda et nous fit pénétrer dans une cabine proche. La barmaid nous avait suivi et servait d'infirmière. Elle lui donna un verre d'eau. La porte close, nous fîmes asseoir la dame sur un fauteuil qui meublait le coin près de la fenêtre. Je l'ouvris pour aérer la pièce. Les joues pâles retrouvèrent un peu de rougeur. Dalida fit sortir la barmaid mais le capitaine resta avec nous. Je commençai :
- Avant tout, je vous présente mes condoléances. Pouvez-vous répondre à nos questions ?

Elle acquiesça d'un hochement de tête.
- Expliquez-nous, pourquoi votre mari n'était pas avec vous sur le bateau ? Comment s'appelait-il ?
- René Charton. Il est entrepreneur...
- Bien ! reprit Dalida.

Le lieutenant Wagdi s'était assise sur le lit et poursuivit :
- Il n'était pas à la retraite ? Vous avez dit à votre ami, celle qui a les cheveux bleus, que votre mari vous avait devancé pour des motifs professionnels. Vous êtes certaine ?

Madame Charton se troubla et redoubla de larmes. Dès qu'elle fut calmée, je rajoutai :
- N'avait-t-il pas plutôt reçu une lettre qui lui donnait un rendez-vous, vous savez un rendez-vous discret ?

La veuve sécha ses larmes avec un mouchoir en papier qu'elle serrait dans sa main. Elle respira et nous raconta le fin mot de l'histoire. Du moins ce qu'elle voulait bien nous dire.
- Il a reçu un courrier il y a quelques temps à la maison... Nous habitons à Sainte-Foy de Peyrolières. C'est un village près de Toulouse. Cette lettre était courte et il me l'a faite lire. Mon

mari et moi on ne se cachait rien. Malgré notre différence d'âge, crut-elle bon de rajouter.

- Que disait-elle, cette lettre ?

- Nous devions nous inscrire à cette croisière et rencontrer sur le bateau des vieilles connaissances à lui.

- C'est tout ?

La veuve eut un mouvement d'hésitation. Ce fut imperceptible, un froncement des sourcils, un double clignement des yeux. Elle semblait stressée par la rudesse de ma question.

- Ces personnes que votre mari devait voir, vous les aviez déjà rencontrées ?

- Non ! balbutia-t-elle, emberlificotée dans son mensonge.

L'oiseau traversa le carreau de la fenêtre et atterrit sur le lit, juste à côté de Dalida. C'était la mouette au bec orange. Je me tenais debout, près de la porte. Je l'écoutais en évitant de lui répondre. Nous étions trop nombreux dans cette cabine et je ne tenais pas à me donner en spectacle.

Alors, elle va cracher le morceau, la vieille peau ! Son mari a été buté et c'est elle qui a planqué la statuette dans ton placard. Secoue-la un peu et tu vas voir le résultat, mon commissaire !

Il avait raison encore une fois, l'emplumé. Brûler une étape, lors d'un interrogatoire, pouvait faire gagner du temps.

- Bon madame Charton, dis-je d'un ton grave. Pourquoi avez-vous caché la statuette de Ramsès chez moi ?

Dalida se retourna. Pour elle la question arrivait trop tôt.

Je passai outre et continuai dans cette direction.

- La lettre en disait plus, n'est-ce pas ?

J'appuyai là où cela faisait mal.

- Ils sont morts tous les trois. Alors, à quoi bon, maintenant !

Enfin, elle craqua et avoua.

- Dans la lettre il était question d'un secret qui unissait mon mari à ces deux hommes. Par contre, il n'a pas voulu me dire ce que c'était, malgré mon insistance. On s'est bien disputé mais je n'ai pas osé insister. A vrai dire, j'ai compris alors que ce n'était pas en son honneur. Nous devions emporter avec nous la statue du pharaon qui était dans notre grenier depuis des années. René m'avait toujours dit que c'était juste un souvenir de sa jeunesse, une copie comme on en trouvait partout. Cette lettre lui fixait un rendez-vous à Philae, la veille de notre arrivée à Louxor. Il a dû prendre un vol plus tôt pour arriver à temps. Nous devions nous retrouver ensuite à l'escale de Kom Ombo. Mon époux était un homme méfiant. La lettre exigeait qu'il aille au rendez-vous avec la statuette mais il avait jugé plus sage de ma la confier et d'aller à Philae sans elle.

- Il y a quelque-chose que je ne comprends pas, dis-je, énervé. Dans la lettre il y avait quoi en plus ? Partir en Égypte, comme ça, du jour au lendemain, avec une putain de vieille statue peinte dans la valise et tout ça pour rejoindre un inconnu… C'était quoi le véritable motif de ce rendez-vous ? Un chantage lié au secret.

- Il y avait autre chose aussi...souffla madame Charton.

- Quoi donc ?

- La promesse d'un trésor. D'une nouvelle découverte...

Le lieutenant se retourna vers moi, interrogative. On approchait ou bien on s'éloignait... Un trésor ! Il ne manquait plus que ça. S'il s'agissait d'une découverte archéologique, quoi d'autre dans ce pays, je comprenais la motivation des deux égyptologues.

- Votre mari n'était pas conservateur, ni fonctionnaire. Il n'avait rien à voir avec des fouilles archéologiques, questionna Dalida.

- Au début de sa carrière, il avait été employé par une entreprise qui avait participé à un chantier de fouille dans la région. Je crois près d'Assouan.

- Ce n'était pas plutôt à Abou Simbel en 1985 ?

- Peut-être… mais je n'en suis pas certaine.

- Et quel était son travail ?

- Il était jeune ingénieur. Il dirigeait des travaux mais je ne sais pas lesquels.

- Pourquoi avoir caché la statue dans mon placard ? demandai-je à mon tour.

Madame Charton avait agi instinctivement, nous confia-t-elle. Quand elle avait eu connaissance de la disparition de David Marchand, puis de l'assassinat d'Amada Youssef, elle avait eu peur. Elle avait appris que j'étais policier et elle avait soudoyé un jeune serveur pour aller planquer la statue dans ma cabine.

On resta encore un moment à l'interroger mais la veuve donnait des signes de fatigue. Là-dessus, le capitaine la fit raccompagner à sa cabine. Le lieutenant regagna la sienne car elle devait faire son rapport à son chef et elle voulait être tranquille. De mon côté, j'appelai Frederic Costessec et lui fit part de nos avancés. Je lui demandai des nouvelles de sa femme et je raccrochai.

Devant un remontant au bar, tandis que Solange, je connaissais enfin le prénom de la barmaid, essuyait ses verres, j'entrevis le pourquoi du comment... Le tueur avait donné rendez-vous à René Charton en premier, avant que la croisière ne débute. Or celui-ci, n'était pas venu avec la statue. Il y avait eu discussion, bagarre, d'où les nombreuses blessures au ventre et les marques de défenses sur les mains et ongles que, certainement, l'autopsie nous révélerait.

Les autres avaient amené, eux aussi, un objet, mais lequel, et ils avaient été tués plus proprement. Chaque fois, le tueur avait fait en sorte que les corps soient découverts le plus tard possible, pour ne pas effrayer le dernier à qui il devait régler son compte, le fonctionnaire du ministère des antiquités. Que cherchait à tout prix le tueur ? Se venger, certes... mais surtout récupérer trois objets de valeur, dont une statuette que j'avais, par chance, en ma possession. Nous avions une carte à jouer. J'avalai mon verre d'un trait et partis à la recherche de Dalida. J'avais un plan.

Au cours du repas mon entrée fit sensation

L'île Éléphantine, longue de 1300 mètres et large de 400 faisait partie de l'ensemble de rochers et d'îlots qui constituaient la première cataracte du Nil. Cette île, qui du temps des pharaons était une ville stratégique, était aujourd'hui un des quartiers de la ville d'Assouan qui se trouvait en face. Sur l'île il y avait un grand hôtel à une extrémité, de l'autre côté, des ruines antiques et au milieu, deux villages nubiens, séparés par des champs et des palmeraies. Sur le bord du fleuve, il y avait un autre village nubien, le plus peuplé de la région avec plus de cinq milles habitants. Les rues et les allées, en terre rouge, mettaient en valeur la blancheur des maisons qui avaient gardé un caractère ancien, malgré la pauvreté des structures. Ces gens, à la peau sombre, ne se mélangeaient pas aux égyptiens afin de conserver leurs traditions. Peut-être aussi, pensai-je, parce qu'ils n'étaient point tolérés par les égyptiens. Un éternel problème du mélange des populations qui ne se ressemblaient pas. Tout comme chez nous en France.

L'après-midi était consacrée à la visite de l'île. Le groupe devait d'abord embarquer à bord de plusieurs felouques pour en faire le tour, puis était prévue la visite d'un village nubien. Avec le lieutenant Dalida, nous avions d'autres chats à fouetter.

Madame Charton n'était pas partie. Elle était alitée dans sa cabine et un médecin était monté à bord pour l'ausculter. Nous pûmes cependant lui rendre une courte visite mais nous n'en apprîmes pas davantage.
Le soir, dans la grande salle-à-manger, du pont inférieur, lors du dîner, je devais faire en sorte que l'on m'entende. Cela faisait partie du plan et pour cela, je devais boire plus que de coutume et faire croire que j'étais en état d'ébriété. Après le repas, il y avait un bal, comme chaque soir, et je devais continuer à me manifester, bruyamment.
Nous étions partis du principe que le tueur, un complice

éventuellement, pouvait faire partie de l'équipage ou des passagers. Nous n'en avions aucune preuve mais nous nous en référions à notre intuition de flic.

Au cours du repas, mon entrée fit sensation. Je me présentai en apportant avec moi la statuette de Ramsès. Je la posai sur la table, en évidence, et commençai à raconter, à qui voulait l'entendre, ma petite histoire. Nous avions demandé à madame Charton de ne rien dire à ce sujet. De toute façon, la veuve n'avait pas l'intention de quitter son lit. Le voyage, pour elle, avait pris une tournure tragique. Sa fille avait pris un vol et devait arriver à Louxor dans la soirée, afin de prendre en main la situation, et régler les problèmes administratifs liés au décès de son père.

Quelqu'un, que je ne connaissais pas, était entré dans ma cabine pour y déposer cet objet précieux. Je jouai les idiots en disant que je ne savais pas pourquoi on avait fait cela... J'étalai aussi avec suffisance mon état de policier et martelai que quelqu'un avait sans doute volé cette œuvre, puis avait eu des remords et l'avait rapportée chez moi. Je continuai à boire et à parler haut. Quand la plupart des convives eurent défilé devant notre table, pour admirer l'objet en question, à la fin du repas, avant de passer au grand salon où avait lieu le bal, je me levai, et clamai que je la rapportais dans ma cabine.
En chemin, je croisai des stewards, le responsable des femmes de ménage, le second du capitaine et des employés que je ne situais pas. Il y avait du monde, entre l'équipage et les équipes hôtelières et touristiques. Je rentrai dans ma cabine où attendait le capitaine. J'avais confiance dans le bonhomme. Nous l'avions mis dans la combine. Il mit la statue dans un sac et attendit que je reparte à la soirée, pour sortir discrètement à son tour et aller remettre la statue dans le coffre.

La salle du bal était pleine à craquer. L'orchestre, car il y avait des musiciens, jouait un tango moderne. Cela me rappela une certaine jeune femme et je chassai son souvenir. Carla dansait avec son mari. Elle était vêtue d'une robe en strass moulante, rouge, avec, cela va de soi, un décolleté indécent. L'intention du fringant commissaire Marcello Visconti était de joindre, ce soir, l'utile à l'agréable. Je cherchai la troublante Alexandra et la dénichai en compagnie de la femme aux cheveux bleus. Cette dernière avait troqué le bermuda contre un pantalon noir en soie et une tunique blanche égyptienne. Je m'approchai et me greffai à la conversation, mon verre à la main. Je m'adressai à Alexandra :

- Vous avez perdu votre mari ? avançai-je, innocemment.
- Devinez où il est ?
- Au bar, répondis-je, à moitié sûr.
- Gagné. Il n'aime pas danser.

La femme aux cheveux bleus s'écarta et nous laissa seuls.

Nous continuâmes à flirter en paroles. Il n'était pas question de l'inviter à danser car je n'étais pas doué. J'étais comme son mari. Le voyage était composé en partie de retraités et la musique était en rapport. Après la partie disco des années quatre-vingt, où tout le monde se trémoussa sur la piste dans des gestes saccadés, des morceaux plus langoureux furent joués. Les slows c'était plus facile et surtout plus agréable en ce qui me concernait.

Alexandra se laissa conduire docilement au cœur de la piste. Elle était habillée avec un tailleur noir des plus avantageux. Un collier de perles, bon chic, sur un chemiser en voile noir, pour le haut, et une jupe courte avec des escarpins assortis, pour le bas. Les lumières tamisées, le saxophone langoureux, le parfum de ma cavalière, son corps chaud, souple, alangui, blotti contre le mien, me firent croire un moment que j'étais, moi aussi, en vacances. J'aurais bien voulu l'embrasser, mais je n'osais pas le faire, à cause du mari qui pouvait surgir d'un moment à l'autre. Et puis tout le monde savait bien que je n'étais pas légitime sur le coup. Mais Alexandra avait l'air de s'en fiche et elle réagissait à chacun de mes élans.

Au terme de cet épisode de musique sentimentale, nous nous

séparâmes avec quelques regrets. Je proposai à ma conquête d'aller prendre un verre au pont supérieur. Elle accepta mais elle me demanda de passer par le bar du salon pour vérifier ce que fabriquait son mari. Il était affalé dans un fauteuil et il avait, en partie, entamé sa nuit.

Nous n'étions pas loin de minuit, et j'eus une pensée pour le lieutenant Wagdi qui planquait dehors, dans le froid de la nuit, sur un pneumatique de la police, tout feu éteint. Nous avions pensé que l'intrusion de ma cabine, s'il y en avait une, se ferait par l'escalade de ma fenêtre, assez facile d'accès pour quelqu'un d'agile. L'intrus pouvait aussi pénétrer par la porte de la cabine, mais le capitaine l'avait fermée à clef. En outre, il avait ordonné à un matelot de monter la garde, dans le couloir, sur une chaise, pour empêcher toute éventualité de ce côté-là. Le piège, me parût, soudainement, relativement grossier et je commençais à avoir des doutes sur son efficacité.

Sur le pont supérieur, à l'air libre, je commandai un whisky et Alexandra une liqueur. Accrochée à mon bras, je l'entraînai vers le bastingage, côté fleuve, côté où se trouvait mon piège. La lune était masquée par de lourds nuages qui voyageaient en direction de la basse Égypte. M'étant assuré, mine de rien, que tout était calme, je ne pus me contenir davantage... J'attirai la jeune femme contre moi et elle se laissa faire avec un soupir qui en disait long sur son envie. Le baiser dura longtemps. Il fut enflammé, torride, et mes mains eurent tout le loisir d'explorer son corps avec la complicité de ce tailleur qui ne demandait qu'à s'ouvrir et à se retrousser. Nous étions dans l'obscurité complète et à deux doigts, si j'osais dire cela dans une telle situation, de faire l'amour, contre le bastingage. Comme dans ces putains de films américains ou les personnages n'arrêtaient pas de baiser à la sauvage contre les murs.

Soudain, en contrebas, il y eut du bruit, des exclamations et un projecteur fut brutalement allumé. La lumière balaya l'eau du fleuve, paraissant chercher vivement quelque-chose. Puis elle se perdit dans les nuages, alla se cogner au navire, saisissant au passage notre couple enlacé, avant de retomber au ras de l'eau. Je me penchai et tentai d'observer ce qui se passait, tandis que ma partenaire essayait de réajuster convenablement sa tenue. Une barque en plastique, semblait-il, doté d'un moteur électrique, avait été capturé par le halo du projecteur. A son bord, une silhouette accroupie, semblait vouloir se déchausser pour sauter à l'eau. La barque était à quelques mètres à peine de la coque du navire, sous ma fenêtre. L'homme en tenue sombre, portait un pull et une casquette qui lui barrait le visage. Ayant enlevé ses chaussures, il se leva, prêt à plonger, quant au même moment, deux détonations retentirent. Le son s'était répercuté sèchement sur l'eau comme un ricochet. Je me penchai au-dessus de la rambarde pour voir d'où provenait le coup de feu. Dans la nuit noire et profonde cela était difficile mais, d'après mon jugement, il y avait de forte chance pour que l'on ait tiré du bateau, de l'une des cabines donnant sur le fleuve.

L'inconnu ne réapparut pas. Avait-il été touché ou bien nageait-il pour échapper aux policiers ? Le zodiac fut rapidement sur les lieux et j'aperçus Dalida qui, sans une once d'hésitation, se jeta à l'eau. A bord du pneumatique de police, il y avait deux hommes, munis d'armes automatiques. A l'aide de torches, ils tentaient d'éclairer les dizaines de fenêtres. Pendant ce temps, le lieutenant Dalida était remonté à la surface. Et je l'entendis crier quelque-chose en arabe. Un des hommes posa son arme et l'aida à extraire de l'eau un corps inerte, tandis que le second continuait à braquer son arme sur le bateau, afin de les couvrir. Mais le tireur ne se manifesta plus. Il devait déjà être loin.

J'abandonnai Alexandra qui avait retrouvé un peu de dignité et, dare-dare, descendit sur le débarcadère. Des voitures de police, sirènes hurlantes, approchaient. Le zodiac se rangea le long du quai et j'aidai à la manœuvre, en accrochant la corde que l'on venait de me lancer, à un anneau. Le lieutenant Wagdi enjamba le boudin en plastique et s'accrocha à ma main pour regagner la terre ferme. Elle était trempée, frigorifiée. Sa belle chevelure frisée retombait sur les traits de son visage comme une parure d'algues dégoulinantes.

- Le type est mort, dit-elle, tout essoufflée.
- Merde ! Vous croyez que c'est notre homme ?
- Je dirai que celui que l'on cherche c'est ce fichu tireur.
- Oui ! Un excellent tireur. Il a flingué par deux fois.

Le corps était étendu maintenant sur le quai. Les voitures de police étaient arrivées. Une kyrielle d'uniformes délimitait la zone. Dalida, malgré ses vêtements trempés, avait enfilé des gants de chirurgien et fouillait avec soin la dépouille. La balle avait fait mouche. Une dans la poitrine, pas loin du cœur et la deuxième dans l'épaule. Il avait dû toucher un organe essentiel. Un type qui s'en va cambrioler ne s'embarrasse pas de papiers d'identité. A l'exception d'un briquet inutilisable, il n'avait rien d'autre.

- J'ai déjà vu cette gueule ! dis-je.
- Sur le bateau ? questionna Dalida soudainement intéressée.
- Cela doit être ça. Attendez j'appelle le capitaine. S'il fait partie de l'équipage, il doit le savoir.

Le capitaine était toujours dans sa cabine. Il était l'ange gardien scrupuleux de la statue. Il avait entendu les coups de feu, puis les sirènes et il avait hésité à quitter son poste. Il avait été entendu qu'il devait attendre le signal du flic français. Quand le téléphone vibra, il comprit que c'était terminé. Il acquiesça à ma demande et il me rejoignit sur le quai.

Il se pencha sur le corps allongé, observa le visage du mort et se redressa.

- C'est un ancien marin à moi, dit-il, dans son français basique.
- Il s'appelle comment ? demanda Dalida.
- Je crois Ibrahim de prénom... C'est ça. Je me rappelle. Il fait maintenant le guide mais pas comme Yasmine.
- Comment cela capitaine ? dis-je à mon tour.
- Il n'a pas fait les études… Il travaille en cachette.
- Vous voulez dire qu'il bosse comme beaucoup sans avoir une autorisation officielle ?
- Oui ! Il y a beaucoup de gens qui font ça. Ils essayent d'avoir

102

des touristes car ils ne demandent pas beaucoup d'argent. Oui !
je l'ai vu aussi parler souvent avec Yasmine. Je crois que c'est
son petit ami…

Je matai le cadavre.
L'homme paraissait avoir la quarantaine. Il était maigre, le
visage glabre, les joues creusées, les yeux clairs. Il avait les
cheveux courts et châtains. Il avait davantage l'apparence d'un
européen que d'un égyptien. De son vivant, ce pauvre mec,
pouvait très bien avoir pu séduire la séduisante Yasmine.
D'autant qu'il était lui aussi branché égyptologie, même si
c'était en amateur.
Les constations établies, le corps fut ensuite enlevé et rapatrié
sur Louxor puisque les trois autres victimes avaient été
autopsiés là-bas.

Dalida téléphona à son chef, et partit se changer dans sa cabine
et faire son rapport par téléphone. Elle demanda de pratiquer
une recherche rapide sur l'identité de l'ex-matelot. Pendant ce
temps, le navire fut fouillé par toute l'escouade de policiers qui
avait été dépêchée sur place. Le bal était fini. La majorité des
vacanciers étaient déjà couché. Ce fut un branle-bas de
première... On ne trouva ni l'arme, ni les douilles, ni le tireur.

A deux heures du matin, la messe était dite... Je saluai Dalida et
partais me coucher, quand je me rappelais, mieux valait tard
que jamais, qu'il y avait une certaine Alexandra, quelque part,
que j'avais mise dans tous ses états. A tout hasard, je gagnai le
pont supérieur. Le bar était fermé. Il n'y avait plus personne.
J'allai faire demi-tour quand j'aperçus une forme, lovée sur un
transat à côté de la piscine. Je m'approchai :
- Tu m'as attendu ? Je n'y crois pas...

Alexandra repoussa la couverture qu'elle avait sur elle. Elle
était nue. Ou presque... Sur une chaise, plié soigneusement, il y
avait son tailleur et ses chaussures.
- Tu ne veux pas que l'on aille dans ma cabine ? arrivai-je à

articuler

- Ici, c'est plus excitant. Mon mari pourrait nous surprendre.
- Ah je vois, tu trouves ça plus émoustillant ? Et qu'est-ce que tu ferais s'il se pointait ?
- Je l'inviterais à se joindre à nous...

C'était un curieux couple, pensai-je, en la prenant dans mes bras et en souhaitant que son mari ne se manifeste pas.
Je n'étais pas partageur, surtout pas avec la femme d'un autre...
J'avais des principes.

Nous étions les messagers de la mort

Petit-déjeuner sur le pouce de très bonne heure. Un café serré et j'appelai Dalida. Elle me rejoignit cinq minutes plus tard.
- Quel est le programme ? dis-je sans préambule.
- On file à Louxor. L'autopsie est prévue ce matin. On en saura plus sur le calibre de l'arme qui l'a tué. J'espère que nous aurons des détails sur son identité.

En fin de matinée nous en savions un peu plus... Il avait été abattu par un revolver calibre 9 mm parabellum. Sans doute une arme de l'armée ou de la police. Ce mode utilisé pour abattre notre unique suspect changeait complètement l'orientation de l'enquête. Faisions-nous fausse route ?
Nous espérions, en tendant ce piège, mettre la main au collet sur l'assassin. Cet homme, abattu, qui avait tenté de grimper dans ma cabine, était-il, réellement, ce tueur ? Nous devions au plus vite étudier son profil, fouiller dans son passé et surtout trouver quelles étaient ses relations. L'individu qui l'avait tiré comme un lapin était un bon tireur. La façon dont ce dernier meurtre avait été exécuté laissait à penser à une improvisation certaine. La manière de tuer les égyptologues et René Charton avait été par contre mûrement réfléchie. De toute évidence mon piège avait chamboulé la stratégie meurtrière du tueur. Elle lui avait peut-être coûté la vie, si c'était bien lui. Mais cet homme pouvait tout aussi bien avoir été un intermédiaire...

Au retour de l'institut médico-légal, nous nous rendîmes au commissariat central de Louxor. La police avait fait son boulot d'identification. La victime ne faisait pas partie de la liste des guides officiels. Il s'appelait Ibrahim Cherif et il avait 44 ans. Il avait travaillé durant des années sur le « Nil Azur ». Ibrahim était célibataire et il habitait officiellement chez sa mère à Assouan. Nous avions son adresse.

Nous étions en train de manger quelques brochettes, dans un

bar proche du commissariat, quand le lieutenant reçut un appel émanant du « Nil Azur ». Une main sur l'appareil, elle me souffla, étonnée, que c'était le second du capitaine. A sa physionomie stupéfaite, je compris qu'il y avait eu à nouveau du grabuge sur le bateau. Il était temps que cette croisière se termine.

Elle raccrocha et me mit au courant. La veille, tard dans la nuit, notre capitaine, après que les tragiques événements déclenchés par la fusillade eurent cessés, avait été agressé en rentrant dans sa cabine. Un inconnu l'avait braqué et il l'avait obligé à ouvrir le coffre. Puis, le vieux marin avait été chloroformé et ligoté. En fin de matinée, personne ne l'ayant vu, l'officier en second, après avoir tapé à sa porte, à maintes reprises, s'était résolu à forcer la cabine. Le capitaine, délivré de ses liens avait raconté qu'un inconnu, vêtu de noir, avec une cagoule, et armé d'un brigadier Helwan 951, l'avait contraint à ouvrir le coffre pour s'emparer de la statuette. Bizarrement, l'agresseur qui était de taille moyenne et mince de taille, n'avait pas pipé un seul mot. Il s'était contenté de se faire comprendre par signe.

- Il est expert en arme à feu ? demandai-je surpris.
- On dirait ! répondit fataliste Dalida. Vous savez ce revolver est une copie du fameux Beretta. Il a été fabriqué pour l'armée par une société égyptienne qui s'appelle Maadi Helwan, si mes souvenirs sont bons. Mon père en possède un. Un jour il m'avait expliqué que Maadi était une banlieue moderne au sud du Caire et Helwan une ville sur les bords du Nil. C'est un calibre 9 mm Parabellum. Comme l'arme qui a tué le guide !
- Ouais ! Le type a abattu Ibrahim. Il a guetté le moment où le capitaine nous a rejoint sur le quai, pour se planquer dans sa cabine. Ensuite, il a attendu que celui-ci revienne se coucher pour le braquer. Nous étions tous affairés auprès de la victime, avec tout le toutim policier qui allait avec et on s'est fait avoir, comme des bleus.
- Pourquoi se débarrasser de son complice ? Pour éviter que celui-ci le dénonce, poursuivit Dalida, répondant à sa question.
- Cela m'en a tout l'air... Il devait attendre à la fenêtre d'une cabine pour le couvrir, sans doute pour récupérer la statuette, et

constatant que c'était un traquenard, il l'a supprimé.

Nous étions toujours attablés devant nos assiettes. Le serveur venait de nous apporter des cafés et une bouteille d'eau plate que nous avions demandée pour faire la route jusqu' à Assouan. Le soleil commençait à taper. Soudain sur la table voisine, mon illusion volante se matérialisa. Un bel oiseau d'une dizaine de kilos au somptueux plumage au long cou blanc. Cela m'échappa et je jetai à son encontre :
- Quel est ce splendide volatile que tu m'offres aujourd'hui ?

Puis m'adressant au lieutenant :
- Mon piaf est là. Ne dites rien car il a quelque-chose à me dire et je ne dois pas l'effaroucher.
- Si vous le dites, commissaire ! répondit Dalida avec un petit ton condescendant que je ne pouvais pas lui reprocher.

Je suis une grande Outarde barbue. J'habite dans les steppes et les déserts. Je me nourris d'insectes, de rongeurs mais aussi de reptiles. Mais, mon petit commissaire, je ne suis pas venue pour te faire une leçon ornithologique.
- Excuse-moi ! Mais je ne te connaissais pas cette enveloppe... Tu es superbe. Bon qu'as-tu à me dire ?
Tu es bizarre Marcello Visconti. Pourquoi une telle amabilité à mon égard ? Tu ne m'as pas habitué à tant de gentillesse.
- Le psychiatre m'a rabâché pendant des années que tu es ma partie sombre. J'ai envie maintenant de nouer avec toi une autre relation. Enfin disons avec moi-même. Peut-être de cette façon jugeras-tu plus utile d'espacer tes visites.
Tu es sûr que c'est une amabilité cela ?

J'évitais de répondre.
- Bon alors ?
Cela ne fonctionne pas commissaire... Votre tueur a la faculté d'entrer dans les cabines facilement. Il savait aussi que c'était le capitaine Haddock qui possédait la statue dans son coffre. C'est donc quelqu'un qui vit et qui connaît le bateau comme sa

107

poche. Il n'attendait pas son complice pour le couvrir. Il s'est servi de ton piège grossier pour le liquider. A vous de trouver pourquoi.

Il n'avait pas tort l'emplumé du désert. D'ailleurs, comme à son habitude, il n'avait pas attendu pour disparaître. Je me tournai vers le lieutenant qui me demanda, mi-figue, mi-raisin :
- Et que vous a-t-il dit votre oiseau ?
- Que le type en question connaît si bien le bateau qu'il est au courant de tout ce qui s'y passe. En outre, il affirme qu'il a tué délibérément son complice, pour éviter qu'il ne parle mais moi je dirais, surtout pour s'en débarrasser.
- Pourquoi faire ça ?
- Le trésor. Il ne faut pas l'oublier. Pour ne point partager. C'est d'un commun !
- Bon ! Que faisons-nous commissaire ?
- Comme on a dit. On va rendre visite à la mère d'Ibrahim et lui annoncer le décès de son fils.

Il était midi trente lorsque le lieutenant démarra. Les brochettes étaient restées dans l'assiette. J'avais rangé son calibre dans la boite à gants et je me demandais, vu le nombre de cadavres qui jalonnaient notre enquête, si je n'avais pas intérêt à en posséder un. Dalida me répondit que je n'étais qu'un simple observateur pour sa hiérarchie. Toutefois elle me promit d'essayer de me procurer une arme. Notre gibier était sacrément dangereux.
Nous avions près de quatre heures de trajet pour avaler les 216 kilomètres qui nous attendaient. Il n'était pas certain que nous ayons envie de rentrer sur Kom Ombo le soir même.

Le lieutenant Wagdi conduisait vite et bien. Une main posée sur le volant et l'autre sur le klaxon. Contrairement à tout attente, j'avais confiance dans sa dextérité. Conduire en Égypte c'était garde-toi à gauche, garde-toi à droite, devant et derrière. Ne jamais faire confiance à quiconque. Se méfier aussi de tout, du simple piéton au bord de la route qui, sans raison, va traverser lorsque vous arrivez à son niveau, et jusqu'au semi-remorque, outrageusement surchargé qui prend toute la route et qui ne se garera pas lorsque vous le croisez. Et sans parler des charrettes, des mules, des vélos, des scooters et tout ce qui bouge et respire sur les routes, de jour comme de nuit.

Nous arrivâmes dans les faubourgs d'Assouan un peu avant seize heures trente.

La mère d'Ibrahim vivait dans une maisonnette sur les bords du Nil, un peu plus au sud. Nous n'avions pas de GPS mais les explications détaillées que nous avions obtenues furent d'une aide précieuse.

Dalida stoppa la voiture devant une maison blanche coquette. Elle possédait une terrasse qui donnait sur le fleuve. Le soleil se couchait paisiblement de l'autre côté et le Nil charriait ses eaux rougeoyantes et dorées. Le climat de type méditerranéen offrait en septembre des températures autour de trente degrés. Dans le courant une felouque se laissait tranquillement amener. Un vol d'oiseaux blancs tournoyait autour de la grande voile blanche et triangulaire et parfois quelques-uns rasaient l'eau dans l'espoir d'une pêche opportune.

Dans ce tableau d'une soirée paisible nous étions les messagers de la mort.

A peine étions-nous sur le palier que la porte d'entrée s'ouvrit. Une vieille femme, en djellabas grise, et babouche jaune, nous accueillit. Son visage fatigué, ridé, creusé, et ses joues encore humides de larmes, nous apprit qu'elle était déjà au courant du décès de son fils Ibrahim. Nous avions oublié qu'il existait un outil précieux et qui s'appelait le téléphone. Elle nous précéda dans un salon joliment meublé et nous pria de nous installer sur la banquette principale. Elle nous laissa cinq minutes et revint avec un plateau et une théière. Une jeune femme de noir vêtue et voilée, aux beaux yeux maquillés avec de la poudre de khol, se tenait debout à l'entrée d'une pièce attenante et, avec réserve, nous observait.

Nous portâmes nos lèvres au breuvage brûlant. Madame Cherif parlait mal l'anglais. Ce fut en arabe qu'eut lieu l'interrogatoire.

Bien entendu, je ne comprenais rien et Dalida tenta, au début, de me traduire les réponses de la pauvre femme. Ensuite celle-ci se perdit dans une confession, à voix basse. Il semblait que nous tenions quelque-chose.

Le lieutenant écoutait, hochait la tête, l'interrompant à peine, et ne prenait plus la peine de me traduire. Elle prenait juste des notes. Cela avait l'air très important.

Nous quittâmes Madame Cherif une heure plus tard. Le carnet de Dalida était noirci de notes. Je n'osais lui demander de me raconter ce qu'elle avait appris. Cela avait l'air compliqué et elle ne se précipitait pas pour me parler.

J'étais mort de curiosité.

- Vous voulez bien me dire...

Le lieutenant Wagdi sembla soudainement sortir d'une réflexion profonde. Elle me rétorqua :

- L'histoire n'est pas ordinaire... On a des réponses mais pas toutes. La journée a été difficile... Je vous propose de faire une pause et je vous raconte tout autour d'un bon repas. Je meurs de faim. Je vous rappelle que je n'ai pas touché aux brochettes ce midi. Il y a un endroit incontournable à Assouan et je vous y invite.

- Super ! C'est quoi ce lieu magique ?

- Celui-là même où votre ex-président François Mitterrand se réfugiait pour échapper aux vicissitudes du pouvoir.

- Ben merde alors ! Et c'est quoi ?

- L'hôtel Old Cataract. C'était un ancien palais et il a été rénové dans les années quatre-vingt-dix. Il se dresse juste en face de l'île éléphantine... Mitterrand y passait souvent les fêtes de fin d'année, quand il n'était pas invité chez Hosni Moubarak. C'est dans ce palace aussi, qu'en 1978, qu'a été tourné le film, « Mort sur le Nil ».

- Décidément, même cet hôtel nous ramène à l'enquête.

- C'est bizarre ces livres posés sur les victimes. Vous avez une idée à ce sujet ? me demanda Dalida.

- Pas encore ! J'ai parcouru le roman. C'est une sombre histoire d'amour et de cupidité. Bien ficelée, je l'admets. Mais le rapport avec nos morts, je ne vois pas...

- On verra bien... Profitons de notre soirée commissaire. L'hôtel est un lieu enchanteur... J'y suis venue souvent avec mes parents quand j'étais plus jeune.

- Je vous crois sur parole. Mais la note doit être salée...

- Je vous ai dit que je vous invitais. Mon salaire d'officier n'est pas extraordinaire mais ma famille est riche... Alors tout va bien mon cher commissaire. Détendez-vous...

L'Égypte était un pays merveilleux. Jusqu'à présent je ne l'avais parcouru que pour courir après des cadavres. Je n'avais rien vu, hormis la misère. Il était temps que je prenne du bon temps. La compagnie du lieutenant Wagdi avait été jusqu'à maintenant des plus professionnelles. Je commençais à la regarder avec d'autres yeux. Je n'étais qu'un incorrigible dragueur.

La Ford s'engagea sur le chemin qui menait à l'hôtel, ce lieu incontournable où les privilégiés d'un monde ancien et révolu étaient venus y poser leur auguste fessier, comme le jeune roi Fouad pour y faire la fête où comme l'illustre écrivaine Agatha Christie qui sirotait son cocktail, calée sur un fauteuil en osier, le regard perdu sur le coucher de soleil, cherchant l'inspiration pour une de ses intrigues tarabiscotées... Aujourd'hui, le prix d'une chambre, pour une nuit, démarrait aux alentours de 200 euros. Et les touristes friqués se bousculaient au portillon de la superbe piscine qui dominait de toute son eau chlorée celle du vieux Nil, complètement polluée.

Un voiturier en livrée s'occupa de notre modeste voiture et alla la garer entre les Mercedes et les Audi. Comme si elle était chez elle, Dalida Wagdi me précéda et se dirigea vers l'accueil. Elle s'adressa en arabe à une superbe jeune femme et j'attendis avec une désinvolture superficielle qu'elle veuille bien me mettre au parfum.

- J'ai réservé une suite. Je ne me sens pas de reprendre ce soir la route pour Kom Ombo.

- Une suite ? m'étranglai-je.

- Oui avec un grand lit, immense, mais j'ai demandé que l'on rajoute un lit dans le salon attenant.

Je restai comme un con. Elle disait la vérité ou elle se fichait de ma gueule. Je n'insistai pas. Coincé dans mes petits souliers, je lui répondis, sur un ton dégagé :
- Et où allons-nous dîner ?
- Sur la terrasse... Vous verrez c'est sublime, surtout à cette heure-ci. On domine le Nil et l'île Éléphantine.

Là-dessus, encore chamboulé par cette histoire de pieu, je lui emboîtai le pas jusqu'au restaurant. En effet le panorama était grandiose. On nous installa à une table, divinement ornée, tout près de la rambarde, afin de profiter au mieux du paysage et du coucher de soleil.
Les quelques dernières felouques de la journée, chargées de touristes, faisaient la course autour de l'île. Des petits rafiots de fortune, style planche-à-voile, avec des gamins dessus, tentaient de leur couper la route au risque de se faire couler, pour leur vendre des babioles. Encore une fois, la beauté se mêlait au sordide. Mais j'étais sans doute le seul sur cette terrasse de rêve à posséder un tel état d'âme. La noirceur de ma vie policière me collait à la peau comme un vieux sparadrap que je n'arrivais jamais à me débarrasser.

Dalida était rayonnante, transformée. Je compris soudainement qu'elle était faite pour un tel monde. Certes, elle était officier de police, mais sa jeunesse avait poussé sur un terreau d'opulence et de plaisir. Qu'elle soit devenue flic était quand même pour moi une énigme.

Le serveur nous apporta nos plats

C'est au cours de ce repas que Dalida me conta les confidences de la mère d'Ibrahim Cherif. Nous ne nous étions pas trompés. Il s'agissait d'une histoire ancienne qui remontait à l'époque des fouilles à Abou Simbel en 1985.

En septembre 1985, à quelques jours de la fin des travaux, trois hommes jeunes y travaillaient encore ensemble. Il s'agissait de nos victimes. Il y avait René Charton. Il commençait une carrière d'ingénieur. Il avait été embauché par une société de génie civil égyptienne, comme coopérant, lors de son service militaire. Il avait été chargé de superviser le déploiement du matériel lourd de ce chantier. Contrairement aux habitudes archéologiques où l'outil principal était plutôt un grattoir, à cette époque, il avait été décidé en haut lieu d'utiliser des bulldozers et des camions afin de gagner du temps. Lors de ces travaux, René Charton s'était lié d'amitié à un jeune stagiaire toulousain. Il s'agissait de David Marchand, un universitaire en fin de cursus de conservateur et qui se passionnait pour l'égyptologie. Celui-ci était au service d'un archéologue égyptien, fraîchement titularisé au conseil suprême des antiquités, conseil qui dépendait alors du ministère de la culture, avant de devenir en 2011 un ministère indépendant. Amada Youssef, puisque c'était lui, était chargé d'organiser et de répertorier toutes les trouvailles qui risquaient d'être découvertes lors du chantier. A priori, il y avait peu de chance de déterrer autre chose que des cailloux et du sable. Aussi, le conseil avait-il envoyé un novice, afin qu'il fasse ses premières armes.

Le chantier avait été une véritable fourmilière pendant trois mois environ. Sous la chaleur torride les ouvriers avaient travaillé sans relâche sous la surveillance des chefs d'équipe. Les bulldozers avaient creusé la montagne dans l'espoir de découvrir ce fameux temple dédié à Horus. Il y avait eu, lors des travaux dans les années soixante, du déplacement incroyable des deux temples actuels, la découverte d'une tablette qui faisait allusion à un autre temple.

Mais rapidement l'espoir d'une telle découverte s'était émoussé et le chantier avait été condamné avant même d'avoir réellement commencé. Le fameux temple d'Horus avait dû être englouti sous les eaux du lac Nasser.

Sauf que…

A la fin du mois de juillet 1985, un ouvrier égyptien qui avait eu la consigne d'enterrer des détritus dans un coin reculé du chantier, mit à jour, une plaque de granit enfouie dans le sable. Il était seul et il prévint le seul responsable qui se trouvait sur les lieux, puisque la nuit tombait. Il s'agissait d'Amada Youssef. Celui-ci renvoya l'ouvrier. Il tenta de déplacer la plaque mais elle était trop lourde pour lui tout seul. Aussi il pensa à ses amis René Charton et David Marchand qui après une dure journée de labeur, comme à l'accoutumée, se tapaient quelques bières dans une des tentes qui abritaient des bureaux de chantiers.

Le trio, à l'aide de lampes, allèrent sur les lieux mais la plaque résista encore et, malgré leurs efforts, ils ne réussirent pas à la déplacer. Il manquait un quatrième homme. Le chantier était désert. Il y avait bien quelqu'un... C'était le veilleur de nuit qui avait pris, à cette heure tardive, son poste et qui se trouvait à l'entrée du chantier, dans un préfabriqué. Amada Youssef s'en alla le chercher. Enfin, à quatre, à l'aide de barres de fer, ils parvinrent à déplacer la plaque.

C'était une cache... Ébahis, les quatre hommes aperçurent sous le pâle reflet d'un croissant de lune, une multitude d'éclats dorés qui scintillaient mystérieusement. Amada Youssef se pencha et empoigna ce qui ressemblait à des rouleaux. Il se releva et montra à ses amis ce qu'il brandissait... De l'or. La cache était remplie jusqu'à la gueule de rouleaux d'or. Ils étaient gravés d'un signe pharaonique. La cartouche de Ramsès II. Il y en avait pour une véritable fortune. Plusieurs centaines de kilos.

Le premier à reprendre ses esprits fut le jeune ingénieur. Il alla chercher un camion de l'entreprise et ils chargèrent l'or dans la benne. Cela leur prit toute la soirée... A aucun moment, il ne fut question de remettre la plaque et de laisser l'or en place, pour ensuite prévenir les autorités du conseil des antiquités. Quand tout l'or fut chargé, c'était le milieu de la nuit. Ruisselants de sueur, le veilleur leur montra un coffret en bois qui était resté dans la cache. Obnubilés par la puissance attractive de l'or, les quatre hommes avaient failli l'oublier. On s'empara du coffret et l'on remit à plus tard son ouverture. Il était en bois précieux avec des hiéroglyphes gravées. Il était passablement lourd et possédait la dimension d'une valise de bonne taille.

Les quatre hommes revinrent à la tente. Le camion était garé devant. Il s'ensuivit une discussion tendue. Sans se l'avouer, et d'un accord tacite, il n'était pas question de laisser partir l'or aux autorités. Autour de la table, des canettes de bière vides, sous la lumière blafarde de la lampe à alcool, le trio échafauda un plan pour planquer le butin et faire plus tard le partage. Le veilleur n'était pas d'accord. C'était un homme simple et bon musulman. Il avait mis du temps à comprendre pourquoi ces chefs avaient chargés l'or dans un camion. Il s'ensuivit une discussion sévère avec Amada Youssef. Une discussion qui dégénéra vite en une violente dispute. Le veilleur s'appelait Mouloud Cherif. Il avait peur, et malgré la promesse de toucher se part, il était honnête et ne voulait pas participer à ce vol manifeste. Le ton monta, les deux hommes s'énervèrent et Mouloud voulut sortir de la tente et regagner son poste. Lequel des trois eut le geste malheureux et fatal qui stoppa Mouloud. Madame Cherif ne le savait pas.

- Comment sait-elle tout ça, demandai-je à Dalida ?

Elle poursuivit son récit. Nous en étions encore à siroter nos apéros.

Dans le préfabriqué, ce que les trois compères ne savaient pas, c'était qu'il y avait le fils de Mouloud. Un gamin de dix ans qui passait de temps en temps la nuit avec son père. Ce soir-là, ne le voyant pas revenir au préfabriqué, le jeune Ibrahim partit à sa recherche. Il parvint jusqu'à une tente à l'intérieur de laquelle il y avait de la lumière et du bruit. Un camion était garé devant.

Ibrahim avait reconnu la voix de son père et il s'était rendu compte qu'il se disputait avec un autre homme. Mouloud n'avait pas le droit de faire venir son fils sur le chantier. Aussi, celui-ci, se montra très prudent. Il fit le tour de la tente, souleva un pan, et comme une anguille, se faufila et se cacha derrière des caisses entreposées là.

Le gosse, terrorisé, assista à l'agression de son père. Un homme dont il n'avait pu discerner le visage, car il lui tournait le dos et il y avait beaucoup de pénombre, avait frappé violemment le veilleur à l'aide d'une pelle qui se trouvait là. Retenant avec peine ses cris, Ibrahim n'avait pas osé se montrer. Personne ne peut imaginer ce qui se serait passé s'il l'avait fait. Toujours est-il qu'il assista à la suite des événements. Il reconnut Amada Youssef, le chef qui était venu chercher son père au préfabriqué. Celui-ci avait pris les choses en main... Les hommes parlaient en anglais car, à l'époque Youssef parlait mal le français. Aussi, le gamin put comprendre ce qui se disait. Il assista impuissant au transport du corps de son père, enveloppé dans une bâche, à l'arrière du camion.

Ibrahim avait entendu le motif de la dispute qui avait eu lieu entre Youssef et son père. Les deux hommes s'étaient exprimés en arabe. Il avait été question de rouleaux d'or trouvés dans une cache du chantier. Son père était foncièrement honnête. Il était aussi croyant et il jugeait ce vol inadmissible. Malgré une vie précaire de simple employé, il ne voulait pas de cet or. C'était pour cette raison que la dispute avait éclaté et qu'elle avait dégénéré dans une violence fatale. Amada Youssef avait proposé aux deux autres de mettre le corps dans la cache en question, de remettre en place la plaque de granit, et de recouvrir de terre.

- C'est bien joué. Mais l'ouvrier qui avait découvert la plaque et qui avait été congédié par Amada Youssef, qu'est-il devenu ? N'a-t-il pas parlé aux autres ouvriers ?

- L'histoire ne le dit pas. Amada Youssef a-t-il fait le nécessaire pour le faire taire ? Cela sera difficile à prouver...

Le serveur nous apporta nos plats. Dalida fit une pause dans son récit. Nous prîmes le temps de terminer nos assiettes. Nous avions commandé du mouton grillé accompagné de riz parfumé aux épices pour faire simple. Du vin rosé du Liban pour moi et une boisson à base d'hibiscus, le Karkadech, pour Dalida, servie dans un grand verre avec deux glaçons. Nos assiettes terminées, dans l'attente de nos desserts, le lieutenant avait le temps de me conter la suite.

Les trois complices partirent avec le camion cacher le corps. Ne resta sous la tente que la lampe à alcool qui diffusait une vague clarté jaune sur le visage d'un enfant baigné de larmes. Sur la table, restait un coffret en bois vide. Son contenu avait été vidé. Ibrahim avait eu le temps de constater qu'il s'agissait de plusieurs statuettes colorées qui représentaient un pharaon. Les hommes les avaient emportées avec eux. Le petit garçon sortit alors de sa cachette et il s'approcha du coffret. Mu par on ne sait quelle motivation, peut-être pour avoir une preuve que ce qu'il allait raconter par la suite à sa mère était vrai, il s'empara du coffret et, aussi vite qu'il le put, s'enfuit dans la nuit.

- Ils se sont certainement rendus compte que le coffret avait disparu ? coupai-je Dalida.
- Sans doute.... Ils ont dû revenir à la tente, pour le récupérer et ne le trouvant pas, ils ont dû croire qu'un employé l'avait volé. Mais sur l'instant, ils avaient trop à faire pour s'en préoccuper davantage. Par contre, ils ont dû vivre les jours suivants avec la peur au ventre, craignant que leur forfait soit découvert. Qui avait pris le coffre ? Comme personne ne se manifesta les semaines suivantes, ils reléguèrent ce mystère dans les mauvais souvenirs à oublier.
- Pourquoi le gosse n'a-t-il rien dit ?
- Il a raconté à sa mère et celle-ci a préféré ne rien dire car elle connaissait Amada Youssef qui avait déjà une sacrée réputation.

Il s"était déjà fait remarquer par une autorité sans faille sur le chantier. Il était fonctionnaire du conseil suprême et sa parole valait cent fois celle d'une pauvre femme. En outre, elle ne savait pas où était caché le corps de son mari. Seule la parole d'un enfant de dix ans faisait foi dans cette histoire. C'était trop peu pour affronter le regard de la police et des pontes du chantier. Elle rangea le coffret dans un coin de sa maison, fit promettre à son fils traumatisé de garder le secret sur cette sombre histoire, et retroussa ses manches pour assurer leur survie quotidienne.

Elle avait une santé fragile. Trois ans plus tard, épuisée, elle faillit mourir à la suite d'une forte dysenterie et de fièvres. Elle fut obligée de confia son fils à son frère qui vivait au Caire Ibrahim était devenu un gamin renfermé et peureux. Lui aussi était de faible constitution, suite à une mauvaise alimentation. Son oncle le prit sous son aile et lui offrit une bonne éducation. Il devint un jeune étudiant en histoire mais n'obtint jamais ses diplômes. C'était un jeune-homme tourmenté et il fumait trop souvent le narguilé. Il retourna à Assouan et se mit à travailler comme marin. Il retrouva sa mère qui vivait déjà dans la maison que nous avons vue.
- Celle de Madame Cherif...
- Tout à fait !
- Que s'est-il passé ensuite ? demandai-je.
- Malgré les années passées au Caire avec son oncle, et malgré son travail sur les bateaux de croisières, le drame qu'il avait vécu gamin, qu'il avait essayé d'enfouir au plus profond de lui-même, est revenu, peu à peu gâcher sa vie.
- Ibrahim, ne pouvait-il pas, devenu adulte, tenter de déclencher une enquête ? posai-je innocemment ?
- Impossible ! Amada Youssef était devenu un homme reconnu et encore plus puissant à ses yeux. Il n'y avait aucune preuve. L'or avait disparu. Le corps du père avait été enterré quelque part dans le désert. Les statuettes s'étaient envolées. Seul restait le coffre. Mais ce n'était pas suffisant...
- Ah voici les desserts, la coupai-je.

Le serveur nous apporta nos glaces assortis d'un verre de thé noir. Nous attendîmes qu'il s'en aille. Dalida reprit :

- En 2018 Fatima a eu une attaque cardiaque. Ibrahim se rendit à son chevet. Croyant qu'elle allait mourir, elle lui demanda de renouveler sa promesse de ne rien tenter contre Amada Youssef. Ce qu'il fit… En réalité, de reparler de ce tragique événement avec sa mère eut l'effet contraire. Il y pensa alors de plus en plus. Il se mit à rêver où pouvait bien être enterré son père. Les trois assassins le savaient et ils pouvaient encore parler.

Mais Fatima Cherif avait guéri. Elle avait alors constaté que son fils avait changé. Un jour, elle l'avait même surpris en train de photographier le coffret sous toutes les coutures. Elle lui avait demandé pourquoi et il avait répondu qu'il avait une relation qui pouvait lui traduire les hiéroglyphes. Elle avait pensé alors que ce n'était qu'une simple curiosité en relation avec son nouveau métier de guide. Quelques temps plus tard, Ibrahim lui avait annoncé qu'il prenait son indépendance. Il avait loué un petit appartement au centre-ville, près du port. Ses visites devinrent rares, et comme toutes les mères, elle supputa qu'il y avait une femme dans la vie de son fils. Mais une femme qu'il ne souhaitait pas lui présenter, ce qui l'inquiéta et lui fit penser que cette femme n'était pas honorable ou qu'elle était déjà mariée.

- Elle sait ce que raconte les hiéroglyphes ?
- Non ! Elle n'a pas cherché à savoir.
- Mais elle l'a toujours chez elle ?
- Non !
- Comment cela ?

Le lieutenant Wagdi me délivra un sourire espiègle.

- J'ai téléphoné à mon supérieur. Il a aussitôt fait saisir le coffret. Il est dans les mains d'un spécialiste qui travaille à le déchiffrer. Nous aurons la traduction d'ici peu !
- Bravo pour la cachotterie, répondis-je, un brin vexé.
- Je voulais te faire la surprise.

La surprise venait que Dalida m'avait tutoyé.

Je me déshabillai vite fait

La suite était spacieuse, bien décorée, agrémentée d'un beau bouquet de fleurs dans le hall d'entrée, mais c'était un lieu de passage, sans personnalité, sans âme, même si d'illustres et non moins illustres inconnus y avaient déposé leurs valises pour y dormir ou pratiquer toutes formes de bagatelles. L'être humain souvent se résumait à cela, notamment dans ces chambres ou le pieu était aussi vaste que l'envie qui me tenaillait soudain de faire l'amour avec Dalida.

Nous n'avions aucun bagage. Dalida avait pris le bigophone et avait réclamé un baise-en-ville au concierge. C'est à dire deux brosses à dents. La salle de bain était pourvue de tout le reste.
Je m'installai sur le canapé du salon et observai d'un œil assez réprobateur le lit simple que l'on y avait installé dans un coin. Dalida capta mon regard et railleuse m'assura qu'il devait être très confortable malgré son aspect spartiate. Elle s'enferma dans la salle de bain et la musique de la douche que j'imaginais sur son corps nu et musclé me remplit d'un sentiment trouble qui avait tendance à se loger assez bas.

Vêtue d'un peignoir blanc elle sortit, pieds nus. La trace menue et mouillée de ses pieds sur le carrelage me ramena à une vision moins tourmentée. Elle avait ses beaux cheveux noirs roulés en torsade sur le côté, et des gouttes s'attardaient sur son front et sous ses admirables yeux éclairés d'une lueur amusée.
- A toi commissaire ! Tu sens le fauve... Et je n'ai pas l'intention de dormir avec un tel animal.

Putain ! Cette meuf se fiche de toi mon pote... Alors vas-tu lui rabattre son caquet oui ou non ? Baise-la et qu'on en finisse... me jeta un perroquet à houppette blanche, brusquement surgi de nulle part. Plutôt de mon imagination... Il s'était posé sur la télé derrière le lieutenant. Pour couper court, éviter de répondre au piaf, je fonçai dans la salle de bain. L'emplumé me suivit d'un battement d'ailes. Il avait certainement quelque-chose d'autre à me dire.

Je me déshabillai vite fait. J'ouvris le robinet de la douche pour faire diversion et cacher ma voix derrière le bruit du jet. A poil, appuyé sur le rebord du lavabo, je faisais face au perroquet qui s'était fondu dans le miroir. Il s'était fabriqué un décor tropical.

- C'est quoi cette invention. Tu fais du cinoche maintenant ?

Je suis un perroquet du Brésil. Ceci est mon habitat naturel. Cette suite c'est pour les richards... Tu sais bien Marcello que je ne suis qu'un simple piaf, un oiseau du peuple.

- C'est bon ! Ferme tes élucubrations... Dis-moi ce que tu veux, chuchotai-je.

La vieille a-t-elle fait allusion à un quelconque polar d'Agatha Christie ? Ta petite pouliche dorée n'a-t-elle pas oublié de poser la question ?

- Allez casse-toi !

D'ailleurs, la buée commençait à recouvrir le miroir et le piaf s'estompait rapidement. Je me jetai sous la douche et me lavai vigoureusement. Il avait raison ce putain d'oiseau.

Je trouvai un deuxième peignoir et m'en couvris. A mon tour, je sortis. Dalida avait regagné sa chambre. Elle était étendue sur cet immense lit où l'on pouvait dormir à quatre. Elle était nue, allongée sur le côté dans une attitude langoureuse, terriblement érotique. Elle avait baissé les stores et laissé un petit abat-jour diffuser à sa guise quelques ombres et lumières.

Cette houri était pleine aux as. Elle était musulmane. Elle était officier de police. Elle avait avant tout quelque-chose dans le cornet. Je n'avais plus qu'à m'exécuter. J'enlevai mon peignoir lui révélant illico l'envie que j'avais d'elle et repoussai à plus tard les questions au sujet du roman.

Cette joute amoureuse avait été un sacré spectacle... La Dalida en question avait un tempérament de feu et de l'imagination à revendre. Les meubles de la suite s'en souviendraient, m'étais-je dis, fier de ma performance. Pour jouer les grands seigneurs j'avais fait monter une bouteille de champagne. Tant pis pour ma carte de crédit. Nos verres à la main, vautrés sur le pieu, je lui avais enfin parlé du roman.

Le lieutenant était un bon flic. Elle avait demandé à Madame Cherif si le roman « Mort sur le Nil » évoquait quelque-chose pour elle. Bien sûr, celle-ci connaissait le roman. Ici à Assouan, il était célèbre… Beaucoup de gens en possédait un exemplaire chez eux. Mais elle ne savait rien d'autre à ce sujet. Dalida avait juste omis de me le signaler.
- A-t-on perquisitionné dans le studio d'Ibrahim. ? demandai-je.
- Le problème c'est que madame Cherif ne sait pas où son fils habitait mais ce n'est qu'une question de temps… Mes collègues sont sur le coup. Demain nous aurons peut-être la traduction du coffre et sans doute l'adresse en question.

Là-dessus, le lieutenant Wagdi, posa son verre et se leva. Elle n'avait aucune pudeur et comme une Eve nubienne, m'obligea à me lever et m'entraîna vers un fauteuil dont nous avions oublié de tester la robustesse.

Le lendemain, le petit-déjeuner avalé, nous reprîmes la route vers Louxor. Nous avions besoin de récupérer nos affaires sur le bateau. La croisière était terminée et les passagers devaient se rendre à l'aéroport en milieu d'après-midi. Je n'avais pas de billet retour. J'avais été envoyé en Égypte pour résoudre la disparition de David Marchand et ma mission était terminée. Cependant l'affaire était loin d'être élucidée. Il y avait trop de zones d'ombre. Quelle énigme cachaient les statuettes et quel était ce trésor ? A l'époque l'or avait permis aux trois complices de s'enrichir. Il y avait prescription… Cependant une enquête financière pouvait nous donner des idées sur l'usage qu'ils en avaient fait. Par contre, l'assassin d'Ibrahim courait toujours. Qui était cette femme que ce dernier fréquentait ? La belle Yasmine. Sans doute. Cependant il y avait aussi beaucoup de femmes dans le sillage des navires. En outre, la question de ce roman m'obsédait et je n'avais aucune raison de rester en

Égypte. Fréderic Costessec m'avait demandé de rentrer mais je l'avais envoyé sur les roses. Si je voulais rester encore quelque temps à Louxor, était-ce pour les bonnes raisons ?

Dans l'après-midi le lieutenant reçut un appel de son supérieur. Nous avions rendez-vous le lundi à huit heures au commissariat avec l'expert. Quant à l'adresse d'Ibrahim c'était chose faite et une perquisition était prévue en fin de journée. Nous n'avions plus qu'à attendre.
Cela nous permit de passer du bon temps. Dalida m'amena chez elle. Très belle villa... Beau jardin, belle piscine, beau mari et beaux enfants. La garce m'avait bien eu...
Bien entendu, Dalida avait recommencé à me vouvoyer. La récréation était finie.

Toutefois, je passai un très bon moment, en famille, même si au début j'étais resté quelque peu sur mes gardes. Le mari était un homme charmant, cultivé et porté sur une notion d'hospitalité propre à son pays. Je m'en voulus de l'avoir fait cocu... Mais cette notion était de nos jours désuète. Surtout depuis que les femmes prenaient leur destin en main.
La chambre d'amis était confortable mais le pieu n'avait pas les dimensions requises pour des ébats plus ou moins défendus.

Le lundi matin nous étions au commissariat.

La traduction doit être interprétée

Le bureau était clair et froid. La climatisation marchait à fond et je ne regrettais pas d'avoir enfilé, pour la circonstance, une veste. Une vieille veste en velours noir sur un jean bleu-ciel défraîchi. Un ceinturon Levis que je ne quittai quasiment jamais et des pompes, style basket en cuir, pour faire croire à la galerie que le commissaire Visconti pouvait encore courir après les malfaisants, afin de les serrer.

Autour de la table nous étions plusieurs. Au bout, un homme avec des cheveux frisés et noirs comme du jais. Âgé et solide, il menait les débats. C'était le boss… A sa droite, était assise mon petit lieutenant qui ressemblait à ses côtés à une petite fille bien sage. De l'autre côté, une sorte de gringalet, avec un crâne jaune et complètement dégarni. De grandes lunettes rondes et épaisses et j'étais prêt à parier ma chemise que c'était lui l'expert. Autour de la table, trois autres types et une femme constituaient le reste de la troupe qui travaillait à plein temps sur les meurtres. Avec sans doute, d'autres, planqués dans les bureaux, et qui n'avaient pas eu le droit de siéger auprès du pharaon galonné.

Ce petit monde policier baragouinait en anglais et j'avais des difficultés à suivre. L'expert était d'un autre niveau et il jactait plusieurs langues. Il avait fini d'exposer son compte-rendu et il s'emmerdait maintenant copieusement. Son domaine à lui c'était les drôles de petits dessins qui avaient tant passionné un certain Champollion. Les arcanes de l'enquête ne l'intéressaient pas. Je captai son regard éteint et lui fit signe de quitter la pièce, en ma compagnie. Nous nous levâmes sans aucune discrétion. Comme dans tous les commissariats, nous nous réfugiâmes près de la machine à café. Sauf qu'il n'y avait que du thé. La réserve de café, à priori, n'avait pas été renouvelée.

- Je n'ai pas tout compris ! entamai-je, en lui tendant un gobelet fumant de thé noir.

- Vous êtes le policier français ?
- Oui ! poursuivis-je sans en dire davantage. Je désirais qu'il en vienne rapidement au fait.
- Vous croyez que je vais être payé ?

Je regardai le petit bonhomme passablement surpris. En France quand on faisait appel à un expert il était rémunéré. En Égypte, je n'en savais rien. Je le rassurai et lui rétorquai :
- Alors c'est quoi la traduction de ces hiéroglyphes sur les parois du coffre.
- Le coffre est une énigme.
- Comment cela ?
- La traduction a été complexe... Contrairement à la plupart des textes que l'on retrouve en Égypte, celui-ci ne raconte pas une histoire, soit historique, ou administrative. C'est comme une sorte de devinette. Vous dites ça en français ?
- Ouais ! Devinette... répétai-je, me forçant à conserver mon calme. Continuez, mon ami, dis-je dans un souffle.
- Le mieux est que je vous lise. Attendez !

L'expert à lunettes fouilla dans son cartable qu'il tenait contre sa jambe et qu'il n'avait pas lâché. Il en extirpa plusieurs papiers. Enfin, il trouva ce qu'il cherchait. Il posa son cartable contre la machine à café, avec beaucoup de précaution, et commença à me lire sa traduction :
- Voilà ! « Quand le premier rayon de soleil, aux sept lumières, éclaire les quatre pharaons, l'œil brisé retrouve son éclat. »
- C'est tout ?
- Absolument commissaire. La traduction doit être interprétée.
- Alors allons-y. Les quatre pharaons ? Qui sont-ils ?
- Ce coffret a été trouvé dans les environs d'Abou Simbel. Je dirais qu'il ne s'agit que d'un seul pharaon, c'est à dire Ramsès II. - Et pourquoi quatre ? questionnai-je.
- Je pense que le scribe fait allusion aux quatre colosses assis, qui entourent le portique du temple. Le pharaon est représenté, installé sur son trône. L'une des statues s'est écroulée lors d'un tremblement de terre, à l'époque même du règne de Ramsès. Ce

temple, il l'avait fait édifier pour glorifier la célèbre bataille de Quadesh, à laquelle il avait participé, étant plus jeune.

- Pourquoi aux sept lumières ?

- J'ai une aussi une hypothèse. Le spectre lumineux de la lumière qui comprend toutes les lumières de l'arc-en-ciel est appelé plus simplement spectre continu. Il faut savoir que les couleurs n'ont pas de délimitation entre elles. Aujourd'hui on sait qu'elles sont au nombre de six. Mais les érudits égyptiens penchaient plutôt pour sept couleurs car ce chiffre avait pour eux une signification plus magique.

- Et pour l'œil vous avez une idée, monsieur l'expert ?

- Kader Madbouli, je suis...

- Mille excuse. Mais vos collègues policiers ont omis de faire les présentations. Moi c'est Marcello !

- En ce qui concerne l'œil, commissaire Marcello, je crois que le texte fait allusion à l'œil d'Horus. C'est le symbole magique le plus connu chez nous.

- L'œil de qui ?

Ignare ! Horus était le fils d'Isis et de Osiris, le roi d'Égypte. Tu as une mémoire de moineau... Tu as lu tout ça sur les panneaux que la belle guide Yasmine installait, chaque matin, à l'accueil du navire, pour tenter de rehausser le niveau de sa troupe de touristes incultes. Écoute avec attention ce que te dit le petit à binocles !

L'oiseau, une espèce de boule affreuse avec des plumes hérissées, s'en alla aussi vite qu'il était apparu. On aurait dit un hérisson volant avec un bec à la place du museau. Je me reconcentrai sur le bonhomme. Il m'expliquait avec passion une histoire de meurtre pour ne pas changer. D'après ce que je retins, Osiris était le roi de l'Égypte ancienne. Il avait un frérot, Seth, qui était un sacré enfoiré. Il fit assassiner Osiris pour lui piquer son trône et ordonna que l'on découpe son cadavre pour en disperser les morceaux dans tout le royaume. Or, c'était sans compter avec Isis, la poulette d'Osiris. Celle-ci, partit à la recherche des bouts de son mari, tu parles d'une quête, et avec un brin de magie, elle reconstitua son cher époux. Quand,

Osiris, fut en état de marche, la coquine en profita pour se faire sauter et concevoir un petiot qu'elle appela Horus... Là-dessus, Osiris, qui ne tenait pas la grande forme, mourut et postula pour la place du dieu des enfers. La belle Isis, éleva seule son fils qui, dès qu'il fut en âge de tenir une épée, il ne pensa qu'à venger son père. Il affronta son oncle, le vilain Seth dans un combat qui ne fut pas à son avantage. Seth lui arracha un œil et le découpa en plusieurs morceaux. Chez lui, le découpage, était une manie. Mais encore une fois, une femme s'en mêla... Celle-ci, s'appelait Hathor. C'était la déesse de la beauté, de l'amour et de la maternité. Elle était représentée sous les traits d'une vache ou d'une belle femme arborant le disque solaire entre ses cornes. Je dois dire que ces égyptiens avaient une imagination débridée. Je me demandais ce qu'ils fumaient à l'époque ? Bref ! Cette petite vache, par un autre tour de passe-passe, recolla l'œil et, ni vu ni connu, je t'embrouille, le bel Horus retrouva une gueule présentable. N'empêche, depuis lors, l'œil, auréolé d'un certain pouvoir magique devint célèbre.

Dans toute cette salade mythique je ne voyais pas grand-chose. « L'œil brisé retrouve son éclat ? ». Cela faisait-il allusion à un trésor, d'après ce que nous en savions ? Ce n'était pas la peine de se prendre le chou. L'expérience m'avait appris qu'il fallait être patient dans ces cas-là.
Je remerciai l'expert et attendit que Dalida me rejoigne.

La réunion terminée, le lieutenant Wagdi, discrètement, me fit signe d'aller l'attendre dehors. Elle était en grande discussion avec le boss. Dehors, elle retrouva le sourire qu'elle avait perdu.
- Alors, dis-je impatienté d'en savoir davantage.
- La traduction...

Je la coupai dans son élan.
- L'expert m'a déjà tout raconté. Avez-vous avancé au sujet d'Ibrahim ?
- Oui ! Son appartement a été fouillé minutieusement. On a

retrouvé au fond d'un placard un sac avec un cobra endormi. Les collègues ont failli se faire surprendre par le reptile.

- C'est lui l'assassin de David Marchand ?
- Vraisemblablement. Mais on n'a trouvé nulle trace de l'arme qui a égorgé Amada Youssef et planté René Charton.
- Si c'est bien lui l'assassin ?
- Il a le mobile, et il y a le cobra. On ne va pas tarder à avoir les résultats détaillés de l'autopsie de Charton qui présentait des signes de défense sous ses ongles. En outre, il y avait aussi dans le studio, plusieurs romans d'Agatha Christie. Mais pas celui qui nous intéresse.
- Parfait… La femme, appuyai-je avec conviction. Vous savez avec qui il fricotait ?
- Aucune trace féminine dans son appartement. On interroge ses anciens collègues. Mais les femmes sur les bateaux ce n'est pas ce qui manque.

J'en savais quelque-chose. J'évitais de commenter.
Le portable du lieutenant sonna. Elle s'écarta et je compris qu'il s'agissait de quelqu'un de sa famille. Sans doute un de ses gamins car elle parlait en arabe et avec la douceur d'une mère qui console. J'en profitai pour m'en rouler une.
Mon intuition me disait que la gonzesse en question bossait sur le bateau. L'inconnu qui avait agressé le capitaine n'avait pas prononcé un mot. Il s'était fait comprendre uniquement avec des signes, afin d'éviter d'être trahi par sa voix. Le capitaine avait décrit ce personnage ayant une taille fine. Cela pouvait être une femme. Et qui sur le navire pouvait à la fois, aller où bon elle voulait, et être au courant de ce qui s'y passait ? Et ensuite, en toute logique, être suffisamment séduisante pour séduire le beau gosse qui était Ibrahim Chérif. Je commençais à y voir plus clair. J'en voyais deux. Nathalie l'animatrice, et sa copine, Yasmine…

Dalida avait raccroché. Elle se tourna vers moi. J'en profitai :
- Connaît-on le nom de la guide du « Nil Azur » ? Yasmine…
- Velasquez… Yasmine Velasquez.

- Et sait-on où elle se trouve actuellement ?
- Je sais que les collègues ont pris sa déposition mais depuis je n'en sais rien.

Elle reprit son téléphone et appela quelqu'un.
Nous étions devant le commissariat et nous aurions pu revenir à l'intérieur pour nous renseigner. Mais, de toute évidence, elle avait pris un savon de la part du boss et elle n'avait pas envie de tomber sur lui à nouveau.
Le ciel se dégageait. Deux voitures de police débouchèrent. Des portières claquèrent. Des policiers se dirigèrent vers le bâtiment. Des équipes qui revenaient de patrouille. Il y avait un vent léger. J'aperçus à l'horizon le trait lumineux d'un avion qui se détachait dans le ciel blafard. Il me rappela ma situation. Je n'avais plus rien à faire ici... Je devais rentrer à Toulouse. Ma mission avait été de retrouver David Marchand. Son corps allait être rapatrié très vite et j'avais reçu l'ordre de m'occuper du transfert.

J'avais repris une chambre à l'hôtel Suzanna, à Louxor. Je passais l'après-midi à me balader en ressassant l'affaire. Dalida m'avait planté brusquement. Nous avions décidé de nous revoir à mon hôtel pour une dernière mise au point. Je ne m'attendais pas à mieux ! Mais allez donc savoir ce qui se passait dans la tête de cette superbe amazone ? Je devais rentrer et cela me faisait mal au ventre. L'enquête sur les trois meurtres et celui d'Ibrahim appartenait à la police égyptienne. Je venais à peine de flairer une nouvelle piste, celle d'une femme, et je devais rentrer à Toulouse pour tenir les poignées du cercueil d'un macchabée qui s'était révélé être un meurtrier. J'avais un peu les boules.

Le soir, au bar du Suzanna, Dalida creva l'espace de mon ennui. Elle était, comme à l'ordinaire, solaire. Un pantalon noir moulait ses hanches maternelles, sa belle poitrine était coincée dans un blouson de toile et largement échancré sur un chemisier qui avait démissionné les deux premiers boutons du haut.

J'avalai cul-sec mon fond de verre et je m'empressai de lui avancer un tabouret.

- Je te remercie, dit-elle, simplement.

Super, le tutoiement était de retour. Je voulus commander sa boisson favorite mais elle préféra un gin tonic.

- J'ai une bonne nouvelle pour toi.
- Ah bon ! fis-je sans grand enthousiasme.
- Je sais que tu n'aimes pas t'arrêter en chemin… Surtout pour une enquête, ajouta-t-elle, avec un minois coquin.
- Je ne vois pas ce que tu veux dire ? dis-je hypocritement.
- Yasmine Velasquez et Solange Béranger, la barmaid, vivent chez toi, à Toulouse. Elles ont repris l'avion à la fin de la croisière. Solange était en contrat limité, juste pour ce voyage.
- Et l'autre ?
- Elle a démissionné le soir du départ. Elle a envoyé un mail à la maison mère du tour-operator, « Plein Vent Toulouse », qui exploite depuis 2018 la fameuse marque FRAM, que tous les professionnels ici connaissaient.
- Elles vivent à Toulouse ?
- Oui et tiens-toi. Elles sont ensemble…
- Comment ça ?
- Elles habitent sous le même toit…
- Tu crois que…
- Mes informations ne disent rien à ce sujet. Sérieusement, tu penses qu'elles sont incriminées dans toute cette histoire ?
- C'est à voir… Une des deux sans doute…
- En tous les cas, tu as carte blanche en ce qui nous concerne. Essaye d'en savoir davantage quand tu seras rentré. Tiens-moi au courant.

Je la rassurai sur ce point, heureux d'être encore dans le coup. Nos verres terminés, je voulus qu'elle partage le dîner avec moi. Mais elle déclina l'invitation, m'embrassa sur la joue et me souhaita un bon retour chez moi avant que je ne dise ouf. La belle égyptienne avait filé.

Mardi, vingt-et-une heure… Blagnac.

La météo de cette fin de mois toulousaine n'avait rien à voir avec celle de là-bas. La pluie triste me dégoulinait le long du visage pendant que j'assistais impatient au transport du cercueil de David Marchand sur le tarmac.

Le corps de René Charton n'avait pas pu être ramené en même temps. Un problème de papelards qui m'échappait… La France crevait de sa lourdeur administrative. Ce n'était pas près de changer. Faudrait-il pour cela une pandémie mondiale pour faire plier le poids du papier, du tampon et de la signature d'un chef dans notre vie quotidienne ? J'en doutais fortement.

Les pompes funèbres prirent le relais. Une partie de la famille était venue avec le corbillard. Je serrai des mains au hasard. Il y avait aussi un élu de la mairie, un journaliste de la Dépêche que j'envoyais bouler, un jeune gars et sa femme et la sœur cadette de David Marchand, une petite vieille ratatinée qui pleurait abondamment. Ce salaud avait quand même quelqu'un qui avait l'air de le regretter. Je pensais au pauvre bougre qui reposait dans une cache millénaire, perdue dans le désert. J'espérais que les autorités égyptiennes allaient faire des recherches à ce sujet. La vie était ainsi faite. J'en avais marre de l'Égypte. Je n'avais plus qu'une envie, celle de me réfugier dans mon chalet camarguais et me biturer avec un douze ans d'âge.

J'ouvris le portable en attendant qu'un taxi arrive à mon niveau dans la file d'attente. Le commandant Costessec m'avait laissé un message. Il m'invitait fermement à passer chez lui avant de prendre le train pour rejoindre mon chez moi. Ces foutus cons m'avait envoyé un hélico pour m'expédier chez les pharaons mais ils avaient oublié de me procurer un moyen de locomotion pour rentrer chez moi.

Installé confortablement dans la DS Citroën, j'appelai Fredo.

- Je suis rentré ! Merci pour l'accueil…

- Je sais mais ce n'est pas de ma faute. Passe au commissariat de l'Embouchure avant. Je t'attends. J'ai quelque-chose pour toi.

- C'est quoi ? Une nouvelle affaire ? Je peux respirer oui !
- Ne fais pas ta teigne ! Tu vas aimer… Allez zou ! Rapplique. Après, ma femme nous a préparé un sauté de veau… tu m'en diras des nouvelles…

Il savait comment me calmer. La curiosité et la bouffe de Myriam, sa moitié.

Il y avait un quatrième homme

La surprise fut sacrément de taille... Dès que j'eus franchi le seuil de l'appartement, Fréderic m'entraîna sur le balcon. A la longue, c'était devenu une règle. Si l'on voulait parler boulot et cloper en plus, nous devions nous exiler sur le balcon. Avec en prime l'odeur grasse des hamburgers du Macdonald qui était en dessous.

Un meurtre avait eu lieu, deux mois auparavant, au musée Georges Labit. Un veilleur de nuit. Un SSIAP d'une société de gardiennage toulousaine avait été abattu d'une balle en pleine tempe.
- Un SSIAP ?
- Excuse ! Un agent de sécurité tout bonnement. Cela veut dire Service de sécurité incendie et assistance de personne.
- Quels sont les faits ?
- On pense que c'est un cambriolage qui a mal tourné. L'agent de sécurité a surpris sans doute le cambrioleur qui l'a flingué.
- Il a volé quoi ?
- C'est déconcertant. A priori il n'a emporté qu'une seule chose. Et c'est là que ça matche avec ton affaire !
- Quoi bordel ! fis-je manquant m'étrangler avec mon whisky.

Frédéric était hilare. Il me regardait ce con et jouissait de mon impatience. L'enfoiré prit le temps de déguster une autre gorgée de son pastis avant de lâcher :
- Une statuette d'un pharaon toute peinturlurée.
- Sacrebleu ! ...

Un oiseau se manifesta avec une sale gueule d'oiseau.
Cela se corse, mon commissaire. Les quatre pharaons, ce sont les colosses devant le temple d'Abou Simbel. Ce sont aussi tes putains de statuettes, sans doute, peintes par un ancêtre à Picasso. Et qui dis quatre statuettes cela veut dire ?
- Il y avait un quatrième homme.
- Que dis-tu ? questionna le commandant, penché sur son balcon, en train de mater le décolleté d'une belle nana qui

133

croquait dans un sandwich plus gros que sa bouche.

- Cela veut dire mon cher qu'il y avait certainement un autre type à l'époque. Mais celui-là n'a pas conservé sa statuette. Il l'a vendue ou il l'a offerte au musée. Pourquoi a-t-il fait ça ?

- Elle ne représentait pas la même chose à ses yeux que pour les trois autres…

- Évidemment ! Tu es la perspicacité même… Pour les trois lascars, elles représentaient un pacte sacré. Celui de leur silence sur la mort du veilleur d'Abou Simbel. Notre donateur a reçu, des trois autres, cette statuette en cadeau pour un service rendu... Je te parie un repas chez Michel Sarran, que c'est ça !

- Et quel genre de service ?

- Tu as un stock d'or à rapatrier en France. Comment tu fais ?

- Un transporteur ?

-Yes, my lord… Un gars qui a du pouvoir et qui a pu ouvrir la porte des douanes. A mon avis, il ne s'est pas contenté d'une simple statuette…

- Tu crois qu'il est sur la liste du tueur ? avança Frédéric.

- Peut-être pas... Il n'a sans doute pas participé à la nuit tragique. Il a juste loué ses services. Par contre, comme il n'a plus la statuette, il ne risque plus rien…

- Si on le retrouve à quoi cela va-t-il te servir ?

- On n'aura qu'à refiler le dossier aux douanes. Ce sont les filles qui sont dans mon collimateur. Demain je pars sur leurs traces.

Je n'avais plus mon cher camping-car et parfois je le regrettais. Comme souvent je créchais dans la chambre d'amis où j'avais maintenant mes habitudes. Quand je sortis du pieu, mon pote était déjà parti, bien plus tôt, au commissariat de l'Embouchure. Myriam bossait au Conseil Général et elle n'était plus là. Leur fils était toujours en pension. Ce pauvre gamin je ne le voyais quasiment jamais.

En caleçon, une tasse de café à la main, je m'installai à la table de la cuisine et je cogitai.

Le commandant avait demandé la veille au lieutenant Michel de localiser les filles. J'avais entendu, à moitié réveillé, le bip

134

annonciateur d'un mail sur mon portable et sans l'ouvrir je savais que c'était l'adresse des nanas. Ces derniers temps, hormis pour des raisons professionnelles, personne ne m'envoyait des SMS ou des mails.

Tu ne te demandes pas pourquoi ?

L'oiseau avec sa sale gueule d'oiseau était revenu.

- Il ne manquais plus que toi. Oui je le sais ! Je n'ai pas de copains ! Quelques rares amis, qui se comptent sur le pouce de ma main droite, et des tas de connaissances

Pour le turbin ! Mais pas de copains...

- Oui ! Tu m'emmerdes le piaf... Je n'ai pas de copains mais, comprends bien abruti de volatile, je n'en veux pas. Un point c'est tout !

C'est pour cette simple raison que j'ai toujours été la représentation symbolique de ta solitude.

- Casse-toi... ou je te vole dans les plumes...

Ce putain d'oiseau s'envola sans demander son reste... J'étais tellement énervé que je n'avais pas eu l'idée de lui demander à quoi il ressemblait et surtout, ce qu'il pensait de la tournure des événements.

J'enfilai mon futal, et tout le reste et me contentai de me mater dans le miroir de la salle de bain à la place de prendre une bonne douche. Je ne sentais pas encore le fauve et cela pouvait encore passer. Dans ma valise, je n'avais plus de chemises propres et le temps pressait. En outre, je n'avais aucun rencard ce soir. Quant à la guide Yasmine et sa copine la barmaid, je n'avais nullement l'intention de les charmer ? C'était tout le contraire !

Les filles habitaient ensemble. C'était plus commode pour les interroger. Elles créchaient, en centre-ville, au numéro 36 rue des Tourneurs. L'immeuble faisait angle avec la place Esquirol. Je n'avais qu'à sauter dans le métro pour m'y rendre. A cette adresse, il y avait une boutique de fringues, bon chic, très cher, au-dessus une école de bachotage et encore au-dessus des appartements dont celui des nanas.

La sonnette ne marchait pas. On entendait le brouhaha de la place et le grincement des bus. L'odeur était celle des vieux couloirs sombre des vieilles villes. Il y avait aussi l'odeur, plus sympa, des chocolatines et des quiches lorraines qui venaient de sortir du four de la boulangerie qui était juste en dessous, collée au 36 et qui donnait sur la place Esquirol.

Le commandant Costessec m'avait refilé le dossier sur le cambriolage du musée Labit. Dans la nuit du 2 juillet le système d'alarme n'avait pas fonctionné. Quelqu'un s'était introduit dans le musée. On n'avait aucune idée de l'heure ni comment il avait fait. Peut-être s'était-il laissé enfermer à dix-huit heures, lors de la fermeture. Le vigile était seul. C'est un tout petit musée. C'est sans doute au cours de sa première ronde qu'il est tombé sur le voleur. La scientifique n'avait relevé aucune empreinte, aucune trace d'ADN. Le cambrioleur avait utilisé des gants. Un véritable pro. Mais j'en doutais… Je connaissais la mentalité des montes en l'air. Généralement ils n'avaient jamais d'arme sur eux pour éviter justement de s'en servir. Devant un juge cela limitait pas mal le nombre de nuit à tourner en rond dans une cage de prison. Or, l'inconnu qui s'était introduit dans le musée avait abattu froidement le pauvre type qui s'était pointé au mauvais endroit et au mauvais moment. Tout cela pour une statuette toute simple. Le type n'avait rien pris d'autre. Ce qui laissait entendre qu'il y avait sans doute un commanditaire derrière ce vol. Et surtout que le tueur n'était pas un professionnel des œuvres d'art.

Mon piaf ne me laissait aucun répit. Il était venu me pourchasser cette nuit dans le plus profond de mon sommeil. Inlassablement, il m'avait rabâché qu'une des deux jeunes femmes pouvait être celle qui avait poussé Ibrahim à se venger puis à récupérer les statuettes. J'avais un penchant pour la séduisante guide Yasmine car Solange, la barmaid, m'avait aidé au sujet des lettres, que les victimes avaient reçues. Si elle avait été dans le coup, je crois qu'elle aurait évité de m'en parler. D'après ce que je savais, elles vivaient ensemble. Etaient-elles homosexuelles ? De toute façon je m'en fichai… En outre, j'avais bien observé la gestuelle de Yasmine et cette fille possédait un charisme et un tempérament solide. Elle était vive d'esprit et elle matait droit dans les yeux comme pour sonder votre esprit et vous manipuler. C'était cela la petite musique que me chantait mon cui-cui d'amour. Cette fille avait le chic pour amadouer Solange. J'avais surpris, sur le « Nil Azur » plusieurs regards et quelques prises de bec entre elles, et chaque fois à l'avantage de Yasmine.

Après avoir grimpé l'escalier en colimaçon je stoppai devant la porte. Je toquai fermement. Il était dix heures et si les minettes avaient fait la fête, la veille, elles devaient encore pioncer.
Cependant, j'entendis du bruit, le raclement d'une chaise que l'on bousculait, un léger grognement de mécontentement, un zut qui parvint jusqu'à mon oreille tendue et la porte s'ouvrit. C'était Solange, la tignasse ébouriffée, un visage fatigué, en pantalon de pyjama et avec un tee-shirt qui moulait agréablement deux jolis petits seins bien ronds. Ah la jeunesse ! songeai-je soudain avec un brin de nostalgie.
- Salut ma belle !
- Monsieur Visconti…
- Commissaire, je préfère, précisai-je pour bien marquer que je ne venais pas faire une visite de courtoisie.

Je continuai :
- Ta copine Yasmine est-elle là ?
- Oui… Commissaire. Elle dort.
- Ok ! Fais-moi un café et va la réveiller. Et fissa ! Je suis assez pressé, balançai-je pour accentuer la pression.

La pauvrette fila dans la cuisine et j'admirai au passage ses jolies fesses se trémousser dans le pyjama. Elle déposa une dosette dans un Senseo et appuya sur le bouton. Je m'emparai de la tasse et tirai une chaise sur laquelle je m'affalai. Putain ! Ce matin je me traînais… Pendant ce temps, j'entendis les filles qui jactaient et qui s'habillaient. J'entendis ensuite la chasse d'eau et deux minutes plus tard, Yasmine apparût. Elle avait eu le temps de se passer un gant mouillé sur le visage et son front plissé brillait encore d'humidité. Elle semblait soucieuse et elle avait raison.

J'attaquais directement :

- Tu étais la petite amie d'Ibrahim…

- De qui vous parlez ? Et pourquoi vous me tutoyez ?

- Pardon mamzelle ! C'est parce que tu me caches des trucs et cela m'énerve. Ibrahim c'était un peu comme un collègue à toi… Un guide qui bossait au black sur les bateaux de croisière. Tout comme toi ma jolie ! Alors ne me raconte pas de conneries… Tu le connaissais et je sais aussi pourquoi il s'est fait buter. Mais sa petite histoire de vengeance, je suis certain que tu la connais… On a retrouvé des preuves dans son studio. Il tenait un journal intime, ce con, rajoutai-je, subitement, poussé par une idée subite et saugrenue. De bluff mais pourquoi pas ! La mignonne s'était décomposée au fur et à mesure de ma diatribe.

- Un journal ? répéta-t-elle incrédule.

- Oui ! Il cause de toi et c'est assez chaud. Alors ?

- J'ai été un temps sa petite amie.

- Elle est au courant Solange.

- Ben oui !

- Vous êtes ensemble… Je veux dire c'est bien ta copine…

Je m'embourbai. Comme elle ne répondait rien, j'appuyais sur les mots pour bien me faire comprendre.

- Tu baises bien aussi la barmaid ?

- Mais non ! Quelle idée…

Yasmine éclata de rire. Elle se retourna vers le couloir et elle gueula à l'intention de Solange :

- Le keuf pense que l'on gouine !

- Bon ok ! Je m'excuse… Revenons à Ibrahim. Pourquoi as-tu cassé avec lui ? Combien de temps a duré votre relation ? Ne me raconte pas des craques. Ce type a tué trois hommes et tu risques d'être accusée de complicité.

138

Yasmine perdit immédiatement le sourire. Elle ne répondit pas mais je laissais le silence s'installer entre nous. Solange apparut dans le séjour mais d'un signe énergique je lui intimai l'ordre de regagner sa chambre. La gamine évitait mon regard. Je lui pris la barbichette et fermement l'obligeait à me regarder :

- D'habitude tu mates les gens, droit dans les yeux. Pourquoi tu évites mon regard ?   Que me caches-tu ? Tu savais pour les trois meurtres…

- Non ! Mais il était obsédé par l'assassinat de son père sur un chantier, quand il était môme. Il n'était plus le même. Carrément chiant ! C'est pour cette raison que je lui aie dit que c'était fini entre nous.

- Il t'a parlé du coffre ?

- Celui que sa mère gardait. Il l'avait pris à ces hommes m'a-t-il raconté. Il voulait faire traduire les hiéroglyphes.

- C'est tout ce que tu sais, petite ?

- Je vous jure, monsieur le commissaire.

- Tu sais te servir d'une arme ?

- Nooon ! Je…J'ai horreur des armes.

- Bon d'accord !

- J'ai une autre question... Pourquoi as-tu démissionné de ton boulot ? Tu as l'intention de partir en voyage ?

- L'année dernière j'ai passé un concours pour être assistante de conservation du patrimoine. Le muséum de Toulouse me propose un poste de titulaire. J'avais envie d'un métier plus stable. J'ai fait le tour des croisières égyptiennes.

- File dans ta chambre et dis à Solange de se pointer. J'ai une question à lui poser.

La barmaid avait retrouvé une autre allure. Elle avait serré ses cheveux en une queue de cheval et avait enfilé une jupette. Elle s'assit, là même où était assise Yasmine. La place était encore chaude.

- Est-ce que tu sais si ta copine bouquine ?

- Si elle quoi ?

- Si elle aime la lecture ?

- Non ! Je ne crois pas. On regarde des séries sur Netflix et on va sur les réseaux. On joue aussi…

Tu débloques Marcello. Ce sont des jeunettes et tu crois qu'à leur âge elles lisent des polards comme les vieux cons de ton espèce ? Au lieu de te ridiculiser, profite de l'ascendance que tu as sur elles pour leur demander de visiter leurs chambres. Tu verras bien s'il y a des Agatha Christie, si c'est bien cela que tu cherches.

- Oui c'est bien cela ! Mais dis-moi… Tu es une mésange ?

Non ! Idiot je suis un étourneau et je dois rejoindre les copains pour nous tirer d'ici avant que le temps ne devienne pourri !

La visite des chambres ne donna rien. Ni celle du séjour et de la cuisine. Les filles avaient l'air de se ficher complètement que je fouille leur appartement. Elles s'étaient collées à leur téléphone, et elles ne bougeaient plus de leur canapé où elles avaient sans doute l'intention de passer la journée. Je me tirai déconfit. Je devais demander à Michel de fouiller leur passé, mais vu leur jeunesse, cela allait être vite torché. Ce putain de piaf m'avait mis sur une fausse piste. Le piaf ou moi-même ? Peu importait…

Je quittai l'appartement et sautai dans la bouche de métro. J'avais un train à prendre.

Ce n'est pas malin

A la gare de Nîmes c'était la cohue. Il y avait des plombes que je n'avais pas pris le train. J'attrapais ma correspondance au vol et j'arrivais à la gare de Vauvert aux alentours de dix-huit heures. Comme j'étais maintenant un type plein aux as, je pris un taxi qui accepta de me conduire chez moi.

Alex était devant les box. Il étrillait un cheval. J'allais vers lui mais il m'ignora et me tourna le dos… Mais j'avais eu le temps d'apercevoir dans le coin de ses lèvres un début de sourire espiègle qui me signalait qu'il était heureux que je sois rentré. Je lui tapai affectueusement l'épaule et filai vers le chalet. J'avais hâte de me prendre une douche.

Vers vingt heures, comme convenu avec les collègues du groupe de l'Embouchure, je devais me brancher en vidéo conférence. Le lieutenant Michel avait eu le temps de fouiller dans le jeune passé de la miss Yasmine.
Je galérai un peu pour faire fonctionner le système. C'était ça ou bien acheter un appartement à Toulouse. Mais le peu d'affaires que l'on me confiait ne me poussait pas à me lancer dans ce genre d'aventure. Enfin, après avoir pesté sur ce foutu ordinateur, le visage du lieutenant Michel se matérialisa.
- Alors bonhomme tu as des nouvelles ?
- Commissaire vous allez être content…
- J'espère, je ne me suis pas emmerdé avec ce foutu ordinateur pour ne rien avoir à me mettre sous la dent. Alors raconte…
- Comme on pouvait s'y attendre, il n'y a pas grand-chose pour Yasmine Velasquez. Elle a passé toute sa jeunesse à la cité des Isards à Toulouse et elle a fait sa scolarité dans le quartier. Elle était une bonne élève et elle était une assidue de la bibliothèque. Elle a eu son bac et elle s'est inscrite à la fac du Mirail en histoire de l'art et archéologie. Puis elle est partie un an à Narbonne pour faire sa spécialité et obtenir son diplôme national de guide interprète national. Elle est revenue chez sa mère et elle a commencé à bosser. Comme elle parle

couramment l'anglais, l'espagnol mais aussi l'arabe, c'est ainsi qu'elle a trouvé du boulot sur les bateaux qui remontent le Nil. Elle a vingt-sept ans et elle a fait ce job environ depuis cinq ans.

- Un amoureux ?

- Rien de sérieux. J'ai un indict qui habite la cité des Isards et il connait la famille Velasquez. C'est là que ça devient intéressant.

La mère est égyptienne et elle est arrivée en France en octobre 1985. Elle avait seize ans. Puis elle s'est mariée avec un français d'origine espagnole deux ans plus tard. Yasmine est née en 1992 après bien des difficultés. Elle est fille unique.

- Tu es sûr de la date de son arrivée.

- Certain.

- Putain c'est à peine deux mois après le chantier où nos trois arsouilles ont sévi. Ce n'est peut-être pas une coïncidence. C'est tout ?

- Oui commissaire. Ce qui serait bougrement intéressant ce serait de savoir pourquoi elle a débarqué en France ?

- Je viens à peine de rentrer pour me poser. Je sais que vous avez du taf avec ce chauffard qui a tué un de vos collègues lors d'un contrôle. Mais si toi ou Magalie vous pouviez aller à la cité des Isards pour interroger la mère, cela m'arrangerait…

- Si vous voulez je m'y cogne dès ce soir… Je sais, en ce qui vous concerne, que vous aimez aller vite dans le déroulement de vos enquêtes.

- Merci mon gars ! A charge de revanche.

Je fermai l'ordinateur. Le soleil avait décliné et des ombres ondulantes balayaient l'eau de l'étang. Un léger vent courbait la cime des roseaux. Je me préparai un bout de serrano avec un pain de campagne sorti du congélateur. Ici, dans cet oasis, perdu au milieu de la Camargue, j'avais compris que la boulangerie n'était pas à la porte d'à côté. Pour le pinard, c'était plus facile. J'avais fait rentrer des caisses de Chinon et de Bourgueil. Je savais que le lieutenant Michel m'appellerait dès qu'il serait sorti de sa visite chez Madame Velasquez.

La nuit était fraîche et je sortis faire un tour, le portable dans ma poche arrière. Je sautai dans la barque et gagnai la terre ferme. Tout était tranquille. Il y avait de la lumière chez mes locataires mais la fenêtre du studio d'Alex était noire. Il devait dormir ou regarder un truc sur sa tablette. Le studio était un studio de luxe en réalité. Il était vaste et la chambre donnait sur l'autre côté. Je pris la direction du chemin de terre qui menait à la petite route. Le ciel était étoilé et je marchai la tête en l'air. Il n'était pas loin de dix plombes. Soudain la musique de mon bigophone retentit dans le silence ouaté de la nuit. Une chouette effrayée se sauva tandis que je m'asseyais au pied d'un olivier centenaire.

- Alors
- Commissaire ce n'est pas croyable !!

Si ce jeune flic avait été journaliste j'aurais pu dire qu'il venait de chopper un scoop. Nous, les flics, on fonctionnait un peu de la même manière. J'attendis que le garçon se calme.

- Où es-tu mon gars ?
- Dans ma caisse. Je suis garé au bas de l'immeuble. Tout est calme. Je vous raconte…
- Putain ! Je n'attends que ça, fulminai-je pris soudain d'un coup de sang.
- La mère de Yasmine a été mariée en Égypte une première fois à un ouvrier Ahmed Fouad. Elle m'a raconté une drôle d'histoire qui va vous intéresser.
- Abrège, tu me fais languir comme y disent ici…
- Elle est native d'Abou Simbel. Son père élevait des chèvres et il l'a mariée, sans son consentement, à un maçon d'une trentaine d'années qui appartenait à une famille amie et voisine. Quand le chantier a démarré pour cette recherche hypothétique d'un autre temple, il a été embauché. Un soir il est rentré chez lui tout excité. Il a raconté à sa femme qu'il avait découvert une plaque de granit à l'arrière du terrain des fouilles. On lui avait demandé d'aller enterrer des détritus. Il ne savait pas ce qu'il y avait dessous mais il lui tardait le lendemain pour en savoir davantage. Le pauvre mec s'était même imaginé qu'il aurait

143

une prime ou que son nom serait peut-être associé à une formidable découverte. Bref ! Le jour suivant il est reparti tout guilleret. Et il n'est jamais revenu.

Le soir il ne s'est pas pointé au domicile conjugal. Mais comme c'était l'homme, que lui seul avait le droit d'agir comme bon lui semblait, elle s'est couchée sagement, en bonne épouse soumise. Mais le lendemain toujours personne... Et ce n'est qu'en fin de journée, qu'elle a vu un couple de policiers lui annoncer que son mari avait eu un accident au chantier. Il était passé sous les roues d'un camion et sa tête avait été écrasée... Le lendemain on lui ramenait le corps et débrouille-toi avec pour l'enterrer. Le peu d'argent que le couple avait, servit pour la cérémonie. La jeune veuve s'en retourna chez ses parents et quand elle comprit que son père allait de nouveau la marier, elle s'est enfuie et, après quelques déboires, elle est parvenue à la cité des Isards où elle n'a plus bougé.

- Bravo ! Voilà le lien qui nous manquait.

- Mais ce n'est pas tout commissaire !

- Ah bon ! Quoi d'autre ?

- Agatha Christie... Magalie m'a dit que sur les cadavres on avait trouvé un exemplaire de « Mort sur le Nil ».

- C'est vrai...

- Quand j'ai posé la question à Madame Velasquez, c'est le nom de son mari espagnol, à savoir si elle était fan des policiers de la romancière anglaise, elle m'a répondu que oui mais pas autant que madame Cherif, à l'époque.

- C'est tout ce qu'elle t'a raconté ?

- Non ! Elle m'a dit qu'un jour Fatima Cherif lui avait confié que son mari Mouloud, le jour de sa mort, avait emporté avec lui, ce roman avec lequel il apprenait à lire. Madame Cherif avait été à l'école et, comme souvent dans ces pays, ses parents l'en avaient sortie pour la marier. C'était elle qui lui apprenait à lire. Elle l'avait bassiné pour qu'il le garde toujours avec lui. Elle disait, qu'étant d'Abou Simbel, il était important de le lire. C'était une édition de poche anglaise de l'époque.

- Putain ! Comment cela a-t-il pu nous échapper ? Je n'ai plus qu'à téléphoner à Dalida pour qu'elle aille la questionner à ce sujet.

Connard de flic à la retraite. Ce n'est pas la peine d'emmerder cette pauvre femme. Elle ne sait même pas qu'on a trouvé ces romans sur les corps des meurtriers de son mari. Elle va juste se faire de fausses idées sur son fils alors que c'est le tueur qui a manigancé tout ça pour faire porter le chapeau à Ibrahim.

C'était une grande chauve-souris de quarante-cinq centimètres, avec un nez en forme de fer-à-cheval, les ailes repliées comme une grosse poire, accrochée à l'envers à une branche, juste au-dessus de ma tête. Soudain, elle s'agita et déploya ses deux ailes. J'aperçus alors, accroché à son ventre, un bébé, pas plus gros qu'une grosse noix... J'en restai sans voix. Sous le coup de la surprise j'avais posé le téléphone sur mes genoux et j'entendais la voix étouffée du lieutenant Michel. Je me ressaisis et lui dit :

- Merci encore... On se voit demain !

Et je raccrochais. Je répondis à la chauve-souris.

- Tu as raison. Ce n'est pas la peine d'importuner davantage madame Cherif. Et dis-moi, c'est quoi ce bébé ?

Ah ! Je te rassure, ce n'est pas le mien. Je l'ai juste emprunté pour la mise en scène. Je suis un grand Rhinolophe et ma colonie de 1500 chauve-souris ici, en Camargue, est la plus importante du pourtour méditerranéen.

- Tu m'étonnes avec tous les moustiques à bouffer ici ! Bon c'est tout ce que tu as à me raconter.

La bestiole s'envola. Je savais que ces petites bêtes n'étaient pas aimées car elles avaient la sale réputation de sucer le sang alors qu'elles étaient insectivores et d'être porteuses de nombreux virus, notamment du coronavirus. J'avais vu un documentaire sur YouTube, du réalisateur Tanguy Stoecklé, pour faire plaisir à une ex-copine, folle des animaux et de Brigitte Bardot, sur la vie de ce grand Rhinolophe. Il avait même remporté des prix. Ce n'était pas étonnant que l'oiseau aujourd'hui se soit matérialisé sous cette forme. Car j'avais eu, dans le train, une pensée pour cette nana, en voyant la passagère à mes côtés, plongée dans une revue cinéphile dont la couverture représentait BB du temps de sa splendeur cinématographique. Je réintégrai le chalet et sortis une bouteille d'Armagnac. Je soignai mon taux de cholestérol. Et puis dodo. Demain matin je repartais à Toulouse. Mais cette fois, avec ma monture nipponne. Il y avait longtemps que je ne l'avais pas chevauchée.

Quelle arme ?

J'arrivais au péage de l'A61 vers onze heures et sortis au niveau de l'échangeur de Ramonville-Saint-Agne. Je filai directement au commissariat central de l'Embouchure. Frédéric avait reçu des informations d'Égypte.

Le casque encore à la main je déboulai dans son burlingue. Le commandant Costessec planchait sur un dossier. Il leva le nez et il me sourit de son air bonasse.

- Ils ont retrouvé l'arme sur le bateau.
- Quelle arme ? Celle qui a servi à buter Ibrahim Cherif ?
- Exactly, mon frère !

Parfois Fredo avait des envolées linguistiques qui m'étonnait. Il continua ses explications.

- C'est un Helwan 951.
- Ouais ! J'ai déjà entendu parler de ce parabellum. Où était-il ?
- Dans la cabine double qu'occupait Yasmine et Solange. Une cabine avec des lits superposés. Elle était cachée entre le mur et le coffre qui était sous le lit du bas. La femme de ménage avait senti l'odeur d'un rat crevé. Elle s'est mise au sol et elle a tiré le coffre de sous le lit pour attraper la bestiole. L'arme était là.
- Je n'y crois pas !
- C'est bien la nana que tu soupçonnes, non ?
- Oui ! Mais la présence du rat est trop bizarre... Trop évident. Pourquoi, sachant qu'elle rentrait en France, Yasmine a-t-elle laissé cette arme quasi en évidence sous le lit ? Tu parles d'une planque ! Elle pouvait très bien la jeter dans le Nil.
- Tu as raison…

Je poursuivis.

- Par contre, qu'elle soit impliquée, peut-être… Mais je ne la vois pas faire un carton de nuit sur un type qui se balance sur une embarcation. Quand je lui ai demandé si elle savait tirer avec une arme, elle a eu une réaction instinctive. Ou alors c'est une super comédienne…
- Va savoir, mon pote ! Tu sais les femmes…

147

- Oui je sais ! Sauf la tienne…
- Arrête avec Myriam. C'est une perle et je l'aime.

Je cessai de l'emmerder avec sa mousmée. Je lui demandai si le lieutenant Michel était dans les parages. Il acquiesça et je le quittai sur un petit salut fraternel. Ce dernier avait eu le temps de fouiller dans le patrimoine des deux victimes françaises. David Marchand possédait plusieurs appartements qu'il avait achetés à l'époque, plus une belle villa sur la côte, à Saint Raphael, et pas mal de pognon sur des assurances vie. René Charton avait investi dans des paquets d'actions. Il avait eu l'âme d'un navigateur et il avait acheté un magnifique voilier qui était encore aujourd'hui au mouillage à Sète. Cela ne m'avançait pas d'un millimètre pour mon enquête. Cela finalisait le tableau de ces trois malfaisants. « Bien mal acquis ne profite jamais ». Celui qui avait pondu ce dicton à la con s'était complètement planté. Bon les mecs étaient butés, mais leurs familles profitaient largement de cet or. Quant à ce fieffé d'Amada Youssef, j'imaginai qu'il avait été, lui aussi, confortablement nanti, grâce à ce butin volé.
J'enfilai mon casque et filai aussitôt vers la place Esquirol. La pluie commençait à tapoter sur le sommet de mon casque. Je passai vite fait par la place Arnaud Bernard et accélérait sur les boulevards. Au niveau de la place Wilson, le feu était au vert et je tournai la poignée des gaz au maximum en grattant un scooter qui avait mis du temps à démarrer. La pluie redoubla et la visière se brouilla. Je l'essuyai avec mon gant et coupai par la rue du Rempart Saint Etienne. Je ralentis et ce con de scooter me doubla. Encore un qui était pressé d'aller se réserver une place à Terre- Cabade.
Les filles étaient parties… Ce n'était pas loin de midi et j'allai m'installer à la terrasse de l'Unic Bar. Je commandai une bière pression, et un sandwich. J'avais une petite faim. De ma table je voyais l'entrée de l'immeuble. Dès qu'une des filles allait se pointer, j'étais à pied d'œuvre, pour lui tomber sur le palto. Vers treize heures, je vis se pointer le joli minois de l'égyptienne. Je payai ma consommation, avec un billet de

148

vingt sans attendre la monnaie, et traversai la place. La pluie avait cessé. L'asphalte était tout mouillé et je faillis me casser la figure en glissant sur le passage clouté qui ne l'était pas. Je grimpai l'escalier sur les talons de Yasmine et arrivai à sa hauteur à l'instant où elle prenait sa clef dans son sac.

- Avant d'appeler mes collègues pour la garde-à-vue je voudrais éclaircir quelques points…

La jeune fille me dévisagea avec stupeur. Son sourire se liquéfia. Je discernai dans son regard une angoisse subite. L'idée d'un logement gratis de vingt-quatre heures au frais de la princesse ne fut pas appréciée à sa juste valeur.

Je la poussai avec douceur à l'intérieur car elle s'était figée dans une immobilité soudaine. Elle ôta son manteau et s'installa sur le vieux canapé de cuir craquelé avec un soulagement certain. Ses jambes ne la portaient plus. Ce qui était bon signe. La petite n'avait pas la conscience tranquille. Sûr qu'elle m'avait caché une partie de son histoire.

J'allai à la cuisine chercher un verre d'eau. Les assiettes sales de la veille s'entassaient, pêle-mêle, dans l'évier inox. Cela sentait les pâtes au ketchup. Je trouvai un verre crasseux que je rinçai et le lui apportai. Elle le vida d'un trait avant d'oser me regarder avec ses beaux yeux méditerranéens.

J'attaquai aussi sec !

- Pourquoi as-tu demandé à Ibrahim de déposer sur le lieu de ses crimes un exemplaire de « Mort sur le Nil ». Tu sais ce roman d'Agatha Christie que sa mère faisait lire à son mari avant que celui-ci ne prenne un coup de pelle à Abou Simbel ?

Je crus qu'elle allait s'étouffer. Elle haletait comme si elle était en manque d'air. Elle se leva et s'empara dans un tiroir d'une commode un cacheton. Un tranquillisant… J'attendis avec la patience que l'on me connaissait qu'elle veuille bien cesser son cinoche… Enfin, elle ouvrit la bouche pour me dire :

- Ibrahim n'a tué personne !

- Pourtant, c'est bien lui qui est tombé dans le piège que j'avais tendu à l'assassin.

- Ce n'est pas lui ! s'obstina-t-elle.
- Alors pourquoi vouloir dérober la statuette ?
- Quelle statuette ?
- Ne fais pas l'innocente… Celle qui était dans ma cabine. Cette représentation de Ramsès II que la veuve Charton m'avait refilée car elle craignait de suivre le même sort que son mari.
- Je vous jure… je ne sais rien de ces statuettes. D'où elles proviennent.
- Chacune des victimes en possédait une... Cesse de mentir ! Tu sais ce que ces enfoirés avaient fait, n'est-ce-pas ? Je sais que tu le sais ! Tu m'as avoué que tu avais quitté Ibrahim Cherif car il te bassinait avec cette vieille histoire. Alors, ne me dis pas qu'il avait oublié de te parler des statuettes qui étaient dans le coffre qu'il avait dérobé le soir où son père a été tué. D'ailleurs, tout comme le mari de ta mère. Car tu as le doute… Je le sais. Tu as compris que celui-ci avait été aussi la victime de ces trois salauds. D'où le bouquin de la vieille anglaise sur le lieu des assassinats. Si cela n'est pas ta signature et celle d'Ibrahim, je me fais moine !

La moutarde commençait à m'obstruer les narines. Je la choppai par le revers de son chemiser blanc et la secouai toujours aussi gentiment. Cela fit quand même son effet mais pas celui auquel je pensais.
- Quand Ibrahim m'a raconté son histoire j'ai fait immédiatement le rapprochement avec l'accident du premier mari de ma mère. Je lui ai dit ce qu'elle m'avait toujours répété. Ma mère m'avait raconté que sa mère collectionnait les livres de la romancière. Cette marotte pour était devenue un sujet de plaisanterie entre Ibrahim et moi.
- Oui ! C'est un peu facile et bien sûr comme Ibrahim est mort tu vas me dire qu'il a pris cette initiative tout seul.

La jeune pouliche se leva d'un bond et se mit à brailler, alors complètement hystérique :
- Mais puisque je vous dis que ce n'est pas lui qui a tué ces hommes ! Et pour les livres aussi ! Il était trop poule mouillée

pour avoir le cran de tuer ces types… Comment voulez-vous que je vous le dise !

Elle avait hurlé cette dernière phrase. Bordel ! C'était une super comédienne ou alors, je me plantai complètement à son sujet. Le commissaire Marcello Visconti était un brillant policier. Enfin plutôt le piaf. Et je lui faisais trop confiance à celui-là. Peut-être, ce volatile avait-il pris du plomb dans l'aile et qu'il ne résonnait plus comme avant.
J'attendis qu'elle se calme. J'avais une autre question.
- On a déniché l'arme qui a tué Ibrahim dans votre cabine du Nil Azur. Il était sous le lit du bas avec un rat mort.
- Quelle horreur !

Voilà qu'au lieu de s'inquiéter pour l'arme, elle s'alarmait pour le rat. Je la ramenai dans la réalité et jetai sans grande conviction, je dois l'avouer :
- Oui ! Tu peux me dire pourquoi tu l'as cachée là au lieu de t'en débarrasser.
- Passez-moi les menottes ! Si vous pensez que c'est moi et qu'on en finisse. Je commence en avoir marre de toutes vos hypothèses de keuf sans cerveau. En plus je vous signale que je dormais en haut. C'était Solange qui dormait dans le lit du bas. Pourquoi vous n'allez pas l'arrêter elle aussi ?

La discussion tournait court. La petite avait du répondant. Je lui parlai de cette façon :
- Bon effaçons ce que nous venons de dire… On recommence à zéro et on oublie la garde-à-vue. Parlons franchement.

La mignonne sécha ses larmes et vida son sac. Un sac pour ma part que je trouvai complètement vide. Il n'y avait rien dedans qui faisait avancer le schmilblic… La jeune guide avait été la petite amie d'Ibrahim, un peu plus de six mois. Elle me confia que leur relation, malgré leur différence d'âge, aurait pu être plus sérieuse si elle n'avait pas été entachée par le passé que le garçon se traînait comme un boulet. Il avait retrouvé le nom des trois hommes mais il n'avait jamais voulu les lui révéler. Il avait peur d'un des trois qui était égyptien. Je me doutais de qui c'était. Un jour, m'avoua-t-elle, en cherchant des cigarettes, dans un tiroir de son studio, elle était tombée sur une série de photographies du coffret. Elle lui avait demandé s'il connaissait la signification des signes gravés sur le bois mais il avait éludé tout en refermant le tiroir. Elle n'avait pas insisté puis elle avait oublié l'incident. Mais avec le recul, elle se demandait maintenant si Ibrahim ne s'était pas confié à quelqu'un d'autre… Quelqu'un, en qui il aurait eu davantage confiance.

J'avais fait le tour et je la laissai à sa vaisselle. En mettant le contact pour faire chauffer le moteur de ma Yamaha, je pensai à ce que Yasmine m'avait dit en dernier. Ibrahim s'était peut-être confié à une autre personne. Quelqu'un qui avait tout intérêt à tuer les trois complices.

Que t'es con mon cher petit commissaire ! Au lieu de chercher la femme, comme à ton habitude, trouve le quatrième homme…

Je me retournai pour voir le piaf. Il n'y avait personne. Je pivotai sur moi-même et le cherchai désespérément.
- Putain ! Où es-tu ?

Je suis l'oiseau invisible. Je voudrais goûter à la toute-puissance que procure cette situation… Heureusement que j'ai encore un soupçon de sens moral.
- Je vois que tu as lu l'Homme invisible de H.G.Wells. Pourquoi un homme ? Le quatrième… pourrait être, tout aussi bien, une femme, non ?

Comme à son habitude il ne me répondit même pas. Je mis mon casque, enfilai mes gants et enfourchai la moto. Le moteur faisait un agréable ronron. Je passai la première puis roulai à vitesse réduite en direction du Pont Neuf, qui entre nous soit dit, était le plus vieux de la ville rose. Le piaf avait-il retrouvé tout son bon sens ? Tout en me dirigeant vers le pont des Catalans qui fermait en définitive le quartier Saint Cyprien, que je venais de traverser, une idée fumeuse me traversa l'esprit.

Quand je garai la moto au parking de l'Embouchure, elle avait pris corps.

Le commandant Costessec refusa catégoriquement ce que je lui proposais.

- Il n'en est pas question. Ta mission consistait à retrouver David Marchand. Les meurtres du Nil sont une affaire égyptienne et elle n'est pas de ton ressort.

- Je sais ! Mais le meurtre du musée Labit est relié à cette affaire. Démerde-toi pour que l'on me confie l'enquête officiellement. A ce que je sais, elle est toujours au point mort. Ensuite, toujours dans la plus pure régularité de la procédure, je pourrais obtenir l'autorisation de retourner en Égypte. Sinon ?

- Sinon quoi, grogna le fauve replié sur son fauteuil de petit chef.

- Je donne ma démission et je prends deux mois de vacances aux Eléphantines...

Frédéric était mon ami et il me connaissait par cœur. Il savait que si j'insistais c'était parce que j'avais une nouvelle piste.

- C'est quoi alors cette idée faramineuse ? Le quatrième homme ?

Il n'était pas commandant pour rien. Ce vieux flic avait de la matière grise derrière son front buté. Et lui, n'avait jamais eu besoin d'un connard d'oiseau pour élucider ses affaires.

- Tout bonnement... Quand les malfaisants ont voulu rapatrier les rouleaux du pharaon, ils ont dû se débrouiller sur place. Ils ont trouvé, à mon avis, un type pour les aider. C'est là-bas que je peux retrouver sa trace.

- Et Yasmine ?

- Laisse tomber. Elle n'y est pour rien. Je crois même qu'elle sert de disjoncteur à ce quatrième homme.

- Pour la police égyptienne, les meurtres du Nil sont une affaire classée. C'est Ibrahim Cherif le coupable.

- Cher commissaire, je commence à me demander, si lui aussi, n'est pas un deuxième disjoncteur.

- Je constate que tu as de grandes notions d'électricité, vieux frère, s'esclaffa-t-il.

A entendre son rire, je compris que j'avais gagné. Il allait prendre le bigophone, appeler les pontes parisiens et faire en sorte que l'on me confie l'affaire du musée Labit. Je le remerciai comme si c'était déjà acquis et l'invitai à une bonne bouffe pour le soir même. Sa femme participait à une réunion municipale, et nous aurions tout le loisir de parler boulot. J'étais dans une période de ma vie où il n'y avait que ce genre de discussion qui pouvait m'intéresser. Une sorte de fuite en avant. J'étais incapable d'avoir une relation amicale ou amoureuse avec quelqu'un. Je devenais de plus en plus sauvage et cela ne m'amusait pas.

Le bougre était sacrément dangereux

L'avion se posa sur l'immense aéroport du Caire. Cela faisait dix jours que je rongeais mon frein dans l'attente du feu vert du quai des Orfèvres. J'avais eu plusieurs entrevues en vidéo conférence avec Dalida. Elle avait admis, avec des difficultés, que l'affaire n'était pas si simple qu'elle n'avait parue au départ, notamment lors de la mort d'Ibrahim qui était devenu le principal suspect. Un coupable tout trouvé ! Certes, il avait un mobile en béton. La vengeance. Mais hormis cela nous n'avions aucune preuve pour étayer le dossier.

Le lieutenant Wagdi m'avait fait parvenir le nom d'un contact au siège national des douanes au Caire. Pendant cette attente forcée, j'avais eu tout le temps de faire chauffer mes neurones. Le piaf était venu me rendre visite à plusieurs reprises. Peu à peu, les pièces du puzzle, dans une danse lente, s'étaient replacées elles-mêmes. Comme si elles avaient eu une autonomie propre… De mon côté, je n'avais eu qu'à les observer, en fumant clope sur clope et en me tapant de longues rasades de Jura. Un whisky excellent que je faisais venir par caisse entière d'Espagne par un jeune trafiquant que j'avais pris en affection, et qui me rendait parfois quelques services... Disons qu'il était en apprentissage du métier d'indict.

Le trio malfaisant, comme j'avais pris l'habitude de les nommer, avait certainement évacué l'or vers la France. Amada avait peut-être voulu garder sa part sue le sol natal mais j'avais des doutes à ce sujet. L'évacuation des rouleaux par la voie maritime était l'option principale et c'était la meilleure. La traversée des pays riverains de la Méditerranée comme Israël, la Syrie, la Turquie, la Grèce et la Yougoslavie de Tito, à l'époque, apparaissait bien trop dangereuse par la route. L'avion c'était à exclure. Il y avait trop d'or. Ou alors un avion privé. Pourquoi pas ?
Le piaf m'avait rappelé que les égyptiens, depuis l'invasion de

Bonaparte en 1798, qui au passage voulait s'emparer du trafic de drogue en provenance des Indes, et qui profitait largement au Royaume-Uni, s'étaient fait une spécialité, celle du trafic des œuvres égyptiennes, pillées lors des fouilles des temples et des tombeaux. De là à conclure qu'Amada Youssef connaissait les filières de l'époque pour extrader des objets volés de grande valeur, il n'y avait pas un grand chemin. C'était l'objet de ma démarche.

L'officier douanier qui me reçut me fit une bonne impression. Il était vêtu d'un costume en coton crème et il avait fière allure avec ses Ray-Ban et sa moustache aussi drue que le balai brosse de mon regretté camping-car qui avait cramé, lors d'une attaque par des tueurs qui en voulaient à ma peau. Nous étions dans un café, à proximité de l'immeuble des douanes, en plein centre de la gigantesque ville du Caire. Le fourmillement à l'extérieur de la salle où nous nous trouvions était inimaginable pour un type de mon espèce. La médina de Louxor ce n'était rien à côté de cet endroit. Je m'étais pointé directement de l'aéroport au centre-ville et à l'arrière du taxi qui m'avait cueilli j'avais eu le tournis à force de reluquer cette vie qui grouillait. J'avais baissé la vitre et l'avait immédiatement remontée. Ce n'était pas à cause de l'air pollué, mais du bruit insoutenable des véhicules, et surtout des milliers de clacksons et sirènes qui retentissaient sans cesse. Ici, on se frayait un chemin sur les vastes avenues et les voies rapides avec une main sur le volant et l'autre sur l'avertisseur. Ce que faisait, bien entendu, mon chauffeur, avec une certaine hargne qui m'effrayait. Le Caire comptait plus de vingt-deux-millions d'habitants. C'était la plus grande ville du Moyen-Orient. A cela il fallait rajouter l'inlassable muezzin qui appelait à toutes heures de la journée les fidèles à la prière. Quand le taxi m'avait lâché devant l'immeuble des douanes, j'avais eu le vertige.

Le contact s'appelait Hussein Noor. Il jactait le français. J'avais bien insisté auprès de Dalida pour qu'elle me dégote un type qui puisse me causer dans la langue de Molière et non dans celle de Shakespeare. Il avait commandé un thé et une portion de foul, un sandwich traditionnel et populaire, à base de fèves. J'étais resté prudent, malgré mon estomac qui réclamait, et m'étais contenté d'une bouteille de l'incontournable Coca-cola, que l'on trouvait dans les coins les plus reculés et inattendus de la planète Terre.

J'expliquai à mon invité, si je pouvais examiner, avec bien sûr l'assentiment de sa hiérarchie, la liste des départs des navires à destination de la France à partir du mois de juillet 1985 et pour une période de deux à trois mois, maxi. Je ne pensais pas que nos lascars avaient pris le risque de conserver longtemps leur butin en Égypte. Ma deuxième demande, en relation avec la première, était de savoir, si parmi ces cargos, il y avait eu des suspicions de trafic d'œuvres égyptiennes. Et si, dans les rapports, il y avait des noms qui étaient notés et qui étaient susceptibles de me faire remonter jusqu'au tueur. Tueur… dont je connaissais maintenant l'identité. Comme Sherlock, avec mon oiseau, nous avions suivi la route tortueuse de la logique et de la déduction. Descartes et Connan Doyle auraient été très fiers de nous. Il ne me restait plus qu'à trouver des preuves et à le confondre, en faisant gaffe à mes fesses, car le bougre était sacrément dangereux… Il avait à son tableau de chasse cinq meurtres.

Hussein Noor m'écouta avec attention. Il me demanda à quel hôtel j'étais descendu car il avait besoin de temps pour faire des recherches.

La discrétion était de mise. L'officier des douanes ne désirait pas que je me pointe en sa compagnie dans son bureau. Je compris par ses allusions que dans la tour des douanes les murs avaient des oreilles. La corruption avait allongé ses tentacules un peu partout dans les administrations. D'après Dalida Wadgi l'homme était fiable. Cela me suffisait. Je lui indiquai l'hôtel que j'avais réservé par le site booking.com. On se serra la pogne et il me promit qu'il reprendrait contact avec moi, le lendemain matin au plus tard… A ma Seiko solaire, il était quatorze heures locales. J'avais tout l'après-midi pour visiter

157

les pyramides et la soirée pour me dégoter un bon restaurant. L'hôtel, le Nil-Ritz-Carlton, donnait sur le fleuve et la suite que j'avais retenue possédait le confort et le chic qui convenait à la visite que j'attendais.

Dalida m'avait fait comprendre que si je tenais une piste sérieuse elle me rejoindrait.

Après avoir pris mes marques à l'hôtel, je demandai au concierge de me trouver un guide et une voiture. Je désirais visiter le musée du Caire et aussi aller saluer le Sphinx et les pyramides. J'avais aujourd'hui les moyens de m'offrir ces extras. En outre, j'avais l'intention d'offrir, au comptable de l'Embouchure, toutes mes notes de frais, que je prenais à mon compte. Une manière de participer aux frais des orphelins de la police française.

Le musée inauguré en 1902 possédait un style néoclassique et avait été longtemps le plus grand musée d'Égypte. Il se dressait dans le centre-ville mais il avait fait son temps. Il était vétuste et il manquait d'organisation. J'avais entendu parler, comme tout le monde, du futur grand musée de vingt-deux mille carrés qui, à force de retard dans les travaux, avait repoussé son inauguration qu'aux portes de 2021. Dommage !

Après avoir présenté mes hommages au buste de Toutankhamon, insensible à ce futur déménagement, je demandai à mon guide de m'emmener à Gizeh. Le Sphinx, cette statue monumentale d'une hauteur de plus de vingt mètres avait été creusée à même la roche. Les pyramides en arrière-plan, celles de Khéops et de Khephren, des rois de la quatrième dynastie, revendiquaient la paternité du Sphinx. Il y en avait une troisième, celle du roi Mykérinos, qui était la plus éloignée. Quant à la tête pharaonique de l'animal, aux dernières nouvelles, elle serait la représentation d'un de ces rois avec une préférence pour Khephren. Une hypothèse parmi tant d'autres. Pour ma pomme, je me fichai pas mal de savoir qui était le pharaon qui avait ordonné cette monumentale sculpture afin de soigner son égo. Debout, face à lui, le guide à mes côtés qui me baragouinait des explications que je n'écoutais plus, je pensais

158

seulement aux pauvres types qui avaient joué du marteau et du burin sous une canicule à vous faire crever. Mais j'avouais, que 4520 ans après, la bestiole avait de la gueule. Comme la soirée tirait à sa fin, mon guide qui ne s'appelait pas Nathalie comme le chantait monsieur cent-mille volts, me demanda si je voulais mater le coucher du soleil sur les pyramides. Mais j'en avais soupé du va-et-vient des bus et des centaines de touristes qui se pressaient autour du vieux lion. Je lui demandai de me ramener à l'hôtel. J'avais hâte de me prélasser dans ma superbe salle de bain et de me taper un whisky au bar près de la piscine. Peut-être même qu'une belle égyptienne s'y ennuyait à l'heure qu'il était ?

Il n'y avait aucune belle femme à l'hôtel. Un groupe de vieilles féministes américaines en bermuda et tee-shirts sponsorisés avait monopolisé l'espace dix minutes après mon arrivée. Je terminai mon verre et me sauvai vite fait de ce brouhaha aux accents du Texas. Il était vingt-et-une heure et j'étais crevé. Je commandai un en-cas que l'on me livra dans ma piaule de richard. Ce n'était pas la grande classe gastronomique que je m'étais imaginée mais j'avais surestimé mes forces. Le levé aux aurores pour chopper l'avion, l'entrevue avec Hussein Noor où je l'avais sauté avant de partir en visite, avaient eu raison de ma carcasse. La seule motivation qui aurait pu me donner un regain d'énergie aurait été une belle et agréable compagnie, mais la vision d'un bermuda violet qui éclatait sous la poussée fessière de sa propriétaire me ficha le moral à zéro et je me couchai dans le pieu après avoir avalé ma salade et zappé dix minutes devant l'immense écran plat, face au lit. Le coucher de soleil, rouge et or, sur le Nil avait été splendide mais je l'avais à peine regardé.

Au petit déjeuner, mon téléphone vibra. Sur le fond d'écran qui représentait le visage souriant de ma fille devant la calanque de Sormiou, l'heure affichait neuf heures dix. J'avais débranché le fixe de la chambre pour ne pas être dérangé durant mon sommeil et c'était le gars de l'accueil qui me prévenait que Hussein Noor m'attendait en bas. Je me levai, vidai ma tasse de

159

café et enfilai ma veste en lin grège, toute froissée de la veille. Je n'avais pas eu le réflexe de la confier au repassage, comme les habitués du luxe. L'ascenseur était bloqué aussi je descendis par les escaliers.

L'officier des douanes était installé dans le salon. Une tasse de thé devant lui. A côté de la tasse, j'aperçus un dossier, de bon augure. Après un échange de quelques paroles aimables il rentra dans le vif du sujet, sans plus attendre.

- Les navires en général appareillent soit du port d'Alexandrie, soit de Port-Saïd qui est le plus important, car il est relié à la Mer Rouge par le canal de Suez. Le trafic maritime, durant la période que vous m'avez indiqué, sur le port d'Alexandrie a été exempt d'aucune effraction ou suspicion de trafic. Officiellement bien sûr, ajouta le douanier avec un sourire de connivence.

- Et sur Port-Saïd ? posai-je avec empressement, dans l'attente qu'il ouvre son putain de dossier.

- C'est mieux. On avait en surveillance un cargo qui, d'après nos indics de l'époque, chargeait des œuvres égyptiennes, de petites et grandes tailles en les camouflant dans sa cargaison de riz ou de coton suivant les périodes.

- Il partait vers quelle destination ?

- Principalement Marseille.

Cela sentait bon. Je continuai, n'en pouvant plus.

- Il y a quoi dans votre dossier.

- La copie de l'affaire « le Yellow Sea ».

- C'est le blaze du rafiot ?

Hussein sourit. Mon langage argotique le faisait marrer.

- Normalement je n'ai pas le droit de faire ça. Mais la famille Wagdi m'a beaucoup aidé. Je leur dois bien ce petit service.

Je ne voulais rien savoir de ce petit service. La famille Wagdi avait beaucoup de pognon.

- Y a-t-il un nom qui apparaît ?

- Plusieurs commissaire. Nous avons procédé en octobre 1985 à un coup de filet. Nous avons saisi des papyrus d'une très grande valeur et de nombreuses statuettes ainsi que des meubles issus de pillages sur des sites archéologiques et aussi de cambriolages chez des riches particuliers. Excepté le menu fretin, des matelots, des chauffeurs, des hommes à tout faire, nous avons passé les menottes à deux hommes. Un qui était la tête pensante du réseau et un officier qui était le principal responsable du chargement dans les soutes. Il travaillait depuis des années sur le cargo. Vous avez tout le détail dans ce dossier.
- Vous me résumez ?
- Le chef du réseau a fait quinze ans. Il a purgé sa peine à la prison d'Assiout dans le sud du pays. Depuis il s'est amendé, mais je suis sceptique. Il est propriétaire d'un hôtel à Alexandrie. Un hôtel populaire dans le quartier el Max. Dit aussi la Venise d'Égypte. Mais il n'y a pas de gondoles… C'est un quartier de pêcheurs qui se lèvent tôt pour aller bourlinguer sur leurs bateaux de pêches. Et qui dit marin, dit…
- C'est un hôtel de passe que gère votre ex-marin.
- Tout à fait… Quant à l'autre, l'officier marin s'est fait planter en prison, trois ans après sa détention. Une question de drogue et d'homosexualité, d'après les dire du directeur de l'établissement pénitencier. C'était en 1989 je crois… Vous avez tout là-dedans.
- Merci l'ami ! C'est peu mais c'est peut-être suffisant. Je n'ai plus qu'à me rendre à Alexandrie, interroger ce type.
- Soyez prudent quand même.

On se salua et je remontai dans ma suite pour boucler ma valise qui n'était pas une Vuitton. Il me fallait une caisse et appelait le concierge pour m'en trouver une. L'avantage, quand on avait du blé et que l'on créchait dans ce genre d'hôtel, c'était que l'on n'avait pas trop à se fouler pour ce genre de menus services. Il y avait toujours un larbin, mal payé, à vos basques, pour exaucer certains de vos vœux. Pour les autres, les plus secrets, les plus inavouables, il fallait mettre plus cher. Je feuilletai le dossier en question qui ne m'apprit rien de plus et appelai

161

Dalida pour lui dire mon intention de me rendre à Alexandrie pour interroger ce type qui s'appelait Abahous Ali. Il devait être un peu chibani car l'eau avait pas mal coulé dans le Nil depuis son arrestation. Elle me répondit qu'elle me retrouverait là-bas en fin de soirée. Je réservai par internet, une autre piaule de luxe et lui envoyai par texto l'adresse dans le secret espoir qu'une autre nuit torride nous attendait. Il y avait 220 km entre le Caire et Alexandrie. Le plus compliqué c'était la sortie de la ville. J'espérais que le GPS de la voiture fonctionnait bien.

J'avais reconnu un Beretta

L'hôtel Alexandria, dans le quartier San Stefano, donnait sur une plage privée de sable fin. Très chic et très cher...
Entre Louxor et Le Caire il y avait 650 km environ. Dalida avait donc pris l'avion pour venir. Quand elle arriva à l'hôtel, vers dix-neuf heures, elle confia les clefs de sa caisse au voiturier. C'était le dernier modèle de chez Audi. Quand on était la fille d'un papa général il y avait des règles de standing à respecter. Il n'était pas question de se véhiculer avec une simple voiture de location.
Elle m'avait expédié un SMS dès son arrivée et j'étais descendu du huitième étage pour l'attendre devant le hall d'entrée. Je la jouai, petit malin, trop sûr de lui.
- J'ai retenu une suite mais je te rassure, j'ai fait ajouter un lit de camp dans le salon attenant.
- Je ne vais même pas vous répondre commissaire.

Cela commençait mal. Elle me vouvoyait. Elle attrapa sa valise qui, elle, était une Vuitton et me devança jusqu'au comptoir.
- J'ai réservé une chambre pour quelques jours. Je m'appelle Wagdi Dalida.

J'avais l'air d'un con avec ma suite... Qu'est-ce que je m'étais imaginé ? Je tombais soudainement de mon petit nuage. La jeune femme était mariée, issue d'une famille renommée, et comment avais-je pu imaginer qu'elle allait se compromettre en logeant directement dans la chambre d'un flic français ? Les apparences, bordel ! J'avais oublié les apparences. Pour le coup je retrouvai le sourire. La nuit torride avait encore sa chance. Tout était une question de doigté...

On se retrouva au bar devant un verre. Je lui expliquai le topo et lui montrai le dossier que son ami Hussein m'avait donné. Elle l'examina attentivement, feuille par feuille.
- On va essayer de faire parler cet homme. J'ai les

photographies de nos victimes. Elles sont assez anciennes. Ils sont jeunes et il pourrait en reconnaître un. S'il ne veut pas parler, je peux lui mettre la pression avant de lui proposer un bachis.

Elle ouvrit son sac et discrètement, elle me montra une arme et poursuivit :
- J'ai obtenu, un peu tard, avoua-t-elle, l'autorisation de vous en confier une, le temps de nos investigations, puisque vous m'avez dit que vous connaissiez vraisemblablement le tueur et qu'il était très dangereux. Je peux savoir à qui vous pensez ?

J'avais reconnu un Beretta. Un pistolet calibre 9 mm J'aimais cette arme.
- Pas pour l'instant… Ce ne sont que des suppositions et je ne voudrais pas jeter l'opprobre sur quelqu'un qui est peut-être innocent.
- Bon ! Comme vous voulez, répliqua-t-elle, déçue de ce manque de confiance.
- Je n'ai pas de holster, ajouta-t-elle, pour changer de sujet de conversation.
- Ce n'est pas grave. Je la mettrais dans mon futal.
- Voilà une réplique totalement macho, mon cher commissaire. Attention de ne pas vous tromper quand il s'agira de tirer.

Je faillis m'étrangler… Elle y allait fort l'égyptienne aux yeux de braise. Je trouvais prudent d'éluder.
- Je me suis renseigné. Le quartier est celui des pêcheurs. Avez-vous une idée pour approcher ce type sans l'effrayer. L'hôtel qu'il tient est vraisemblablement un bordel.
- Voudrais-tu que je me déguise en pute qui fait profiter de ses faveurs à un gros porc de touriste français ?

Elle éclata de rire. De mieux en mieux. Elle était en super forme. Le côté positif c'était que le tutoiement était enfin de retour. Je répondis du tac-au-tac.
- Pourquoi pas ? Il faut juste que tu me donnes ton tarif…

- Trop cher pour toi mon cher commissaire.
- Au fait, ma très chère… J'ai oublié de te prévenir. Moi aussi j'ai les moyens.

Cette joute stoppa nette dès l'arrivée du serveur qui avait vu que nos verres étaient vides. On déclina et on se leva pour aller à la salle du restaurant. Après le dîner, nous sortîmes faire un tour à la plage. Confortablement installés sur le sable, encore chaud de la journée ensoleillée, déchaussés, le nez dans les étoiles, nous demeurâmes un long moment dans nos pensées respectives.

Le port d'Alexandrie était renommé pour son phare enfoui sous les eaux. Il s'était écroulé après dix-sept siècles de bons et loyaux services auprès des marins de la Mare Nostrum. Aujourd'hui les plongeurs archéologues essayaient de recoller les morceaux.
Je pensai à ce cargo, le « Yellow Sea ». La mer jaune… C'était un nom bizarre. Avait-il servi à transporter l'or de nos lascars ? Dans l'échelle des chances pour que le type soit au jus, je donnais un sur dix. C'était peu mais c'était la seule piste que nous avions. Le Ali en question avait peut-être été impliqué dans ce passage illicite. C'était à nous de le convaincre de parler. Ou de nous donner d'autres nom. Pourquoi pas ? J'avais l'intention de retirer une liasse d'euros ou de dollars pour l'amadouer si le lieutenant Wagdi Dalida n'arrivait pas à l'impressionner. Elle avait fait allusion à un bachis. Il n'était pas question que cela soit elle qui aligne le pognon. Je me sentais comme un prince sur le coup.

On parla de l'enquête pour dire quelque chose. Ce qui occupait nos pensées, plutôt la mienne, c'était de savoir où nous allions nous retrouver ? S'il y avait des retrouvailles. J'avais souvent eu un comportement maladroit avec mes conquêtes mais celle-là, m'impressionnait et je n'étais pas fichu de faire le premier pas. Alors, après un très long soupir, elle s'approcha de moi, se coula comme une couleuvre le long de mes jambes et elle m'embrassa.

- Si tu me faisais visiter ta suite, maintenant ?
- Oui ! Mais très discrètement…
- Tu as raison, très cher, appuya-t-elle, en se moquant un peu. Oui, très discrètement. J'espère qu'elle est bien insonorisée.
- C'est un cinq étoiles très chère…

Et nous éclatâmes de rire. Il faisait une chaleur torride.

Le lendemain matin, un mercredi, dès huit heures, nous nous enquîmes d'un taxi. Il valait mieux y aller prudemment. Le quartier avec ses canaux était difficile d'accès pour quelqu'un ne connaissant pas la topographie des lieux. J'avais opté pour un pantalon de toile, une chemisette ample qui planquait l'arme que j'avais glissée dans ma ceinture. Dalida avait revêtu sa tenue de pute, mais une pute classe. Une jupe noire au-dessus du genou, ce qui était déjà énorme pour la mentalité du coin, un chemisier à peine échancré, et des baskets rouges. Plus un super maquillage, assez voyant…

- Les prostituées portent maintenant ce genre de chaussures ? plaisantai-je.
- A force d'arpenter le trottoir elles ont compris que c'était mieux que les talons.

Dans le taxi, Dalida remonta sa jupe avec un sourire d'amazone. Elle arborait son Helwan, accroché à sa cuisse, grâce à un porte-jarretelle qui avait un air sacrément sexy. Pour ceux qui aimait le style sado-maso.

Le taxi nous déposa à proximité de l'adresse que nous avions. La rue où nous nous trouvions était sale et le canal qui la longeait n'avait rien d'engageant. La majorité des petites embarcations étaient en mer. Les pêcheurs partaient à l'aube et rentraient tard le soir. Tous ces efforts pour une pêche de misère qui leur rapportait à peine de quoi survivre. La zone maritime où ils tentaient vainement d'attraper du poisson était de plus en plus polluée. Les pouvoirs publics, les politiques étaient à l'image de cette mer dégénérée. L'avenir était sombre pour cette population. On se regarda mutuellement et on n'eut pas besoin de se parler pour se comprendre.

L'hôtel était à l'image du quartier. Sordide. Une enseigne abîmée clignotait encore de sa nuit passée. L'établissement n'avait pas de nom sur la façade. Il y avait bien un écriteau en bois mais les lettres avaient été effacées. Une porte grande ouverte donnait à l'intérieur où l'on distinguait des tables et quelques hommes qui attendaient que quelque chose se passe devant leurs verres de thé vides. Une femme sortit précipitamment de l'hôtel et s'en alla dans la rue en manquant trébucher sur un tas de filets de pêche qu'un vieux, avec un turban blanc, rafistolait patiemment. Plus loin, un autre faisait griller dans son un étal des poissons sur une sorte de barbecue. Des enfants pieds nus, mal habillés jouaient sur un pont qui enjambait le canal, avec son eau fétide. Les façades des maisons étaient toutes décrépites. Seuls les volets, les portes avaient des couleurs, comme pour combattre, d'une façon dérisoire, toute cette pauvreté ambiante. Un bateau passa lentement sous le pont. Un jeune homme tenait la barre et gratifia Dalida d'un immense sourire. Il y avait un café un peu plus loin. Je proposai d'y prendre une boisson rafraichissante car il faisait chaud. Cela nous permettrait aussi d'observer cet établissement et de prendre, comme l'on dit, la température. Elle acquiesça. Au large, côté mer, des dizaines de tankers, de cargos, bouchaient l'horizon dans une ronde inlassable. Nous étions loin du paradis de la veille.

Cela faisait presque une plombe que l'on sirotait nos sodas tièdes. Deux couples étaient entrés à l'intérieur. A priori deux racoleuses habillées traditionnellement, en robe noire, portant le voile. Les maisons closes étaient autorisées, lors de l'ancienne monarchie, mais la révolution de 1952 y avait mis un terme. Aujourd'hui, tout se passait par le regard. L'endroit où l'on rencontrait ces femmes étaient aussi une indication de leur métier. A l'instant où nous allions nous lever, un homme entra en traînant une petite fille, d'une douzaine d'années. Elle pleurait et se débattait. Nous nous rassîmes et nous attendîmes un moment. Vingt minutes plus tard, l'homme ressortait en comptant une liasse de livres. Je me tournai vers Dalida et lui demandai :

- C'est quoi ce manège ?

Dalida était livide.

- Salaud de père. Il a vendu sa fille.
- Comment ça ?
- On appelle ça le mariage halal. Halal veut dire « autorisé » en arabe. Le pire c'est que le coran autorise donc des mariages de quelques heures ou de quelques jours, voire plus. Des hommes riches, des divers pays du Golf, viennent passer du bon temps avec des fillettes de onze à dix-huit ans. Ce tourisme sexuel a été interdit en 2008. Malheureusement, notre pays est en faillite et la loi n'est bien sûr pas appliquée. Cette riche manne touristique est bienvenue pour la majorité de nos gouvernants. Cet hôtel sert de couverture. Ali Abahous ou l'un de ses acolytes, et suivant les arrangements avec les parents, servent d'intermédiaires. Ce sont eux qui traitent et qui fixent les tarifs avec les futurs époux… Quelle hypocrisie !

J'étais estomaqué. Je rétorquai :

- Tu dis que le coran l'autorise ?
- Les hadiths, la plupart des musulmans ne contestent pas cette règle religieuse, car il est écrit que Mohammed, lui-même, a été marié avec une gamine de neuf ans.
- C'est intolérable !
- C'est la religion… Les filles ne valent pas grand-chose dans les villages pauvres. Certaines fillettes sont mariées des dizaines de fois par des parents indignes.
- Bon ! Que fait-on ?
- Il est temps d'avoir une discussion avec Ali Abahous.

Cette fois-ci, nous quittâmes la table d'observation et entrâmes d'un pas décidé dans l'antre de ce foutu hôtel de passe. Un type,

style armoire à glace, mais qu'avec du muscle mou et transpirant, nous demanda si l'on voulait une chambre. Dalida extirpa de son sac à main sa carte de police et réclama à voir le patron. Le gros nous offrit un sourire carnassier, avec des dents jaunies et cariées et gueula à travers la pièce. Rien ne se produisit, excepté de faire lever les quelques hommes qui étaient encore dans la salle. Ceux-ci passèrent devant nous pour sortir, en dévisageant Dalida d'un regard méprisant, du peu que je constatai à cause de la pénombre qui habitait ce lieu. Je commençai à m'énerver et je jetai, avec mon air aimable :
- Where is, ce putain d'Ali ?

Brusquement une porte s'ouvrit violemment dans le fond de la salle. Trois types avancèrent vers nous. En tête, un vieillard suivi par deux hommes qui balançaient des épaules. J'avais souvent vu ce genre de démarche. Celle des malfrats qui se la pétaient et croyaient être invincibles dans une bagarre. Le vieux s'adressa au lieutenant Wagdi. C'était de l'arabe. Elle répondit et je captai au passage le nom d'Abahous. C'était lui. Il avait mangé, comme l'on dit. Les années ne l'avaient pas épargné mais il avait encore l'œil pétillant et moqueur. Nous étions tous les cinq devant le comptoir derrière lequel le colosse, en nougat mou, attendait que cela se passe, ses gros poings serrés, bien en évidence, devant lui.
Cela s'engageait mal et je reculai ostensiblement vers la porte. La conversation s'envenima soudainement. Impossible de saisir le moindre mot et cela m'inquiéta. Puis tout alla très vite. Dalida se prit une mandale en plein visage par l'un des portes-flingues et elle atterrit contre le comptoir où sa tête buta. J'étais sur le palier et avant que je ne mette la main sur mon Beretta, je sentis une lame acérée s'enfoncer dans ma nuque. Légèrement, soit, mais suffisamment appuyée pour me stopper net dans mon geste. Une seconde, je crus que la lame allait s'enfoncer plus, mais elle ne bougea plus. Rapidement, un des mecs s'approcha de moi en me pointant le canon d'une arme, surgie comme par magie. Le gros aux poings serré souriait béatement. Puis, à mon tour, je me pris, le canon de l'automatique dans la gueule et je

m'effondrai. J'avais eu le temps, avant de m'évanouir, de voir le corps de Dalida, gémissante, au pied du comptoir.

Quand je sortis de mon trou noir ce fut pour constater que j'y étais plongé pour de bon. J'étais sur un sol en terre, ficelé comme un saucisson, certainement dans une cave dont je humai l'odeur humide et pourrissante. Putain ! Nous avions agi comme des débutants. Nous nous étions jetés dans la gueule du loup. Un loup qui n'avait pas hésité à montrer les dents. Combien de temps étais-je resté inconscient ? J'avais les mains attachées dans le dos et il m'était impossible de voir l'écran de ma montre avec ses belles aiguilles fluorescentes. Mes chevilles étaient serrées au maximum. J'étais dans de sales draps. Je pensai à Dalida.
- Dalida ! Tu es là ?

Personne ne répondit. A l'évidence j'étais seul dans ce trou à rats. Combien de temps allais-je rester enfermé ainsi ? Je ne saurais le dire. J'avais le goût du sang sur le coin de mes lèvres. Le canon m'avait déchiré une arcade sourcilière. J'avais abondamment saigné. Je sombrai plusieurs fois dans une léthargie qui m'évita de penser et de m'angoisser. J'étais tout seul, blessé, livré à ces hommes qui pouvaient décider, d'un instant à l'autre, de me buter. Dans ce pays, dans ce genre de quartier, avec la police corrompue, je ne donnais pas cher de ma peau. Dalida, était-elle encore en vie ? Sinon, pourquoi n'était-elle pas avec moi… Je craignais qu'il lui soit arrivée les pires horreurs. C'était une belle femme et ces enfoirés trafiquaient avec des gamines. Que Dalida soit flic, n'avait pas eu l'air de les impressionner. Cette bande devait être protégée pour avoir osé s'attaquer à nous. Sans hésitation.

Le temps différait suivant les situations. Je n'avais plus aucune notion des heures passées. Je crevais de soif. J'avais mal dans mes articulations. Le dos était douloureux. Je luttais pour ne pas retomber dans le néant. Je pensais à ma fille et faillis, à force d'épuisement, capituler. Accepter mon sort. Mais il n'était pas question de prier. J'avais eu un aperçu de ce que la religion, quelle qu'elle soit, pouvait donner. Puis j'entendis du bruit et un espoir mêlé de terreur me submergea. Il avait piètre mine le commissaire Visconti. Et mon piaf ? Que faisait-il ? Il n'avait pas une idée, ce foutu volatile, pour me sortir de là ?

Quatre silhouettes se profilèrent soudain dans un rond de lumière qui venait de percer l'obscurité. Une porte venait de s'ouvrir. Ali Abahous se dressa devant moi. Je le distinguais à peine mais je savais que c'était lui.
- Where is the women ?
- Te fatigues pas imbécile ! Je parle français…
- Espèce de connard ! Où est le lieutenant Wagdi ? reformulai-je

Il ricana méchamment.
- Elle se repose. Elle s'est beaucoup donnée et nous en avons bien profitée. Plusieurs fois même… Je ne parle pas pour moi. Je les préfère bien plus jeunes. Par contre mes amis se sont régalés.

Il l'avait violée… J'avalai péniblement ma salive. C'était de ma faute. C'était moi qui l'avais entraînée dans ce bouge. Qu'allait-il se passer maintenant ? Je me doutais de la suite.
Soudain, un oiseau traversa d'un coup d'aile, le carré de lumière. Il était minuscule. Tout petit. Pleins de couleurs… Il m'était déjà apparu sous cette forme. Une sorte de colibri.
Tu n'as pas la grande forme, on dirait…
- Ce n'est pas le moment de faire des commentaires. Tu n'as pas une idée pour me sortir de là.
Tu pourrais dire, « nous sortir de là », égoïste. Cesse donc de ne penser qu'à toi. Cette pauvre Dalida a sacrément dégusté, elle… Tu sais bien mon petit commissaire que je ne peux rien pour toi. Tout ce que je peux te dire c'est que parfois, quand un homme va mourir, ce qui est vraisemblablement ton cas, son tueur est enclin à causer, puisqu'il ne risquera plus rien. Demande-lui donc s'il connaissait Amada Youssef.

J'avais le gosier tellement sec que j'avais communiqué avec le piaf par la pensée. Je suivis donc son conseil. Un homme m'avait relevé énergiquement et il avait délivré mes chevilles. Le sang s'était remis à circuler dans mes jambes endolories.

- Nous savons que vous avez été arrêté en 1985 pour trafic d'œuvres d'art. Et que vous aviez été condamné, arrivai-je à dire avec difficulté.

- Et alors en quoi cela vous intéresse ?

-Avez-vous connu un homme du ministère des Antiquités qui s'appelait Amada Youssef.

- Non ! Jamais entendu parler de cet homme ? Pourquoi ?

- Il est mort assassiné et nous cherchons son meurtrier.

- Et vous pensez que c'est moi ?

- Non ! pas du tout, arrivai-je à dire, tellement j'avais soif.

- C'est loin tout ça ! De toute façon ce n'est plus votre problème, à vous deux. Nous allons faire une balade en mer.

A ce moment-là, je vis, halluciné, le colosse qui poussait, avec brutalité, Dalida pour l'obliger à s'avancer vers nous. Elle était entièrement nue. Quand elle fut devant moi je constatai que son corps était tuméfié. Ces salopards n'avaient même pas pris la peine de lui redonner ses vêtements après l'avoir violée.

- Pourquoi l'humilier ainsi ? Cela ne vous suffit pas de l'avoir utilisé comme un objet.

- C'est une putain. Elle s'habille comme une putain. On a déchiré sa jupe et tout le reste. De toute façon, pour se baigner en mer, il vaut mieux être nu, non ?

C'était dit. C'était formulé. On allait nous balancer à la flotte. Je coulai un regard vers Dalida, mais son regard était vide. Il n'y avait rien dedans. Elle était déjà morte…

Je voulus crier ma haine et je me débattis comme un forcené. Je pris un coup sur la tête qui me projeta au sol. A quoi bon agir de la sorte. Je n'avais plus qu'à me résigner.

Dis-lui qu'Amada Youssef l'a enculé en lui faisant croire que c'était des œuvres d'art qu'il passait en douce mais que c'était en réalité de l'or. On ne sait jamais ! Dernière chance.

Le colibri était revenu. Il volait en vol stationnaire au-dessus de la tête d'Abahous. Une tête ronde, rasé, avec des tâches rouges sur le crâne. Une maladie de peau sans doute.

- Vous saviez que ce n'était pas des œuvres d'art ? Les caisses qu'on vous a demandé de planquer sur le « Yellow Sea » étaient entièrement remplies d'or. Il vous a refilé combien Youssef ?

En plein dans le mile... Ali Abahous se retourna. Son visage reflétait une surprise totale. Il laissa tomber le voile. Il me tutoya.

- Que dis-tu ?
- Tu connaissais donc Amada Youssef.
- Oui ! J'ai bossé pour lui. En septembre 1985. Des caisses avec des statues, des meubles. Elles étaient sacrément lourdes. Il y en avait plusieurs... Je ne sais plus. Trois ou quatre... Tu dis que c'était de l'or.
- Oui mon pote ! Des rouleaux d'or marqué du signe de Ramsès. Il t'a bien roulé dans la farine.
- Je comprends pourquoi les caisses avaient des scellés officiels.
- Le capitaine du cargo était au courant de votre trafic ?
- Non ! Il était ivre la plupart du temps. C'était son second qui faisait le boulot. Je ne me rappelle plus de son nom.
- Il était au courant lui ?
- Fiche-moi la paix avec tes questions. Dommage qu'il soit mort celui-là. Je lui aurais bien ouvert le ventre en souvenir du bon vieux temps. Allez en route.

Il fit un signe et une deuxième porte s'ouvrit dans le fond. Elle donnait sur un quai. Un grand zodiac y était amarré. Le colosse poussait déjà Dalida dans sa direction. Des vaguelettes venaient mourir sur le ciment couvert de mousse. C'était le soir, le soleil couchant. Un paysage splendide pour prendre un bain et mourir.

Allez ! Salut la vie…

Dalida fut poussée violemment en avant par le colosse mou et elle glissa sur la mousse du quai. Elle tomba lourdement dans l'eau. Je voulus me précipiter pour l'aider mais un bras d'acier m'enserra le cou. Le lieutenant Wagdi se releva avec difficulté et son geôlier l'empoigna par la taille, la souleva et la jeta comme un vulgaire sac à l'intérieur du pneumatique. Je m'étranglai de rage. Si j'avais eu mon Beretta je lui aurais collé un pruneau dans les couilles pour lui apprendre la galanterie. Puis ce fut mon tour et je me retrouvais à côté de ma collègue. Elle croisa mon regard et un sourire vague apparut sur son visage. Je voulus lui parler et l'encourager mais je ne sus quoi dire. Les dés étaient jetés. Ils étaient pipés. Rien ne pouvait nous sauver. A moins d'un miracle.

La bande se concertait. On les voyait se parler. Le colosse nous surveillait avec une arme pointée sur nous. Puis, ils se décidèrent.
Ils grimpèrent à trois. Le premier s'installa sur le siège et appuya sur le démarreur électrique. Les deux autres grimpèrent à bord. Mais toujours sous la surveillance du colosse qui, semblait-il, allait rester à terre. Nous étions à l'avant du bateau. Blottis, l'un contre l'autre, dans un dérisoire réconfort mutuel. La nuit était tombée.
Une superbe nuit étoilée. Je m'y perdais quelques secondes avec mes pensées les plus secrètes. Un murmure provenant de mon infortunée amie me ramena à la triste réalité. Elle priait en arabe. J'étais au bord des larme. L'angoisse les empêchait de sortir. Le gros moteur Honda ronronnait. J'appréhendais le moment où il allait baisser de régime et se positionner sur le point mort. Je scrutai au loin la terre et toutes ses lumières. Elles étaient encore visibles. Combien de temps nous restait-il avant la baignade ?

Et puis ce qui devait arriver, arriva. Le moteur stoppa. Mon cœur faillit exploser. Mon taux d'adrénaline grimpa. Quitte à crever, j'étais décidé à me battre. Je préférais me prendre une balle plutôt qu'avaler des litres d'eau. Un comble pour un homme qui n'en mettait jamais dans son whisky. Le cerveau est bizarre. Alors que j'allais mourir, je pensais à la chanson de Philippe Clay « Le noyé assassiné ». Je faillis en rire… Mais je n'en eu pas le temps. Un des sbires s'avança et obligea Dalida à se lever. Elle avait les poignets attachés dans le dos. Tout comme moi… Il y avait une légère houle. L'homme fit asseoir le lieutenant sur le boudin de tribord. Le pneumatique avait un plancher rigide. L'homme s'y agenouilla et lui attacha rapidement les chevilles.

J'observai la scène avec les yeux pleins de larmes. Je voulus me lever mais le deuxième homme pointa un automatique sur ma tempe. C'était à moi de décider. Soit, je mourais immédiatement, soit, j'attendais. L'instinct de survie m'obligea à ne rien tenter. A profiter de ces quelques secondes. Dalida avait le menton baissé. Elle priait toujours mais avec une voix plus forte. Cela se passa excessivement vite. Les chevilles entravées, le type se redresse et avec un vilain sourire, il la poussa dans l'eau. Elle bascula et au passage me décocha un sourire furtif. Un adieu qui me brisa le cœur. Mais à quoi bon. C'était maintenant mon tour.
On ficela mes chevilles et je n'eus pas le courage de me lever, de me battre et de me faire descendre. La noyade ! Pourquoi pas ?

J'étais assis sur le boudin de bâbord. Le mec mettait du temps à me serrer les jambes. Il avait peur de quoi ce con ? Il m'aurait jeté à l'eau, sans entraves, je n'avais aucune chance de rejoindre la côte à la nage. Nous étions trop loin de la côte et j'étais un piètre nageur. Prier, non plus. Allez ! Salut la vie... Et le type me poussa dans la belle bleue.

Instinctivement je retins ma respiration. Je tentais de me débattre, d'enlever mes liens, mais sans résultat. Tête de mule, je refusais encore de crever et je tenais obstinément la bouche close. Mon souffle enfermé dans la cage thoracique commençait à rendre grâce. Enfin, la bouche cessa d'obéir au cerveau. Elle s'ouvrit et l'eau pénétra avec une violence inimaginable. J'eus une vision, celle d'un petit moineau en haut d'une armoire, sous un rayon de soleil, puis ce fut le néant.

Il y eut une secousse et une brûlure sur ma poitrine. Tout était blanc et cette secousse venait me déranger. Je me plaisais dans ce blanc. Je n'avais envie de rien d'autre. Après le noir ce blanc rédempteur me procurait un apaisement immense. Puis, putain ! il y eut une deuxième secousse, une autre brûlure à l'intérieur, et une voix qui me gueulait aux oreilles. Un truc en arabe. Merde ! J'ouvris les yeux. Je n'étais pas mort.

Un boucan énorme maintenant me trouait les oreilles. Le bruit d'un hélicoptère qui rugissait. J'étais allongé sur une sorte de civière, une couverture de survie me couvrait le corps. Deux types habillés en grenouille me mataient avec des visages rougis et boursouflés par la pression du caoutchouc sur leur visage. Deux autres, en uniforme, avec des brassards s'agitaient autour de moi. Peut-être des infirmiers ou des médecins. Ils m'avaient déchoqué avec un défibrillateur qu'ils tenaient encore à la main. Je m'en étais sortis. Puis j'aperçus dans mon champ de vision un troisième homme. Hussein Noor me dévisageait avec un petit sourire.
- Bienvenue pour votre retour commissaire.
- Dalida ?
- Désolé… s'étrangla-t-il, sans pouvoir en dire plus. L'officier avait une larme qui lui coulait le long de la joue.

Puis, il se reprit. Le métier obligeant.
- Dalida m'a prévenu que vous alliez vous rendre dans cet hôtel. Je n'avais pas d'informations plus que ça sur cet endroit. Mais le lieutenant m'envoyé un SMS dès qu'elle a vu ce qui se passait avec les petites filles.

176

C'était vrai. Je me souvenais l'avoir vu pianoter sur son portable juste avant de quitter le bar. J'écoutais la suite des explications.

- J'ai fait affréter un hélicoptère de la surveillance côtière et nous sommes partis dès que nous avons pu. Cela a pris du temps mais je n'avais que mon intuition. Pour convaincre ma hiérarchie, j'ai été obligé de tout leur expliquer. Cela a pris du temps. Puis il a fallu trouver une équipe, les prévenir et les faire venir à la base. Quand nous sommes arrivés au-dessus de l'hôtel, nous avons vu une sorte de géant qui semblait attendre quelqu'un sur le quai de l'hôtel. Cet abruti, quand il nous a vu, nous a tiré dessus.

- Ce colosse n'avait pas de cerveau.

- Oui mais grâce à lui, nous avons compris que la situation était grave. Nous avons riposté et nous l'avons abattu. Aussitôt, j'ai demandé au pilote de se poser à proximité pour fouiller l'hôtel lorsque le capitaine, qui fouillait l'horizon avec ses jumelles, a aperçu un zodiac qui avait une attitude suspecte. Il fonçait droit vers le large, alors que la nuit tombait. Il n'avait pas de lumière. Ce fut une chance de l'avoir aperçu.

- Pas pour Dalida, repris-je, un sanglot dans la gorge.

Hussein hocha la tête. Il reprit son récit.

- Nous sommes arrivés au-dessus du Zodiac, une minute après qu'ils vous aient balancé à l'eau.

- Je n'ai pas entendu le bruit de l'hélicoptère…

- Nous avions un vent de mer. Cela nous a servi pour mieux les surprendre. Ces hommes ont ouvert le feu sur notre hélico et nous avons engagé le combat. En même temps, nous avions compris qu'ils vous avaient jetés par-dessus bord. Mes hommes ont sauté pour vous récupérer. Ils vous ont trouvé. Vous étiez inanimé. On a recherché vainement Dalida. Malheureusement sans succès.

- Ils l'ont jetée avant moi, je dirais cinq bonnes minutes avant.

- Elle était une excellente nageuse.

- Ils l'ont entravée. Les pieds et les mains, ces salopards… Vous les avez eus ?

- Morts ! On n'a pas eu le choix… Nous étions trop bas et ils pouvaient nous descendre.
- Leurs corps ? dis-je.
- Un navire des douanes va les récupérer. Ils sont dans le zodiac.

L'hélicoptère nous ramena à la base. J'étais encore dans les vapes. Je descendis de l'appareil, toujours groggy. Une ambulance me conduisit dans un hôpital. J'y restai deux heures pour une batterie d'examens, puis une voiture des douanes m'accompagna jusque dans un beau quartier. Elle stoppa devant une belle villa blanche. Nous étions dans une zone résidentielle. Un homme sortit pour m'accueillir. C'était Hussein.
- Vous êtes mon hôte ce soir... J'ai fait préparer une chambre. Je pense que vous apprécierez davantage de vous retrouver avec ma famille pour cette triste occasion. Un hôtel aussi beau qu'il peut être, ce sont des lieux de solitudes dans de pareille circonstances.

Il avait raison le bonhomme à moustache… C'était bien plus réconfortant de ne pas être seul pour pleurer un être cher. Je pensai au général, à sa femme, au mari de Dalida, à ses mômes. J'éclatai en sanglots. Ces derniers évènements avaient été dramatiques. Je regrettais d'avoir avancé dans cette foutu enquête de merde. Tout cela pour trouver le coupable de ces trois malfaisants. Cela en valait-il la peine ? Puis je pensai au pauvre môme qui s'était fait déglinguer au musée Georges Labit et à Ibrahim qui avait eu sa vie détruite par le meurtre de son père. Avait-il pensé alors à se venger ? Sans doute, mais il ne l'avait pas fait. Ibrahim avait été manipulé et lui aussi était une véritable victime. Alors oui ! Cela en valait la peine. Sauf que nous étions tombés, Dalida et moi, sur un os. Un trafic de fillettes qui n'avait rien à voir avec nos investigations.

C'était le destin. Tout est écrit à l'avance, pensait les orientaux.
La soirée fut courte. Le repas silencieux. La femme de Hussein était une petite boulote, habillée à l'européenne. Elle portait

juste un foulard qui masquait un début de mèches grisonnantes. Les enfants étaient des adultes. Une jeune fille, très belle qui faisait des études de médecine et un garçon qui se préparait à rentrer dans une école militaire. Epuisé, je les laissé manger seuls les gâteaux au miel. Puis je montai me pioncer. J'aurais bien aimé m'envoyer une bonne rasade de whisky mais j'avais compris que dans cette maison il n'y avait pas une goutte d'alcool.

Je dormais profondément… Je rêvais que je nageais dans une cafetière. Une cafetière immense et quand j'arrivais sur le bord, mes mains glissaient sur la faïence lisse. J'étais sur le point de me noyer, quand soudain, quelqu'un s'emparait de la cafetière pour remplir une tasse blanche. C'était Dalida qui la brandissait en pleurant. Puis, j'étais emporté dans le goulot et me retrouvais en pataugeant dans le café de la tasse. Je distinguais les lèvres sensuelles du lieutenant qui s'approchaient du rebord de la tasse. Puis, tout basculait et j'étais englouti, avec le café brûlant, dans la bouche, cette bouche que j'avais tant aimé, que j'avais exploré longuement avec ma langue, quand nous avions fait l'amour. Puis je me réveillais en sursaut. Un homme me secouait. Hussein Noor, tout décoiffé, sa moustache en bataille, habillé d'une robe de chambre à carreaux, bleu et rouge, une horreur. Il me secouait le bras, avec force, à me démembrer.
- Réveillez-vous, commissaire ! Réveillez-vous…
- Quoi ? Que se passe-t-il ?
- Elle y est arrivée ?
- Qui ? La tasse de café ?
- Je ne comprends pas, répondit Hussein, surpris de ma réplique débile.

Enfin je sortis de mon sommeil. Les neurones fonctionnèrent à plein rendement.
- Elle est arrivée où ?
- Dalida a regagné la côte à la nage. Elle est à l'hôpital... Le médecin vient de m'appeler.
- Putain de moine !

Je me levai d'un bond. Une joie profonde chassa le sommeil et j'enfilai maladroitement mon futal. Je faillis me ficher en l'air.

Hussein riait, sa femme sur le pas de la porte de la chambre riait aussi, et les deux enfants, derrière, en pyjama, riaient aussi. Je matai l'heure au petit réveil blanc sur la table de nuit. Il était plus de trois heures. On se calma et l'on se retrouva tous au salon.

J'appris que Dalida était une cousine de la femme d'Hussein. Je n'en revenais pas. Je voulus connaître les détails… Le médecin avait mis Dalida Wagdi sous sédatif. Mais elle lui avait raconté comment elle s'en était sortie.

- Je vous avais dit qu'elle était une excellente nageuse.

- Oui ! Mais avec les poignets et les chevilles liées, je ne sais pas comment elle a fait.

- Il n'y a pas si longtemps, Dalida pratiquait l'apnée dynamique, c'est dire qu'elle ne restait pas immobile comme ceux qui font ça en profondeur. Elle était capable de rester plus de cinq minutes sans respirer, en nageant, en se préparant avant de plonger par une mécanique respiratoire particulière.

- Comment elle a fait ?

- En préparant ses poumons en faisant semblant de prier. Ils ont dû croire qu'elle avait des spasmes, dus à la peur. Quand ils l'ont jetée à l'eau, malgré ses liens, elle a nagé, un peu comme les dauphins, le plus longtemps possible. Elle a réussi à libérer ses mains. Puis, elle a repris sa respiration et elle a replongé encore, voulant mettre le plus de distance entre le zodiac et elle. Elle a fait ça une dizaine de fois et cela explique pourquoi elle n'a pas entendu l'hélicoptère et les coups de feu. Ensuite, elle s'est libéré les pieds et elle a nagé durant près de quatre heures vers les lumières de la côte. Aux limites de ses forces, elle a demandé de l'aide à des pêcheurs qui embarquaient à bord de leur barque. Ils ont appelé la police et vous connaissez la suite.

Parfois la vie vous réservait des heureuses surprises. Hussein s'était pendu au téléphone pour prévenir la famille du lieutenant. Cela riait, cela pleurait… Je les laissais à leur joie et remontai me coucher. Je n'en pouvais plus. De toute façon, Dalida dormait aussi comme la belle au bois dormant. Moi j'étais le prince, mais pas celui qui embrasse, mais celui qui roupille en se disant qu'il retrouvera sa belle au petit matin.

De parler boulot lui fit le plus grand bien

Je passais la matinée avec Hussein à l'hosto afin de récupérer le lieutenant Wagdi. Après les effusions, et les formalités à remplir, nous nous retrouvâmes tous pour déjeuner chez la famille Noor. Un jeune douanier était allé chercher l'Audi qui était restée en rade à l'hôtel Alexandria. Il avait aussi récupéré nos bagages et réglé la note des chambres avec du cash que je lui avais donné. En début d'après-midi, après nos adieux, nous repartîmes vers le Caire. Je proposai de conduire mais Dalida refusa.

Durant le trajet, je racontais ce qu'avait lâché, à demi-mots, Ali Abahous, juste avant que nous soyons amenés, de force, dans le zodiac. Cet échange, entre lui et moi, lui avait échappé, et pour cause. Elle était encore sonnée par l'agression dont elle avait été la victime. Au cours du repas, personne n'avait fait allusion à ce qui lui été arrivé avant l'épisode de la tentative de meurtre sur nous deux, par noyade. Je ne savais même pas si Hussein était au courant. Peut-être le toubib de l'hôpital lui en avait-il parlé ? Les violeurs étaient morts. Dalida était une femme forte mais cette épreuve était terrible et laissait toujours des séquelles graves. A mon tour, dans la voiture, j'évitais le sujet. De temps à autre, je coulais un regard furtif vers son profil. Son menton, légèrement en galoche était salement éraflé. Sa pommette gauche était aussi enflée et légèrement bleutée. J'avais eu le temps de constater sur son corps dénudé toutes les ecchymoses. Ces fumiers n'avaient pas retenu les coups. Heureusement, elle n'avait rien eu de cassé. Sinon, elle n'aurait pas eu la force de nager si longtemps. Et de parler boulot sembla lui faire le plus grand bien.
- Tu vas finir par me dire qui tu soupçonnes ?

Je ne pouvais plus me taire. Je lui devais bien ça. Si elle avait failli être mangée par les petits poissons c'était bien de ma faute. J'y allais de mes explications.

- Après bien des nuits à télécharger au lieu de roupiller, avec mon piaf, nous en avons déduit qu'Ibrahim était innocent... Certes il avait le mobile. La vengeance. Mais ce n'était pas un meurtrier. Il avait un défaut. Il était crédule. Il s'était confié à Yasmine et celle-ci avait fait le rapprochement avec la disparition du premier mari de sa mère. On va appeler ça le hasard. Cela arrive parfois. Ils s'étaient mutuellement racontés leur histoire mais cela en était resté en l'état. Lui avec ses angoisses et elle, car cela la touchait moins, avec son boulot et la légèreté de son âge... Ibrahim, par contre, avait un mentor. Avant de travailler comme guide à la ramasse, nous ne devons pas oublier qu'il avait été longtemps matelot, à bord du Nil Azur.

- Je ne vois pas où tu veux en venir ?

- C'est simple. Cela nous crevait les yeux. Un simple matelot ne prend jamais des initiatives. C'est comme un simple troufion. Il ne respire que si son sergent lui en donne l'ordre. Un matelot obéit à ses supérieurs. Un officier de pont, ou un autre, ou plus simplement au capitaine.

- Quel officier ?

- Nous sommes partis de l'hypothèse, avec mon volatile de nuit, que notre assassin c'était le quatrième homme, celui qui avait reçu la dernière statuette et qui l'avait ensuite vendue au musée Labit. Mes collègues du commissariat de l'Embouchure sont allés fouiller dans les archives comptables du musée. Ils ont déniché le nom du vendeur. C'est une fausse identité. Nous en avons déduit que c'était vraisemblablement lui qui était revenu la voler bien des années plus tard.

- Pourquoi a-t-il fait ça ?

- Il ne savait pas ce que contenait la statuette. C'est Ibrahim qui le lui a sans doute raconté.

- Comment est-on sûr que l'homme à qui il s'est confié est un officier ?

- C'est juste mon intuition. Un mentor est souvent quelqu'un que l'on admire. C'est rarement une personne de votre condition. Les officiers à bord du Nil Azur sont tous jeunes. Le seul qui a l'âge des trois victimes, et qui a le profil, c'est le...

Dalida me coupa :

- Mustapha Zhora le capitaine du Nil Azur !

- Bien vu… Tout concorde.

- Mais il dit avoir été agressé par un inconnu dont on a supposé que ce fût une femme.

- Il a menti. Pour orienter les soupçons sur Yasmine et Ibrahim.

- Et que faisait Ibrahim sur cette barque ?

- Il a obéi aux ordres de son ancien capitaine. Celui-ci a dû trouver une bonne raison pour que ce naïf de garçon fasse ça.

- Il l'a tué pour que nous pensions que c'était lui l'assassin et que nous arrêtions l'enquête. Cela se tient. Mais alors ?

- Alors, ce bougre de vieux, détient bien les quatre statuettes. Il a certainement récupéré leur contenu et il se tient à carreau par peur d'être trahi en tentant de monnayer les quatre yeux d'Horus. A mon avis ce sont d'énormes diamants bruts.

- Pourquoi des diamants ?

- Je cite « Quand le premier rayon de soleil, aux sept lumières, éclaire les quatre pharaons, l'œil brisé retrouve son éclat. » Cela fait allusion à une pierre précieuse. A mon avis c'est un caillou qui coûte pas mal de tunes. Autrement, il n'aurait pas tué cinq fois. C'est le premier meurtre du musée Labit qui a fait office de test. Quand il a volé la statuette, il l'a brisée, et il a donc constaté que ce qui était à l'intérieur valait la peine de continuer et de retrouver les trois autres. S'il y avait eu une simple pierre sans grande valeur, il aurait stoppé sa funeste aventure.

- C'est vrai qu'il était au courant de tout ce qui se passait sur le bateau… Mais on a des preuves ?

- Aucune ! A mon avis les diamants, partons sur cette idée, sont sur le bateau. Il a dû les planquer. Je sais qu'il était question qu'il parte à la retraite à la fin de l'année. Il attend ce moment, sans doute, pour les vendre.

- Pourquoi-donc a-t-il laissé sur place des exemplaires d'Agatha Christy ?

- Pour orienter aussi les soupçons sur Ibrahim et Yasmine. Il savait qu'elle avait eu une liaison avec son ancien matelot.

Deux coupables c'était mieux qu'un seul à ses yeux. Ibrahim lui avait tout raconté. C'était facile pour lui de brouiller les pistes.

Nous arrivâmes au Caire et j'amenai Dalida à l'aéroport. Elle avait hâte de rentrer chez elle et de se reposer. Son patron lui avait signifié de prendre quelques jours de congé et de consulter son médecin. Je gardai l'Audi car j'avais encore une démarche à faire. Mais, vu l'heure, il était trop tard. Je retournai à l'hôtel Nil-Ritz-Carlton et pris une chambre. Cette fois, je fus plus modeste.

Le lendemain matin, après avoir déjeuné copieusement, je me rendis aux affaires maritimes. Hussein m'avait donné l'adresse et le téléphone d'un agent administratif qui pouvait m'aider. Il s'agissait de consulter les archives de l'époque. Je voulais savoir les noms des officiers qui étaient en fonction sur le cargo, « Le Yellow Sea », durant cette période. Je me perdis dans le dédale des couloirs mais je finis enfin par trouver le gars en question. Il me fit asseoir devant son bureau en bois. Cela sentait fort. Un ventilateur soufflait un air chaud et faisait voler ses papiers. Je compris que la clim était en panné. Heureusement, Hussein lui avait expliqué ce que je cherchais. Le fonctionnaire me parla en anglais assez longuement et je n'en compris que la moitié. Peu importait ! Il me tendit, à la fin, un papier qu'il avait extirpé de sa vieille imprimante Canon. Il y avait dessus la liste des officiers du navire. Je me jetai dessus mais aucun nom ne me sauta aux yeux. Notamment celui de Mustapha Zhora. Il y avait cependant celui d'Ali Abahous et de son complice. Je le remerciai et sortis de l'immeuble pour me retrouver dans le chaos de la ville. Je n'en savais guère plus. Cette liste de noms ne m'aidait pas. Il y en avait une vingtaine mais je supputai qu'ils n'étaient pas tous officiers. Par contre, Dalida pouvait en faire quelque chose. Je rentrai dans un café où il y avait une table de libre. Je commandai une boisson gazeuse et l'appelai. Elle était chez elle et reprenait des forces grâce aux bons soins de son mari. Je lui expédiai la photo de la liste et raccrochai en lui souhaitant de vite se rétablir. Je n'avais plus qu'à retourner à l'hôtel, boucler mon sac et filer à l'aéroport pour un billet pour Louxor. Dalida m'avait promis d'obtenir assez vite l'autorisation de fouiller le « Nil Azur », et l'appartement du capitaine en ville. En Égypte, cela avait l'air plus simple sur le plan de la procédure. Nous n'avions aucune preuve contre le vieux loup de mer.

Dès que je mis le pied sur le tarmac de Louxor, j'eus la surprise de voir Dalida et deux policiers en uniforme qui m'attendaient avec une voiture banalisée. J'avais eu la chance de prendre un vol assez tôt et nous étions à peine en début de soirée. Il faisait bon, mais il y avait un vent léger. Par contre, le ciel était nuageux et annonçait le mauvais temps.
- Où allons-nous ?
- Sur le « Nil Azur ». On a déjà commencé la fouille mais j'ai une mauvaise nouvelle.
- Il a filé ?
- Oui ! Depuis plusieurs jours. Les armateurs sont en colère car il devait appareiller ce matin pour une nouvelle croisière mais il ne s'est pas manifesté. Par contre, j'ai une information qui va vous faire plaisir.
- Super ! C'est quoi ? dis-je avec une voix désappointée.
- Mustapha Zhora n'existe pas. C'est une fausse identité… Le capitaine se cachait sous un faux nom depuis des années.
- On connaît sa véritable identité ?
- Pas encore. Mais on fait des recherches sur les noms de ta liste. On en saura un peu plus dans quelques heures, j'espère.

La fouille du navire et de l'appartement ne donna rien. On rentra bredouille, en silence. Dalida avait affiché une détermination qui lui ressemblait bien. Elle avait fait de gros efforts mais elle avait besoin de rentrer chez elle et de se reposer. Elle m'accompagna devant l'hôtel Suzanna. Pour des raisons que je comprenais très bien, elle n'avait pas jugé opportun d'inviter son amant sous le toit conjugal. Nous nous serrâmes la paluche comme si de rien n'était.

Comme un con, je me retrouvais seul devant un lit immense et tiré au carré. Je me déchaussai et m'allongeai lourdement sur le pieu. J'allumai l'écran plat et zappai un moment. Il n'y avait que des chaînes en anglais. Dans le frigo, il y avait des canettes de sodas mais aucun alcool. J'avais besoin d'un bon scotch pour me remettre, à mon tour, de ces péripéties. J'avais quand même failli y passer. Dans l'action, dans le mouvement de l'enquête, comme j'avais l'habitude de faire, j'avais relégué ces heures de peur et d'angoisse dans un coin de mon cerveau. Le piaf n'était pas revenu. C'était bien.

Je me rechaussai et descendis au bar. Je m'enfilai deux doubles, sans glaçon, pour ne pas chopper une saloperie et remontai dans ma piaule. Je pris le téléphone et commandai un en-cas et une bouteille de vin. Je n'avais pas envie de voir du monde causer bruyamment dans une salle de restaurant.

Le lendemain je fis la grasse. J'avais mis du temps à m'endormir. J'avais téléchargé une bonne partie de la nuit. L'oiseau était venu dans mon sommeil. Il était énorme et possédait d'immenses ailes noires. Il m'avait becqueté le ventre puis il m'avait pris dans ses serres et m'avait emporté au-dessus de la mer. Puis il m'avait lâché avec un cri de victoire qui m'avait réveillé. A moitié abruti, je m'étais assis sur mon lit et rallumé la lumière. Ce n'était pas mon piaf... Une bande dessinée de Tardi m'était tombée sous la main quelques temps auparavant. J'avais reconnu le pétrodactyle qui survolait Paris dans la série d'Adèle Blanc-sec. Rassuré, je m'étais recouché et j'avais repris mes ronflements. La bouteille de pinard, complètement vide, sur la table, près de la fenêtre, renvoyait sur le mur près de la télé, un reflet de lueur de lune qui semblait me dire, à travers mon sommeil, que j'avais un peu abusé.

A midi, je retrouvais Dalida au salon de l'hôtel. Elle avait une meilleure mine. J'avais déjà acheté mon billet retour. Je n'avais plus rien à faire en Égypte. Cette fois, c'était pour de bon. Il était fort probable que nous ne nous reverrions plus. L'enquête était maintenant terminée. Elle s'était transformée en une chasse à l'homme. Interpol était déjà sur le coup. Où le vieux brigand était-il allé ? Nous l'ignorions...

Il avait eu tout le temps de préparer sa fuite.

Les recherches sur l'équipage avaient donné une piste. Un jeune officier avait été licencié, pour faute grave, quelques temps après l'arrestation d'Ali Abahous et de son complice. Il avait été cité au cours de l'enquête faite par les douanes. Il avait été radié de la marine maritime. Ses supérieurs avaient-ils eu des soupçons à son égard au sujet du trafic des œuvres ? On ne connaissait pas le motif de cette décision. Son nom n'avait jamais plus réapparu. Volatilisé. Il semblait donc que ce type avait été Mustapha Zhora. Pourquoi avait-il agi de la sorte ? Sans doute pour échapper au réseau dont il faisait partie et se refaire une vie plus raisonnable, à commander des rafiots sur le Nil à la place de brillants navire sur les océans.

Le départ approchait. Dalida me quitta sur une autre poigné de main, a peine appuyée, à peine caressante.

Je réglai ma note et appelai un taxi pour l'aéroport.

Le soir même l'Airbus A320 se posa en douceur sur l'aéroport de Blagnac. Fred m'attendait à l'arrivée, la mine enfarinée d'un large sourire. Il me prit par les épaules et fit claquer deux gros poutous sur mes joues râpeuses.

- Content de te voir. C'est fini l'Égypte et les belles égyptiennes.

- Tu ne crois pas si bien dire. Tu as reçu mon mail ?

- Oui ! J'ai mis un jeunot au boulot pour le mettre au propre. Tu n'auras plus qu'à le signer. Je sais que la paperasse et toi cela fait deux. Ton suspect t'a filé entre les doigts ?

- Ouais ! J'espère qu'on va le chopper et que je pourrais lui tirer les vers du nez.

- Et comme on dit, jamais deux sans trois, tu pourras repartir voir les pharaonnes…

- C'est ça ! Fous-toi de moi…

Fred éclata de rire.

- Ce soir tu pionces chez moi. Pour bouffer ma tendre a prévu des tournedos Rossini avec quelques cèpes…

Je vais éclairer ta lanterne

Le lendemain, c'était un dimanche. A force de galoper après les indices j'avais perdu la notion des jours. J'avais l'habitude de me retrouver seul chez eux le matin. Habituellement Fred et Myriam partaient au boulot bien avant moi. Ne pas oublier que je n'avais à rendre des comptes au sujet de mes horaires qu'à moi-même. C'était l'avantage d'être frapadingue. Il n'y avait donc pas de petit mot gentil à mon intention, plaqué sur le frigo américain par l'aimant du gouffre de Padirac. Je n'y étais jamais allé et je restais songeur un temps. Ma chienne de vie policière avait rogné mon existence par petits bouts. Les moments de bonheur facile, ceux des congés avec les gens aimés, avaient été rares. Je chassai ce brin de nostalgie et partis me raser. J'avais une gueule à faire peur. Il était neuf heures passées. Où était donc le couple ami ? J'eus la réponse alors que je buvais ma deuxième tasse de café. Ils étaient partis faire les courses au marché sur les boulevards. Ils avaient les paniers pleins. Fred et Myriam, après avoir tout rangé dans le frigidaire et les placards, partirent, bras dessus, bras dessous, car ils étaient invités chez des potes à midi. Je restais tout seul. Fred m'avait proposé de les accompagner mais j'avais refusé. Je ne désirais pas interférer plus que ça dans leur vie.

Au commissariat de l'Embouchure, il n'y avait que les mecs de permanence. Le jeune OPJ avait laissé mon rapport sur le bureau de Fred. Je n'avais plus qu'à le signer, après relecture. Ce n'était pas très orthodoxe comme méthode mais j'étais un commissaire à part. Tout le monde le savait. Les collègues faisaient avec, sans poser de question…
Après avoir traîné, d'un bureau à l'autre, taillé la bavette avec le planton à l'accueil, je me décidais, à regret, à quitter ces murs. J'étais de nouveau au chômage. Je finis par sortir, mon baluchon à la main.
Dehors, je me roulai une clope, puis du pas du promeneur, en longeant le canal du Midi, je pris la direction de la gare

Matabiau.

A mi-chemin, je posai mon sac. Il pesait lourd et je me maudis de n'avoir pas encore acheté une valise à roulettes comme la plupart des gens qui voyageaient. J'en étais là de mes réflexions, lorsqu'une hirondelle se posa sur l'anse rigide de mon sac en cuir.

Tu as déclaré forfait ?

- Ben ! Que veux-tu que je fasse. Le capitaine s'est enfui je ne sais où.

Tu n'as pas tout verrouillé mon petit commissaire.

- Que veux-tu dire l'hirondelle des faubourgs.

C'est ça ! Fais de l'esprit pour éviter de réfléchir... Vide-toi le trou cul et tu y verras plus clair.

Il y avait longtemps que le piaf n'avait pas employé de mots orduriers à mon égard. J'avais certainement oublié un truc dans mes déductions et il n'avait pas l'air très content.

- Bon ! j'ai manqué quoi ?

Je vais éclairer ta lanterne.

L'hirondelle s'envola, rasa l'eau verte du canal et revint d'un battement d'aile, se poser sur le sac.

J'avais la dalle. Je me suis fait une belle libellule bleue… Un putain de vrai régal. C'est meilleur que les mouches ou que les syrphes

- Merde ! C'est quoi les syrphes ?

Des mouches déguisées en guêpe. Une vraie saloperie !

La discussion s'égarait. L'hallucination était sacrément présente. Je pris même le temps de m'en rouler une. Il faisait lourd… Je transpirais. J'enlevai mon blouson de cuir et le jetai sur le sac. L'hirondelle fit un bond et se posa sur mon avant-bras.

Tu pourrais faire attention !

- Pourquoi ? Tu n'existes pas… Alors c'est quoi ton idée ?

Mustapha Zhora, a volé la statuette au musée Georges Labit.

- Oui ! Cela je sais.

190

Tu penses sincèrement, espèce d'idiot, qu'il a pris le risque de ramener le diamant en Égypte ?

- Euh… oui, répondis-je bêtement, de moins en moins sûr de moi. *Écoute imbécile. Le Mustapha en question quand il a vu que ce n'était pas une turquoise, une cornaline ou du jaspe rouge, mais que c'était un diamant à faire pâlir de jalousie la vieille reine d'Angleterre, tu crois vraiment qu'il l'a planqué dans sa trousse de toilette et qu'il a pris l'avion pour retourner chez lui et trouver le moyen de trucider les trois gonzes. En outre, dans ton histoire, on ne sait pas s'il savait qu'il avait transporté de l'or, à l'époque. Si c'est le cas, il avait, lui aussi, terriblement envie de se venger en plus de récupérer les statuettes. Il ne fait nul doute qu'il a bien interprété, lui aussi, la citation. Il savait donc qu'il y avait trois autres diamants cachés dans les petits ventres de Ramsès.*

- Bien ! Suivant ta théorie il aurait caché le diamant à Toulouse. Il est vrai que pour le refourguer c'est sans doute plus facile chez nous ou même dans un autre pays européen.

Et oui ! Petit gars. La libre circulation de Schengen…

- Donc Mustapha est ici, d'après toi…

Il faut fouiller les hôtels ou les crèches Airbnb. Il ne connaît personne ici. Mais avant de nous quitter commissaire, as-tu fait le lien entre tous les personnages de la tragédie humaine dont tu es le spectateur privilégié ?

- Oui ! non… J'en ai oublié ?

Il faut revenir toujours au commencement du commencement. Il était une fois un gardien qui était marié et qui avait un fils de dix ans. Le couple vivait à Abou Simbel et c'était des gens simples. Il y avait en plus un ouvrier qui lui était maçon, qui travaillait sur le même chantier, et qui était lui aussi marié à une toute jeune demoiselle, à peine pubère… Ce couple était donc de la même condition que celui du gardien. On peut donc supposer que ces gens vivaient certainement dans le même quartier, à proximité du chantier. Et qu'ayant le même âge, le même profil, les femmes se connaissaient.

- Où veux-tu m'entraîner le piaf ?

A ceci, petit flicaillon. Les deux femmes ont dû se parler car elles ont eu en commun la mort de leurs époux. Probablement qu'elles sont devenues amies à ce moment-là... La mère d'Ibrahim s'est confiée assurément à la future mère de Yasmine.

- Tu penses que les deux femmes ont eu envie de se venger ?

La mère d'Ibrahim c'est plausible... Mais nous savons qu'elle a eu peur d'Amade et des représailles. Quant à la mère de Yasmine, la mort de son mari lui a rendu plutôt service. Cela lui a permis d'échapper à l'emprise de sa famille et de se refaire une vie en France. C'est une femme au fort caractère, très belle, pas du tout comme madame Cherif, effacée, peureuse, qui est restée dans le giron traditionnel égyptien.

- Donc, d'après toi, madame Farah Velasquez pourrait avoir un lien avec les meurtres ?

C'est à creuser... Allez salut !

- Tu oublies les filles.

D'après toi, elles n'y sont pour rien.

- Va savoir le piaf ! Les femmes et les diamants, c'est une longue histoire.

Tu crois que la petite Yasmine est dans le coup ?

- T'as raison l'hirondelle… Je fais demi-tour et je me remets au boulot. Tu peux te tirer. La météo a annoncé du mauvais temps. Repars vers le sud.

Tu oublies que je ne suis que le produit de ton imaginaire. Je n'ai pas besoin de me fatiguer à voler par-dessus la Méditerranée. Je n'ai juste qu'à me transformer.

C'était vrai, qu'à la longue, je considérais l'oiseau comme étant réel. Ma clope s'était éteinte. Je la considérai d'un œil morne et la jetai dans le canal. Faudrait bien que je réussisse, un jour, à stopper cette addiction. Je me penchai et empoignant mon sac en maugréant contre son poids. C'était Fred qui allait faire une drôle de tête en me voyant rappliquer. Sauf que je n'avais pas la clef de son appartement. J'avais juste claqué la porte en partant. Je repris donc ma marche en direction de la gare pour mettre mon sac à la consigne.

Je n'avais personne pour m'aider à rechercher Mustapha Zhora. L'équipe était en repos dominical. J'avais toute la journée devant moi. Il était inutile d'aller voir Yasmine et Solange… Les jeunes sortaient le samedi soir et rentraient en général à pas d'heure… Elles devaient encore roupiller. Par contre, il y avait quelqu'un que je n'avais pas encore interrogé. C'était la mère de Yasmine. Elle avait peut-être des choses à me dire.

Je décidai d'y aller en début d'après-midi. Fred m'avait parlé des restaurants qui se trouvaient au-dessus du marché Victor Hugo. On était dimanche et j'avais droit, comme tout le monde, à ma petite récompense. En me baladant, je descendis les allées Jean Jaurès, les nouvelles « remblas » toulousaines. Je pris l'apéro au Capoul, place Wilson, et quand l'heure de se mettre à table arriva, je me levai et pris la direction du marché. Il y avait encore du monde et cette ambiance bruyante, colorée, et pleine d'odeurs m'ouvrit l'appétit. Je grimpai à l'étage et m'installai à une table « Au bon Graillou ». Un nom évocateur qui n'avait rien à voir avec une cuisine allégée.

Vers quatorze heures, je montais dans une rame du métro et vingt minutes plus tard, j'arrivais à la station des Isards. Il commençait à pluvioter. Je me dépêchai de traverser la place. La bibliothèque annexe était ouverte. Je m'y engouffrai, juste quand l'averse se déversa sur moi. Il y avait peu de monde. Une jeune fille tenait l'accueil et enregistrait les livres empruntés. Sur la droite, il y avait des tables où plusieurs adolescentes bossaient leurs cours dans un silence respectueux. Il n'y avait aucun garçon. J'avais repéré un petit groupe devant le premier immeuble de la cité qui était à deux pas. Comme dans beaucoup de banlieues, les filles étudiaient tandis que les garçons fumaient et attendaient que cela se passe. Un grand frère, d'une quarantaine d'années, déambulait dans les rayons, les mains dans le dos, la moustache à la gauloise. Il me fit penser à Yul Brynner dans le rôle de Taras Bulba, dans un film des années soixante. Il portait un badge de la mairie. C'était le médiateur dans le cas où les jeunots viendraient faire du chahut et troubler l'ambiance studieuse de la bibliothèque. Il semblait s'emmerder copieusement.

Je fis semblant de m'intéresser au bac des vidéos mais il ne me lâchait pas du regard. Je ne devais pas avoir le look d'un lecteur et il devait trouver ma présence louche. Je changeai de tactique. Dehors l'averse avait cessé. Avant de me pointer chez madame Velasquez, j'avais l'intention de fureter dans la cité. De faire une discrète enquête de voisinage. Je sortis mon paquet de tabac et m'avançai vers lui. A voix basse, ambiance oblige, je proposai :
- La pluie ne tombe presque plus. Cela vous dit une cigarette ? J'ai horreur de fumer dehors tout seul.
- Comment vous savez que je fume ? me répondit-il méfiant.
- Vous avez la moustache toute roussie.

Taras Bulba me dévisagea avec une drôle de bouille. Avant qu'il ne me réponde, je poursuivis :
- Je déconne ! Je n'en sais rien. Alors qu'en pensez-vous ?

Je ne voulais pas lui avouer que mon œil aiguisé de policier avait remarqué ses doigts jaunis par la nicotine.
- Une bière cela vous dit ? me demanda-t-il, avec un petit sourire complice.
- Vous avez ça ici ?
- J'ai droit à une pause. Attendez-moi. Le frigo est à l'étage dans le bureau des agents.

Cinq minutes plus tard, nous étions sur la place à cloper et à picoler. Le médiateur bossait à mi-temps, était mal payé, et ne faisait pas partie du sérail des agents de la mairie de Toulouse. Il fut intarissable. Il connaissait tout le monde. Je lui racontais que je venais voir un vieux pote qui habitait aux Isards. Cela faisait des années que je ne l'avais pas vu... Je me pointais chez lui à l'improviste. J'étais rentré dans la bibliothèque pour échapper à la pluie, ce qui était en partie vraie.
- C'est qui ? me demanda le grand frère.

194

- Velasquez ! Il est marié et il a une fille Yasmine qui est guide je crois, jetais-je comme on balance un leurre dans le courant de la rivière. Je moulinais doucement. Sa femme est pas mal, m'a-t-on dit...

Taras Bulba bomba le torse. Il était célibataire. Il appréciait et il connaissait toutes les beautés du quartier... Madame Velasquez n'était pas de toute première jeunesse, me confia-t-il, mais c'était un canon. Il aurait bien fait une sieste crapuleuse avec elle mais c'était chasse gardée.
- Velasquez est jaloux ?

Je ne connaissais pas le prénom de mon soi-disant copain. Taras Bulba me l'apprit :
- Paco pas du tout ! C'est l'autre...
- Quel autre ?

Taras Bulba devint hésitant. Il avait répondu trop vite et je sentis que le sujet le gênait. J'embrayais sur la dame.
- Donc tu ne te l'es pas faite... Elle est chaude ?
- Non ! Pourtant je la connais bien... Elle vient chercher des bouquins. Des polars...
- Et quand Paco va bosser tu ne peux pas aller la voir chez elle ?
- L'autre y est en permanence.
- Putain ! Il habite chez eux. C'est un ménage à trois... Tu fais bien de me prévenir. Moi, qui allais me pointer chez eux... Mais qui c'est ce mec ?

J'étais comme un cleps. Tout à coup je flairais comme une odeur étrange. Je repris :
- Et la fille Vélasquez, Yasmine, qu'est-ce qu'elle en pense de cette situation ?
- Elle a filé de la cité dès qu'elle a pu... Je me souviens d'elle quand elle était gamine... Dès que l'école était finie, elle venait travailler ici. Chez elle, comme chez ses copines, ce n'était pas possible d'étudier à la maison. Trop de bordel ! Dans le coin,

les parents ne comprennent pas, quand il s'agit de filles, pourquoi il faut autant travailler au lieu de faire le ménage ou la cuisine.

Le médiateur termina sa cannette et la jeta dans la poubelle qui se trouvait à l'entrée. Il hésita puis se décida à lâcher le morceau.
- Bon ! Puisque tu dois aller voir ton pote autant te prévenir. Son appartement est devenu la planque de la cité. C'est le caïd qui fait la loi chez lui.
- Et il ne dit rien ?
- Il ferme sa gueule. Ils sont toute une bande à aller et venir chez eux. Il baise sa femme quand il le décide.
- Ben merde alors ? Et cela fait longtemps…
- Avec le caïd oui… Cela fait des années qu'il se la tape. Toute la cité est au courant. Velasquez c'est le larbin… Il bosse sur les chantiers et lui refile toute son salaire. Il a tout juste de quoi se payer son tabac et faire son loto.
- Comment il s'appelle ce caïd ?

J'avais mouliné trop fort. Taras Bulba fit un pas en arrière et me balança, avec un rictus apeuré :
- T'es un keuf ! Con ! Que je suis con ! Tu es venu pour me faire causer sur la cité. Tu es des stups ? C'est ça ?
- Mais non imbécile ! Je suis juste un fou qui vient d'être libéré. Je viens de me farcir cinq ans à Marchand.

Taras Bulba retrouva instantanément le sourire.
- On t'a soigné pour quoi ?
- J'ai buté ma belle-mère dans un accès de folie. C'est ce qu'a dit mon avocat au procès et cela a marché. Bon ce n'est pas tout ! Faut que je me casse. Je ne suis plus sûr d'aller chez Velasquez…

Je serrai la pogne du sosie de Yul Brynner et filai vers le métro. Je rentrai dans la bouche et descendis les marches. Je poireautai cinq bonnes minutes en bas, songeur. J'avais eu le temps de voir le grand frère téléphoner, devant la porte de la bibliothèque. Je me demandai à qui il avait bigophoné. Mais en mon fort intérieur, j'avais la réponse. C'était un gars de la cité, avant tout. Le caïd en question devait avoir son âge. Ils se connaissaient très bien. Ce qui m'étonnait, c'était que Taras Bulba, ait été si bavard, sur son pote. Il était clair que j'avais eu à faire à la pipelette du quartier. Pour ce genre de type, qui cause à tout va, c'est difficile de ne rien dire. Je l'avais aussi attaqué par le biais des femmes et c'était sa faiblesse. Je remontai, vérifiai qu'il n'était plus sur la place et je filai en douce vers le premier bâtiment. J'étais sûr que le caïd en question ne serait plus dans l'appartement et que j'allais trouver madame Velasquez, sagement assise, en train de mater la télé ou de lire un de ces romans. Le lieutenant Michel, lors de sa venue, n'avait rien remarqué d'anormal. Il avait dû arriver en fanfare et en trompette. Dès le claquement de portière de sa caisse, toute la cité avait compris qu'il s'agissait d'un flic.

Au bas de l'immeuble qui m'intéressait, un groupe de jeunes faisait corps sous le porche. Cela sentait l'herbe. Je sortis mon plus beau sourire et je leur rentrai dans le lard, en douceur, pour que ces messieurs veuillent bien me laisser le passage. A mon air renfrogné, ma dégaine, et certainement parce que j'étais déjà grillé en tant que flic, car Taras Bulba avait eu le temps de la réflexion, et qu'il n'avait pas cru à mon histoire de cinglé, aucun de ces merdeux n'osa la ramener. Je montai les escaliers à pieds, laissant l'ascenseur, et en évitant ainsi une hypothétique panne, et cognai à la porte du couple ou bien devrais-je dire, du trio.

Farah, elle je connaissais son prénom, m'ouvrit la porte, pas plus étonnée que cela. La télé ne marchait pas, mais je remarquais sur la table de la salle à manger, une pile de livres, estampillés de la bibliothèque voisine. C'était une belle femme, qui affichait une cinquantaine intemporelle. Plus jeune que les trois malfaisants, car à l'époque du soi-disant accident de son mari, elle n'avait que seize ans… En Orient on mariait les jeunes filles très jeunes. Elle me fit asseoir sur un fauteuil, en tissu imprimé dans le vert et jaune. Il était complètement déchiqueté par les griffes d'un chat qui était absent pour l'instant. Je jetai un coup d'œil rapide autour moi. L'appartement était rangé, à peu près. Cependant la couche épaisse de poussière sur les meubles, attestait que la famille et leurs nombreux invités n'étaient pas allergiques à la poussière. J'étais intrigué par la présence de ce caïd et amant qui s'était sauvé certainement avant mon arrivée.

- Votre mari est là ?
- Il travaille, me répondit-elle, d'une voix laconique.
- Un dimanche ?
- Il monte une cheminée chez un copain.
- Il fait du black ! Ok … Et votre amant ?

Farah était maquillée. Ses grands yeux bleus s'agrandirent et je fus sous le charme. C'était une parfaite comédienne.
- C'est fort aimable à vous commissaire pour penser qu'à mon âge je pouvais encore plaire…

Elle se fichait de moi. Je retombais du petit nuage bleu qui flottait dans son regard et précisai, avec la même amabilité :
- C'est dommage ! J'aurais aimé faire sa connaissance… Mais ce n'est que partie remise. Je voulais savoir, connaissiez-vous, madame Cherif, la mère d'Ibrahim.
- Je ne vois pas… se hasarda-t-elle, à répondre.
- J'aurais dû vous dire l'épouse de Mouloud Cherif, le gardien des fouilles à Abou Simbel, celui qui a disparu, certainement assassiné par trois hommes. Vous habitiez là-bas, en 1985 ?

Farah perdit contenance. Elle se reprit. Ce n'était plus la peine de feindre l'ignorance.
- Oui, j'ai entendu parler d'elle.

La garce ne lâchait qu'au compte-goutte. J'accentuai la pression.
- Votre mari, Amhed Fouad, était employé maçon sur le

chantier, si mes sources sont bonnes.

- Elles sont bonnes, rétorqua-t-elle, agacée.

- Il est mort d'un tragique accident, le lendemain du meurtre du gardien. Quelle coïncidence ! Vous étiez du même quartier que le jeune couple et que je sache, Abou Simbel en 1985, ce n'était pas le Caire. Vous vous connaissiez, vos maris se connaissaient. Je suis certain que vous vous êtes concertées, vous, toute jeune encore mais déjà avec un sentiment de révolte contre la tradition, et madame Cherif qui était plus âgée d'une dizaine d'années. Elle était transie de peur. Elle s'est confiée à vous qui veniez aussi de perdre un mari. Un mari qui avait été tué par les mêmes hommes. Cela rapproche. Vous n'aviez aucune preuve, seule la parole d'un enfant de dix ans qui faisait foi. Vous avez opté pour la fuite en France et refaire votre vie, échapper à votre père et à vos frères. Elle, la pauvre madame Cherif est restée avec sa peur et sa peine. Elle a élevé son fils, tant bien que mal, et elle ne s'est jamais remariée. Disons qu'elle n'avait pas de famille pour l'obliger à le faire. Ou alors, la sienne était plus évoluée que la vôtre.

J'avais été un peu long sur le coup. Mais la femme n'avait pas bronché d'un pouce. Son visage hermétique n'avait pas laissé échapper le moindre tressaillement. Sinon, l'éclat de ses yeux qui ne cessaient de me transpercer.

- Admettons tout cela. Ce sont des souvenirs désagréables dont je ne veux plus me souvenir. C'est pour cela que je n'ai pas été franche au début. Oui ! Nous nous connaissions mais je ne l'ai plus revue depuis. Ni même parlé au téléphone. Où voulez-vous en venir ?

- Nulle part, chère madame. Je tenais juste à clarifier certaines choses. Ibrahim est mort. Ses meurtriers le sont aussi. Il y a aussi un pauvre gars qui a perdu la vie au musée Georges Labit. Vous êtes au courant ?

- Non ! Je ne m'intéresse pas aux faits divers.

- Vous avez raison. Ce n'est guère enthousiasment.

- Ah j'oubliais… Vous connaissez un certain Mustapha Zhora ?

- Non ! tenta-t-elle.

- Le capitaine du « Nil Azur ». Le bateau où votre fille a travaillé. Voulez-vous que je retourne la questionner, chez elle, à votre sujet ?

- Le capitaine, oui ! se reprit-elle. Je ne connaissais pas son nom. Je l'ai même croisé, plusieurs fois, lorsque j'ai fait la croisière il y a trois ans.

- Vous avez fait la remontée du Nil ?

- Ma fille y travaillait. J'avais envie de revoir mon pays. J'y suis allée seule. Mon mari, les temples et les vieilles pierres cela ne l'intéresse pas.

Je faillis lui demander si elle était partie avec le caïd de la cité mais je me repris à temps.

- Et vous n'avez pas eu envie de revoir madame Cherif ?

- Non ! Commissaire, je suis restée sur le bateau.

J'avais fait le tour de la question. Hormis, le fait que cette femme avait une vie dissolue, qu'elle jouait la cougar avec un voyou, je venais d'avoir la confirmation qu'il existait un lien étroit entre son histoire et celle de l'affaire qui nous accaparait depuis le début. Avec le lieutenant Dalida Wagdi, sous la tutelle du piaf, nous avions supposé que Yasmine avait été l'instigatrice de la dépose des romans policiers sur les cadavres. Mais elle l'avait nié fortement. En clair, il y avait de fortes chances qu'Ibrahim en ait parlé au capitaine. Qui d'autre aurait pu lui causer de cela ? Farah lors de la croisière… mais je ne voyais pas pourquoi. Je me levai, et la remercia de m'avoir reçu. Je lui lançai, manière de ne pas laisser retomber la pression que je venais de lui mettre :

- Ne quittez pas la ville sans nous en prévenir.

Elle haussa les épaules.

- Je suis très bien chez moi. Pourquoi voulez-vous que j'aille ailleurs ?

Je ne répondis rien et je m'en allai. La pluie avait recommencé. C'était un temps de chien. Je hâtais le pas le long des bâtiments pour rejoindre le métro. Je m'en roulais une à l'abri en matant la bibliothèque. Quel rôle jouait la troublante Farah Velasquez ? Je repassai à la gare pour prendre mon sac. Je n'avais pas envie aussi d'aller squatter chez les Costessec. Le Pullman Toulouse était à deux pas. Il répondait aussi à mon nouveau standing.

On resta toute la matinée

Lundi matin, après avoir copieusement petit déjeuné comme un nabab, je gagnai la station principale Jean Jaurès pour me rendre aux Minimes. Le commissariat vibrait comme une ruche après l'endormissement du dimanche. Il y avait du nouveau. Dès mon arrivée à l'étage de la criminelle, Magalie me tomba dessus, suivi du fringant lieutenant Michel. Le commandant Costessec était à la préfecture, place Saint Etienne. On avait retrouvé un homme poignardé sur une péniche, à Port Sud, le petit port de plaisance sur le canal du Midi, à Ramonville-Saint-Agne. Le cadavre était encore sur place. La scientifique était partie depuis une dizaine de minutes. C'était la propriétaire qui l'avait trouvé. Elle avait mis sa péniche sur le site d'Air Bnb. Elle était venue pour faire l'état des lieux car le client avait décidé de partir subitement. Il lui avait donné rendez-vous le matin. La porte était entrebâillée et elle avait découvert son client, allongé sur le ventre, une large blessure au ventre et une autre à la gorge.
- Il porte un blaze ce cadavre ?
- Mohammed Zitoun.
- Connais pas ! Mais ce nom me dit quelque chose…

Et soudain je me rappelais, sans avoir eu besoin de mon piaf. Zitoun… c'était le nom de l'officier du « Yellow Sea » qui avait été licencié.
- Putain ! c'est la véritable identité de Mustapha Zhora. Ce con s'est inscrit sous son vrai nom. Bon ! Magalie, on y va ?
- Michel va t'accompagner. Je suis sur une autre affaire… C'est une mort suspecte d'un vieillard qui avait vendu sa propriété en viager et qui tardait à mourir. Il est tombé du haut de son escalier.

La voiture fonça le long du canal, giro sur le toit. Le lieutenant Michel conduisait avec dextérité. Il n'était plus le jeune OPJ que j'avais connu, il y avait quelques années. Il était devenu un

202

vrai flic, avec toute la panoplie. Le karaté qu'il pratiquait assidument lui avait procuré une belle assurance. La voiture s'engouffra sous le pont des Demoiselles, anciennement dénommé pont des putes. On se demandait pourquoi ? Puis le lieutenant accéléra, coupa la bande jaune, pour doubler une voiture électrique qui ramait. On arriva sur la rocade en moins de deux. A Ramonville, le village passé, on arriva enfin à Port Sud. Un petit port tranquille avec des péniches, des voiliers en attente d'un départ vers la mer, et tout autour, des immeubles d'habitation. Un port d'opérette mais particulièrement calme. Aucune vie ou si peu.
- Cette résidence s'anime un peu plus le soir, me dit Michel.

Effectivement c'était assez tristounet. Il n'y avait que de l'autre côté du canal du Midi qu'il y avait un peu de monde. Notamment sur l'ancien chemin de halage, où se croisaient promeneurs avec ou sans chien, cyclistes et coureurs à pieds. Une péniche rouge et jaune, bien entretenue, avec une terrasse sur le pont supérieur, était amarrée près de la capitainerie. C'était là. Une voiture de la police municipale était garée devant, ainsi que la camionnette de la scientifique. On s'avança. Je passai devant avec la finesse d'un bulldozer. Dans la pièce centrale, joliment décorée style marinier avec de vieilles bouées accrochées au mur et des photos du temps où la navigation avait un véritable sens, le vieux bougre gisait dans son sang. Sa casquette de capitaine était dans un coin. Il était allongé sur le côté. Les collègues s'affairaient autour du corps et j'attendis que l'on m'autorise à approcher.
- Allez-y ! Faites gaffe...

Mustapha était vêtu d'un pantalon de toile beige et d'une large chemise blanche qui ne l'était plus, au niveau de la poitrine. En plus, la blessure à la gorge avait salement coulé. L'artère avait été sectionnée à l'évidence. La mort avait dû être très rapide. Une chaise était brisée et une table renversée. Une bouteille de rhum était tombée et l'alcool s'était mélangé au sang.
- On dirait qu'il y a eu une bagarre... dit le lieutenant.

- Putain ! Dans cette affaire dès que l'on a un suspect, et celui-ci, c'était le jackpot, il se fait déglinguer, répondis-je. Il n'y avait que lui pour nous indiquer le fin fond de l'histoire.
- Pas certain ! répliqua le lieutenant qui n'avait pas peur de me contredire. Celui qui l'a tué doit en connaître aussi une bonne partie. Ce meurtre n'est pas sans raison.
- Et justement la raison je la connais. C'est pour l'empêcher de parler qu'on l'a buté. L'assassin savait qu'on avait découvert que c'était lui l'homme que nous recherchions, et que c'était qu'une question de temps, avant de l'alpaguer. Mustapha Zhora n'a donc pas agi seul. Il y a quelqu'un d'autre.

Puis je m'adressai à la scientifique.
- Avez-vous trouvé des statuettes égyptiennes de Ramsès II ?
- Non ! Mais on n'a pas fini de fouiller. Elles sont comment ?
- Entre trente et quarante centimètres environ, je dirais. Je peux chercher moi aussi ?
- Prenez ces gants et ne dérangez rien. Mais je n'ai pas besoin de vous apprendre le métier, osa me dire le jeunot.

Je restai zen.
- Lieutenant ! Allez dehors et fouillez les alentours. Voyez aussi si vous trouvez des témoins…

On resta toute la matinée. La péniche était grande mais il n'y avait que la moitié de sa surface qui était aménagée. On resta sur notre faim. J'avais fait appel aux pompiers de la caserne Buchens de Ramonville pour plonger autour de la péniche. Bernique ! Rien de rien, comme le chantait la môme piaf. Il n'y avait ni arme, ni statuettes ou même de simples morceaux. Il se pouvait que Mustapha les ait déjà détruites pour s'accaparer des diamants. De cela je n'en étais pas sûr. Sans les yeux d'Horus, les statuettes avaient encore une belle valeur marchande. Il convenait peut-être de les accoucher sans les détruire totalement.

J'avais renvoyé le lieutenant Michel au commissariat. Je

voulais qu'il recherche des informations sur ce fameux caïd de la cité des Isards. Je rentrai avec les pompiers qui me laissèrent au métro, à quelques centaines de mètres de leur caserne.

C'était presque quatorze heures quand je débarquai en ville. Je m'offrais une grande pizza aux trois fromages et un pichet de chianti dans une pizzéria des allées Jean Jaurès et m'en allai vers le commissariat de l'Embouchure à pinces. J'avais besoin d'une bonne marche pour digérer et réfléchir.

Comme je m'y attendais, sur le bord du canal, un piaf m'attendait. Il me narguait, agrippé à une branche de platane qui s'avançait sur l'eau. Il faisait une pénombre et j'étais à contre-jour. Ses deux yeux, ourlés de tâches claires me fixaient avec un éclat morne. Je discernais aussi les marques de sa face et de son bec. J'eus un instant de doute. J'avais reconnu une mésange huppée mais elle me faisait une étrange impression.

- C'est toi ? me hasardai-je à prononcer à voix haute, en ayant au préalable jeté un œil autour de moi afin de vérifier si j'étais bien seul.

Au lieu de me répondre, le piaf fit demi-tour sur sa branche.

- C'est ça tourne-moi le dos, continuai-je pour dire quelque chose, toujours décontenancé par cette nouvelle hallucination.

T'es bigleux, mon petit commissaire. Je ne te tourne pas le dos, c'est tout le contraire...

- Ben si ! Tu viens de me tourner le dos.

Mais que t'es niais mon petit flic... Les mésanges huppées ont une tête janiforme. Du dieu Janus de la mythologie grecque qui avait une tête avec un double visage, pour ne pas être surpris par des ennemis par-derrière. Ce que tu as vu, c'est l'arrière de ma tête, avec de faux yeux et un fau bec. L'illusion est parfaite mon cher.

- Très bien la mésange...Je m'en fiche de ta tête à la Janus. Tu as une idée sur la marche à suivre ?

C'est une bonne idée la recherche sur l'amant de la cougar... Je te parie un gueuleton de vermisseaux qu'elle n'est pas franche du collier. Si tu trouves l'assassin du vieux, tu sauras la vérité. Tu t'en approches. Si j'étais toi, je ferais un appel à

205

témoin. Il se peut que quelqu'un ait vu ce qui se tramait dans le coin. D'après le légiste, la mort remonte à la veille, en fin de soirée, entre dix-neuf-trente et vingt-et-une heure. Dans ce créneau il y a pas mal de gens qui baladent leur clébard, qui chient et qui pissent partout.

Un appel à témoin. Pourquoi n'y avais-je pas pensé ? Je pris le téléphone et appelai le lieutenant. Il me répondit qu'il avait des infos sur le caïd et que cela allait me plaire. Il se chargeai de faire le nécessaire pour un éventuel témoin. Cela pouvait marcher. Je terminai ma balade en accéléré. Qu'avait-il donc découvert ?

Au commissariat de l'Embouchure le calme était enfin de retour. Magalie était rentrée avec l'assassin du vieil homme... Il avait avoué l'avoir poussé, dans un accès de colère. Cela faisait plus de vingt ans qu'il lui versait une rente importante sans parler du bouquet qu'il avait payé lors de la signature. Le vieillard était en acier inoxydable, presque centenaire, en parfaite autonomie alors que le client venait de déclarer un cancer. Il n'avait pas supporté.
Le commandant était revenu et il s'était enfermé avec plusieurs collègues. Ils planchaient comment éradiquer les incivilités qui étaient de plus en plus nombreuses dans le centre-ville toulousain. Les bourgeois et les bobos se plaignaient de l'insécurité… Les élections approchaient. Il fallait faire quelque chose. Quant aux quartiers de Bellefontaine, du Mirail, de Bagatelle, d'Empalot et des Isards, c'était plus compliqué. Je me marrai et filai retrouver le lieutenant Michel.
- Alors ce gonze ?

Voilà que je parlais couramment toulousain !
- Il est connu de la maison. Il se nomme Tarik Fragani. Il a été fiché dans une affaire de tournante. Il avait dix-huit ans et il s'en est sorti avec un non-lieu. Un an plus tard, Tarik est tombé pour cambriolage. Il a fait deux ans et il est sorti six mois avant.
- Ouais ! Comme d'hab… Et après.

- Après il a continué les conneries mais il ne s'est plus jamais fait chopper. Marc, un gars des stups, m'a dit qu'ils le surveillaient. Il supervise les dealers et les shoufs de la cité. Avec un soupçon de maquereautage. Ils savent aussi qu'il est en lien avec de gros fournisseurs.
- Il habite où ?
- Il vit chez sa mère…
- Ce n'est pas sa mère. C'est sa maîtresse et le mari ferme sa gueule. C'est un ménage à trois…
- Non ! Cela on le sait… Mais son adresse officielle, c'est bien chez sa mère… Un appartement dans le même immeuble que celui de sa planque. Il y a aussi sa sœur qui s'occupe de la mère qui est malade. Le père est mort voilà des années.
- C'est tout ? Pourquoi on ne l'arrête pas ?
- Malgré ses airs de caïd, c'est un petit. Si on le choppe, il sera aussitôt remplacé. Les stups surveillent, dans la mesure de leurs moyens limités, tout ce trafic, dans l'espoir que l'un d'entre eux fassent une erreur et qu'ils puissent remonter au niveau supérieur.
- D'accord ! Il a l'air de faire le toutou auprès de Farah Velasquez.
Cette cougar m'intrigue de plus en plus. Je ne la vois pas essayer de venger un mari qui lui était indifférent. Elle n'aurait jamais eu l'idée saugrenue de demander à Mustapha de déposer des romans d'Agatha Christie. Cette idée, je suis sûr, elle est du vieux bougre, pour orienter les flics sur Yasmine ou pourquoi pas sur sa mère. Je tourne en rond… Je pensais en avoir fini avec cette affaire, qu'il était juste question d'arrêter le capitaine, mais on me le tue au moment où je vais le serrer.

Je laissais le lieutenant et après avoir rendu une courte visite à Fred je m'en retournai au Pullman. J'en avais marre.

Le lendemain matin, je retournai au commissariat. Toujours en longeant le canal du Midi. Il était huit heures. Il ne pleuvait pas mais le temps était ombrageux. L'humidité régnait dans l'air. Les bars étaient déjà ouverts. Les voitures sur les boulevards puaient, pétaradaient et les conducteurs, avec leurs trognes renfrognées s'en allaient au turbin.

L'appel à témoin ne donna ses fruits que le lendemain.

Ce type était accroc à l'herbe

Un retraité, avec sa poche plastique, s'était arrêté pour ramasser les crottes qu'avait déposées sa chienne « Vilaine », c'était le nom du clébard, devant l'entrée d'une péniche voisine. Il s'était accroupi pour œuvrer quand son regard s'était porté sur l'entrée de la péniche suivante. Il la reluquait souvent, parce qu'elle était belle et qu'il avait à la bonne la proprio qu'il connaissait bien. Il avait vu, aux alentours de vingt heures, un homme qui était de dos, vêtu d'un pantalon blanc de jogging et d'un sweet noir avec un capuchon, rabattu sur sa tête. Il venait de jeter un mégot de cigarette, encore incandescent, et il était monté sur la passerelle. Cela avait passablement énervé le retraité qui ne fumait pas et qui ne supportait pas ce genre de geste. Notamment quand cela venait d'un mec en jogging et capuchon. La tenue des gars de banlieue, avait-il précisé... Comme il était accroupi, l'inconnu n'avait pas pu le voir, car un buisson le cachait. Il s'était avancé et il avait éteint le mégot avec son talon. Puis il s'était barré.

Il avait entendu l'appel à témoin qui était passé sur FR3, lors du journal régional et il s'était manifesté, en bon citoyen qu'il disait être. C'était peu mais peut-être suffisant. Magalie, passablement énervée, car l'équipe scientifique était passée à côté, avait déjà renvoyé un technicien à la recherche de ce mégot. Avec un peu de chance l'ADN pouvait parler.

A midi, l'échantillon était parti en urgence. C'était un mégot d'un joint. Le type qui était monté sur la péniche fumait de l'herbe. Il n'y avait plus qu'à attendre. Je retournais, en début d'après-midi, à la cité des Isards. Je fonçai directement à l'appartement de la séductrice en question pour tenter d'attraper au vol ce fameux caïd. Je tambourinai à la porte et un môme, la casquette vissée sur la tronche, me demanda ce que je voulais.

- Tu crèches là, petit ?
- T'es keuf ou quoi, riposta le dévergondé.

Je l'agrippai par le colback aussi sec et le tirait brutalement vers mon haleine en pleine déprime tabagique.

- Dégage de là… Je suis le cousin de Farah.

Puis une autre figure se profila derrière le jeunot. Un gars assez balancé, rasé du crâne, un anneau à chaque oreille, français mais originaire d'une île lointaine, mais va savoir laquelle, la France et les joueurs d'accordéons, en avaient envahi tellement... Celui-là n'avait pas l'air de vouloir sourire. Je le stoppai net avant qu'il n'ouvre son bec. J'avais poussé le galapiat dans le couloir, et j'avais dit :

- Tarik Fragani, je présume ?

L'homme stoppa net. Il fit un effort violent pour se contenir. Le mec était prêt à me frapper.

- Que voulez-vous ?

Le vouvoiement… Il avait reniflé l'odeur du poulet.

- Presque rien ! Juste causer à madame Velasquez. J'ai encore des questions à lui poser au sujet d'une enquête criminelle où elle apparait comme témoin.

Farah, se manifesta à son tour. Décidément, nous étions un peu à l'étroit, dans le couloir de cet appartement. Je bousculai derechef Tarik et allai vers le salon.

- J'ai besoin de savoir où vous étiez hier au soir, entre dix-neuf heures et vingt-et-un-heure ?

- Pourquoi cela ? me demanda-t-elle, surprise.

- Votre ami, le capitaine, s'est fait planter. Il est mort.

- Ce n'était pas mon ami…

- Peu importe ! Ayez l'obligeance de me répondre.

- J'ai passé la soirée avec mon mari. Vous n'avez qu'à le lui demander.

- Il est toujours sur son chantier, je présume ?

- Oui, il rentrera à dix-huit heures, comme hier…

- Et vous Tarik ? Vous étiez où ?

J'hésitais entre le tutoiement et le vouvoiement. Autant valait-il entamer notre relation dans les règles de la politesse. Après, on aurait tout le temps de voir pour davantage d'intimité verbale. Tarik me répondit, avec effronterie.

- Comme si vous ne saviez pas que je suis l'invité de Farah et de Paco... J'ai passé la soirée avec eux. Nous avons dîné du poulet, si vous voulez savoir, puis on a regardé la télé. Ensuite Paco est parti se coucher et j'ai baisé madame... A minuit, je suis retourné chez ma mère.

Farah s'était assise sur son canapé durant ce court interrogatoire. Elle avait remonté sa jupe grise au-dessus de ses genoux et elle avait déboutonné les deux premiers boutons de son chemisier noir et transparent... Elle semblait avoir des vapeurs. Elle s'était contentée de sourire quand Tarik avait fait allusion à leurs ébats.

Je les remerciai du bout des lèvres de m'avoir éclairci sur le sujet et je les laissais, sans état d'âme, à leur quotidien. J'en avais vu d'autres et rien ne pouvait me surprendre quand il s'agissait du comportement de mes semblables. Un détail, pourtant, m'ouvrit la porte à un nouvel espoir. Tarik fumait de l'herbe. Il en avait la tête mais surtout l'odeur, imprégnée à ses vêtements. Ce type était accroc à l'herbe. Qui disait que les dealers n'usaient pas de leurs saloperies ? Il me tardait d'avoir les résultats de l'analyse de l'ADN.

Je patientai quatre jours supplémentaires avant le retour du labo. J'avais passé mon temps entre le commissariat et l'hôtel. A me tourner les pouces, à ronger mon frein, à boire du café et des verres de scotch, tout cela en solitaire. Un hold-up avait eu lieu. Un fourgon, d'une société de transport de fond, avait été attaqué sur la route de Foix. Toute la brigade était sur les dents. Je m'étais fait tout petit pour éviter les bousculades dans les couloirs et ne pas gêner mes collègues. Le dimanche fut longuet. J'avais hésité, la veille à retourner chez moi, en Camargue, récupérer ma moto, mais le temps m'en avait découragé. Il serait peut-être temps de m'acheter une caisse et pourquoi pas de prendre un pied-à-terre, ici à Toulouse. Le fric dormait à la banque et cela pouvait être une solution. J'avais fait le tour des hôtels de luxe. Ce n'était pas ma tasse de thé. Tout compte fait, j'étais un type avec des goûts simples. Les richards m'emmerdaient. Quand j'étais comme tout le monde, c'est-à-dire, avec un salaire, confortable, certes, cette réflexion aurait pu passer pour de la jalousie. Mais aujourd'hui, je jouais dans la cour des grands, question porte-monnaie, et je pouvais aisément me permettre de les critiquer. Cela avait du bon d'avoir du pognon. C'était plus facile de se situer dans la vie. Aussi, je passais le dimanche à pianoter sur les sites immobiliers, sur les concessionnaires automobiles. Bon repas, bonne bouteille et plumard pour me quiller, le lundi à six heures du mat, la queue frétillante, l'œil brillant et prêt à en découdre, si le test ADN donnait les résultats que j'escomptais. Durant ces heures passées, mon cerveau avait concocté plusieurs hypothèses. Un flic c'était comme un enfoiré de romancier, à inventer chaque nuit, toujours de nouvelles histoires.

J'étais un des premiers rendus au commissariat central. Magalie arriva dix minutes en retard. Je bouillai. Normalement, c'était sur son mail qu'il y avait la réponse… Je dus attendre qu'elle veuille bien terminer sa tasse de café avant qu'elle ne s'y mette. J'étais collé derrière elle.
- Recule balourd ! Tu me bouffes l'oxygène… Attends deux minutes…

Cela faisait maintenant un bon quart d'heure que j'attendais mais je me contins… Je m'étais reculé et je m'étais positionné sur la chaise des suspects ou des invités… C'était à voir.
- On a un nom. Tarik Fragani !

Je sus contenir ma joie… Je la remerciai et sortis pour appeler le juge. J'avais besoin d'un papelard officiel pour alpaguer le caïd et le soumettre à la question… Dommage qu'on n'était plus au Moyen-âge, me souffla la partie noire de mon dedans. Mais j'avais d'autres moyens que la torture pour faire parler un mec de cet acabit.
Le commandant me donna une équipe avec de jolis brassards et

nous partîmes en fin de matinée pour la cité des Isards.

Tarik était en caleçon. Il avait fait la grasse matinée avec sa vioque. Des cadavres de bière et une bouteille vide de Tequila étaient les responsables de ce gros dodo tardif. Quand il eut les menottes, il se réveilla pour de bon et gueula comme un âne. Il nia déjà que ce n'était pas lui alors qu'on ne lui avait pas encore indiqué la raison de son arrestation. Farah, encore à poil dans son déshabillé rose, qui avait perdu sa ceinture, avait compris le pourquoi du comment.
- On vous a pourtant dit que nous avons passé la soirée ensemble. Pourquoi l'arrêtez-vous ?
- Ce n'est pas tout, chère madame. Nous allons perquisitionner.

D'ailleurs l'équipe avait déjà commencé à fouiller l'appartement.
- Vous n'avez pas le droit, tenta-t-elle, en sachant pertinemment que cela ne servait à rien, et en réajustant son bout de tissu sur sa poitrine généreuse.

Je lui fichai l'ordre sous le nez et le pliai ensuite dans ma liquette.
A treize heures, nous avions rempli nos provisions. Du cash. Des sacs de shit et aussi quelques armes. Deux révolvers et une vieille kalachnikov. Je m'adressai à Farah.
- Vous saviez que vous aviez tout ça chez vous ?
- Ils ont pris le placard. Ce sont les vauriens du quartier qui ont la clef. On a été obligé avec mon mari.
- Et votre amant, il n'y est pour rien ?
- C'est un naïf. Il s'occupe de ces gamins et il leur fait trop confiance…

La garce se fichait de moi. Je fus à deux doigts de lui mettre les pinces mais je me ravisais. Comme aux échecs, je m'attaquais à une pièce après l'autre. Aujourd'hui, je prenais le fou. Demain, ce serait la reine ou le roi. On la laissa et on partit chez la mère de Tarik. Le juge Hermès, qui ne pouvait rien me refuser, m'avait signé un deuxième ordre de perquisition.

Madame Fragani nous ouvrit. Sa fille travaillait à Toulouse dans une boutique de prêt-à-porter. Fataliste, elle m'écouta, puis se résigna, en continuant à peler ses carottes. Elle savait, au fond d'elle-même, que son fils chéri n'était pas tout blanc bonnet.

L'appartement possédait trois chambres. On ne trouva rien sinon un autre révolver, planqué dans une boite à chaussures, sous le papier kraft. La boite était rangée dans le placard à balais, sous une caisse en bois, remplie de produits ménagers. L'arme s'en alla, elle aussi, dans un sachet plastique, pour le labo.

La garde-à-vue lui fut signifiée en arrivant au commissariat.

On installa Tarik Fragani et on commença à le cuisiner. Quand je dis on, moi et mon piaf. Magalie était débordée. Le lieutenant Michel, assistait derrière la glace sans tain, à mon numéro.

- Tu sais pourquoi tu es là ?

- Ce n'est pas moi, persista-t-il à nier, ce con, sans savoir toujours de quoi il en retournait.

- Écoute, le gigolo. Le shit, le cash, je m'en fiche. Cela intéresse les stups mais je ne les ai pas prévenus. Tu as menti au sujet de ta soirée de dimanche soir.

- J'étais avec les Velasquez, se défendit-il.

C'était le moment de lui faire le coup de l'oiseau.

- Mon piaf, et oui, j'ai un petit oiseau qui m'accompagne partout où je vais. Il m'a dit que tu fumais pas mal… Et vois-tu, il t'a vu jeter le mégot de ton joint encore allumé, avant de monter à bord de la péniche où l'on a retrouvé le capitaine poignardé.

- C'est faux ! Et c'est quoi cette histoire d'oiseau ?

- Je suis fou ! Mais le piaf pas du tout. Il m'a présenté à un témoin. Un humain, celui-là. Il faisait chier sa chienne et il t'a vu.

214

- C'est impossible, j'avais…

- Un capuchon ! Mais que t'es con mon ami… Tu roules des mécaniques mais tu n'as rien d'un dur. Ta langue t'a fourché. Tu manques d'entraînement face à un flic. On ne t'a pas arrêté assez souvent. Tu vois les vrais truands, les vieux durs à cuire, savent retenir leur langue. Ouais ! Le témoin n'a pas vu ton visage mais on a l'ADN de ton mégot. Et comme tu es fiché, tu comprends maintenant que tu vas écoper pour le meurtre du capitaine.

- Ce n'est pas suffisant. Je me suis baladé le long du canal dans l'après-midi.

- Tu as fait ton jogging ?

- Oui ! C'est ça balbutia-t-il.

- En fumant un joint ? Tu es un sacré sportif ! Et le couteau, tu t'en es débarrassé ?

- Quel couteau ?

- C'est ça… Fait le mariole.

- Bon ! Tes aveux je n'en ai pas besoin. L'ADN et le témoignage cela suffit pour te mettre en examen.

Je le laissai et le confiai à son gardien qui le remit dans sa cage. Il avait raison. Avec un bon avocat il pouvait s'en sortir. Qu'il ait occis le capitaine, pour moi, c'était secondaire. Ce que je désirais, c'était de savoir pourquoi il l'avait fait et le lien qui le reliait à mon enquête. Dès que je croyais toucher au but, un impondérable se manifestait. Dans toutes les investigations, il y avait toujours un grain de sable, ou un hasard, qui faisait que l'on coinçait le méchant. Ce moment que l'on espérait tant arrivait plus souvent qu'on ne le pensait. Les criminels finissaient toujours par faire une erreur. Pour Fragani, cela se produisit le lendemain. Les tests balistiques des armes, celles trouvées dans la planque, étaient propres. Certes provenant du trafic avec les Balkans. Ce n'était pas nouveau. Mais celle qui avait matché, c'était celle de la boite à chaussures. Un 38 spécial. Un révolver Colt Détective. La même arme qui avait permis de tuer le vigile du musée Georges Labit.

Enfin j'avais le robinet qui allait ouvrir la fontaine des aveux de

Tarik. Dans mes petits romans nocturnes, le piaf m'avait soufflé que celui-ci n'était pas assez futé pour organiser la chasse au trésor des statuettes. En outre, il n'avait aucun lien avec le passé égyptien des trois sulfureux. Il n'avait, non plus, jamais mis les pieds à Abou Simbel. Ce genre de mec ne sortait jamais de leur cité. Par contre, sa vieille copine cougar, celle-là, n'avait pas l'air d'avoir froid aux yeux, toute chaude qu'elle était.

Rebelote dans la salle d'interrogatoire… Je le mis au courant des résultats de la balistique et, tout caïd qu'il était, il perdit soudain son petit sourire narquois. Je crus qu'il allait chialer et m'appeler monsieur.

- Tu vas tomber pour le meurtre du vigile du musée. Mais là, vois-tu, tu débarques tout à coup dans l'imbroglio égyptien sur lequel j'enquête depuis des jours. As-tu entendu parler des quatre statuettes de Ramsès ?

- Qui ça ?

- Un pharaon… Alors dis-moi, mon mignon, la statuette que tu as volée au musée, tu en as fait quoi ?

- Je n'ai rien volé.

- Je vais te dire… Pour le capitaine tu pouvais encore t'en tirer avec un très bon avocat. Mais avec le meurtre gratuit du pauvre type du musée, tu es bon pour des années de cabane. Sauf si ce n'est pas toi qui a eu l'idée. A mon avis on ne t'a pas tout dit. Tu sais ce que contiene les statuettes ?

Devant son silence et à sa mine renfrognée, je poursuivis, en enfonçant davantage le clou.

- Des diams… On présume. Quatre énormes diams provenant d'un trésor égyptien. Le capitaine a tué quatre personnes pour se les approprier et il devait les avoir sur la péniche. Or, on ne les a pas trouvés. Ni les statuettes… En outre, elles n'étaient pas chez ta mère, ni chez Farah. Mon oiseau m'a dit que tu t'es fait avoir dans toute la longueur de ta connerie. Farah t'a demandé un jour d'aller au musée et de voler la statuette de Ramsès II. Mais toi, pauvre idiot, tu as voulu jouer au dur. Tu avais ce Colt et tu t'es pris pour Frank Nitti. Tu as logé une balle dans la tête du vigile et Farah n'a pas dû apprécier. Peu importe ! Elle aime se faire sauter par ta petite gueule. Sauf, qu'elle se sert de son ascendant sur toi pour te faire faire le sale boulot... Je suis sûr qu'elle t'a promis plein de fric en plus de ses fesses, et qu'elle t'a envoyé récupérer les fameuses statuettes chez le capitaine. Mais il y a un truc qui a dérapé. Vois-tu, si tu étais parti pour le tuer tu aurais pris ton Colt. Tu aurais peut-être fait attention à ne pas laisser de trace en jetant un mégot par terre. Alors, dis-moi, et le juge en tiendra compte.

Il y eut un temps d'hésitation. Dans sa petite cervelle Tarik faisait le ménage, tentait de penser le pour et le contre. Puis, comme le font toujours les faux durs, il se mit à table.
Il chargea Farah. C'était bien elle qui lui avait demandé d'aller au musée pour le cambrioler. Il avait tué le jeune vigile et il le regrettait… Il avait donné la statuette à Farah mais elle ne lui avait jamais confié qu'il y avait un diamant à l'intérieur. Plus tard, elle lui avait dit qu'elle avait une grande valeur mais qu'il fallait les trois autres pour les vendre en bloc. Il n'avait pas cherché plus loin, trop occupé par son trafic dans la cité.

C'est le bon moment

Quand Tarik eut signé sa déposition, il ne restait plus qu'à aller cueillir la mère de Yasmine. Cette fois-ci, il n'était pas question d'arrêter un gars de la cité. Je n'avais pas besoin d'une équipe de gros bras. Par contre, il fallait une voiture. Le lieutenant Michel me proposa de m'accompagner. Je téléphonai au juge pour le prévenir de l'avancée de mes recherches et l'on fila, dare-dare. C'était bientôt midi.

Il y avait de la circulation… Michel voulut mettre le gyrophare mais il n'y avait pas urgence. On arriva dans le quartier des Isards et l'on se gara devant le bâtiment. La bande de jeunes était là et nous observa. L'un d'eux s'avança :
- Et Tarik, monsieur ? Il est où ?
- En cabane, mon gars… Pour un bout de temps. Je te conseille de retourner en classe et de bosser, si tu ne veux pas finir comme lui.

Le môme me regarda comme si je parlais hébreux. Il tourna les talons et rejoignit le groupe. On grimpa quatre à quatre l'escalier. Ce fut Paco Velasquez qui nous ouvrit la porte.
- Ma salope de femme est partie. Elle a fait sa valise.
- Vous savez où elle est allée.
- Non ! Et je m'en tape… Bon débarras… Merci d'avoir fait le ménage chez moi. Je vais changer les serrures…

Je le remerciai et lui dit de se rendre au plus tôt au commissariat de l'Embouchure pour y être interrogé, comme témoin. Dans la voiture le lieutenant Michel, me reprocha d'avoir trop lambiné sur le chemin.
- Il y avait deux options. Dans les deux cas ce n'était pas la peine de prendre des risques sur la route. Elle s'est enfuie dès que nous avons eu le dos tourné. Elle est très fûtée. Si elle n'avait rien eu à se reprocher, elle serait restée sagement, assise sur son canapé. Il faut la retrouver au plus vite.

Dès que nous fûmes arrivés au commissariat, je fonçai chez le commandant pour qu'il fasse le nécessaire. Il n'y avait plus qu'à attendre. Dans ce boulot, ces temps morts, mettaient mes nerfs à rudes épreuves. Je n'avais pas d'autre affaires à traiter, comme mes collègues, qui ne restaient jamais sans rien faire. En fin de journée, je rentrais à l'hôtel. Cela ne pouvait plus durer. J'en avais de plus en plus marre de ma vie de con. La déprime soudain me tomba dessus. J'étais fatigué. Je mangeai tôt, au Flunch d'à côté, et partis me pieuter vers vingt-deux heures. A trois heures je ne dormais toujours pas.

Le lendemain, la tête à l'envers, les valises sous les yeux, je pris la direction du commissariat. Le temps était revenu au beau. La marche me fit du bien. Par endroit, l'eau verte du canal miroitait sous le tapis mordoré des feuilles de platanes. Une sorte de barge avec un employé à bord ramassait ces milliers de feuilles à l'aide d'une petite pelle mécanique appropriée à ce genre de besogne. J'avais déjà vu auparavant cette machine. Mes idées se mirent, peu à peu, en place. Où était-donc passée Farah ? Avait-elle les statuettes ? Je n'en avais aucune idée. Soudain, mon téléphone sonna et je sursautai. Le temps de le récupérer dans la poche de mon blouson et il était collé à mon oreille.
- On a arrêté madame Velasquez, m'annonça Magalie.
- Elle était où ?
- En réalité, c'est elle qui s'est constituée prisonnière, ce matin. Elle a fait signe à une patrouille de police qui tournait dans le quartier. A priori, elle a couché dehors.
- Où est-elle maintenant ?
- Chez nous. En garde-à-vue. Elle dort dans sa cellule. Elle a l'air crevée.

Mon dynamisme était revenu. Je terminai cette balade matinale au pas de course. Le battant en mode tambour, je montai à la brigade. Le lieutenant Michel tapotait sur son ordinateur. Fred, comme souvent, était absent, Magalie, m'attendait, souriante.
- Je lui prépare un café et on va la chercher.

219

- D'accord ! Fais m'en un aussi.

Farah Velasquez avait sale mine. Après lui avoir lu ses droits, branché la caméra de la salle d'interrogatoire, je laissai Magalie jouer sa première carte.
- Tarik Fragoni va être mis en examen pour le meurtre du vigile du musée Labit. Aussi pour celui de Mustapha Zhora. Il a avoué avoir tué le jeune gardien avec son Colt que nous avons retrouvé chez sa mère. Il a nié avoir poignardé le capitaine mais ce n'est qu'une question de temps avant qu'il ne se décidé à nous dire toute la vérité. Ce qui est certain, c'est qu'il affirme que c'est vous qui lui avez demandé de voler la statuette de Ramsès. Il ajoute aussi qu'il vous l'a remise et que vous lui aviez répondu qu'il fallait posséder les trois autres pour les vendre ensemble. A priori vous auriez oublié de lui parler des diamants.
- Quels diamants ?
- Ne faites pas l'idiote, intervins-je à mon tour. Je sais que vous avez trouvé dans la statuette du musée Labit quelque chose qui avait tellement de valeur, que cela a permis de convaincre le vieux bougre de tuer les trois lascars, responsables des meurtres d'Abou Simbel en 1985.
- Et d'après vous, osa-t-elle me rétorquer, ce serait un diamant qui se serait trouvé dans le ventre de Ramsès ?
- Pourquoi le ventre ?

Elle se décontenança.
- Où voulez que ce soit ?
- Dans la tête, dans le piédestal, par exemple, répondit du tac-au-tac Magalie.
- Je vais vous dire comment cela s'est passé, continuais-je.
- Vous ne savez rien, me coupa Farah qui avait retrouvé toute sa morgue. Je sais que je vais faire de la prison pour avoir eu le malheur de parler de certaines choses à ce meurtrier…
- Vous parlez de qui de Mustapha Zhora ou de Tarik Fragani ?
- Les deux… Jamais je n'ai demandé à Tarik de tuer quelqu'un. C'est une racaille, un homme violent et cela ne m'a pas étonné

220

qu'il ait tué ce jeune. Quant au capitaine, c'était loin d'être un simple voyou. Il avait fait des études. Il avait été officier dans la marine marchande. J'ai eu tort de me confier à lui. C'est lui qui a pris toutes les initiatives.

- C'est certain qu'il ne va pas vous contredire, appuya Magalie. Farah demanda un autre café. Je me levai et allai lui chercher. Je désirais la mettre en totale confiance pour qu'elle veuille bien parler. Elle m'aurait demandé du caviar je serais allé au marché Victor Hugo en chercher.

- Racontez, Farah ! C'est le bon moment. Vous jouez maintenant votre avenir. Chaque phrase peut être lourde de conséquences mais aussi vous raccourcir des années de prison.

Madame Velasquez arrangea ses cheveux qui lui tombaient sur la figure. Sa tenue laissait à désirer. Elle n'avait plus rien à voir avec la cougar sexy qui se faisait sauter par Tarik. Elle était vêtue d'un blue-jean noir qui la moulait et qui était maculé de boue aux genoux et d'une chemise à carreaux qu'elle avait dû emprunter à son mari. Une vraie chemise de chantier en laine qui semblait lui tenir trop chaud. Elle avait déboutonné largement les attaches de devant et sa poitrine était lardée de minuscules boutons rouges. Elle devait nous faire une crise d'urticaire, sans doute, liée au stress. Quant aux pompes, ce n'était plus des escarpins mais de simples tennis Nike, vraisemblablement tombés de l'arrière d'un camion. Cela arrivait assez souvent dans ce genre de quartier. Il ne fallait jamais sous-estimer les différents marchés parallèles qui permettaient à des tas d'honnêtes citoyens d'être ensuite de bons consommateurs. Elle termina son café et commença.

- Le hasard fait bien les choses… Ou peut-être mal. Car si ma fille n'avait pas vu ce catalogue sur le bureau du capitaine, bien des vies auraient été épargnées…

Elle commençait bien avec ce petit ton de vouloir s'amender, pensai-je, à peine surpris. Elle poursuivit.

- Yasmine avait trouvé du travail sur le « Nil Azur ». Elle voulait de cette façon découvrir le pays de nos origines. Un

221

jour, elle est entrée dans le bureau du capitaine qui était ouvert. Elle voulait lui demander quelque chose d'important. Comme il n'était pas là elle avait décidé de l'attendre. Son regard avait été alors attiré par un catalogue du musée Labit à Toulouse. Cela l'avait intrigué qu'un tel catalogue se retrouve si loin de la France. Par curiosité, elle l'avait ouvert et avait vu une image qui avait été découpée au ciseau soigneusement. Il s'agissait de la représentation de la statuette de Ramsès. Elle s'était souvenue de l'histoire que je lui avais contée. Et de la description de ces petites statues peintes de toutes les couleurs. Je lui avais raconté plusieurs fois l'assassinat de Mouloud Cherif, le gardien du chantier d'Abou Simbel. Récit que je tenais de sa femme quand nous habitions le même quartier. Nos maris étaient morts quasiment à la même date. Cela nous avait rapproché. Son fils Ibrahim avait tout vu... Par peur de représailles, sa mère s'était murée dans un silence protecteur. Et moi aussi, je l'avoue. Ahmed Fouad, mon mari avait disparu, et cela m'arrangeait. Quand ma fille m'eut dit ce qu'elle avait vu, j'ai fait en sorte de minimiser cette découverte et nous en avons plus parlé. Je savais qu'elle s'était aussi rapprochée d'Ibrahim pour en apprendre davantage au sujet de ce fameux coffre qui attisait sa curiosité de guide. Elle avait gardé des photographies qu'Ibrahim lui avait confiées et elle les avait faites traduire par un de ses professeurs. De mon côté, j'avais compris qu'Ibrahim s'était trompé en parlant de trois statuettes. Il y en avait bien une quatrième comme l'indiquait les emplacements dans le coffret. Je voulus en avoir la preuve. Je suis allée plusieurs fois au musée pour la contempler. Je mourais d'envie de savoir ce qu'il y avait à l'intérieur. Cela pouvait être n'importe quoi. Les yeux d'Horus, les sept lumières, cette énigme m'avait hantée et j'en ai parlé à Tarik. Mais, je vous le jure, je ne lui ai jamais demandé de la dérober. Ce fut ma première grave erreur. La seconde a été de m'inscrire à la croisière pour m'approcher de Mustapha Zhora.

- Pourquoi la seconde a-t-elle été une erreur ? demandai-je

- Je suis devenue sa maîtresse… Et je me suis confiée à lui. Je lui ai tout raconté. Qu'il avait eu longtemps parmi ses matelots le fils de madame Cherif. Et qu'il faisait parfois le guide avec des touristes. Je lui ai dit surtout qu'il y avait certainement quelque chose, d'une très grande valeur, caché à l'intérieur des statuettes. Mustapha est venu, par la suite, entre chaque croisière, me voir à Toulouse. On se voyait sur la péniche à Port Sud.

- Quand Tarik vous a remis la statuette, vous l'avez ouverte, n'est-ce-pas ? s'enquit Magalie.
- Non ! Mustapha m'avait fait promettre d'attendre qu'il soit rendu à Toulouse pour le faire.
- Et c'est ce que vous avez fait ? demandai-je, en étant sûr qu'elle me mentait, à ce sujet. Le capitaine était mort. C'était impossible à prouver. La cougar nous menait en bateau. Je ne rétorquais pas, désirant qu'elle poursuive.
- Oui ! Je lui ai confié la statuette et il m'a dit qu'il avait un plan pour retrouver les trois autres. Que nous avions le temps. Que cela serait mieux de les ouvrir ensemble.
- Et vous avez accepté ?
- J'étais amoureuse, commissaire.

La salope se fichait complètement de moi. Je ravalai ma salive.
- Vous saviez qu'il avait participé au transfert de l'or en 1985 ? Que c'était lui qui avait reçu la quatrième statuette et qu'il l'avait vendue au musée, quelques temps après…
- Je ne sais pas ce que les assassins de mon mari ont fait de l'or. Vous dites qu'ils l'avaient confié au capitaine ?
- Il était le second à bord d'un cargo qui faisait la liaison entre Alexandrie et Marseille. Ne me dites pas qu'il ne vous avait rien dit ?
- Non ! Je vous le jure…

Là aussi, je savais qu'elle mentait… Les deux amants avaient été de véritables complices. Ils ne s'étaient rien cachés. Ils avaient prévu de se la couler douce ensemble mais Tarik avait fait le con, une seconde fois. Peut-être par jalousie… A moins que cela soit le vieux bougre qui avait été surpris en constatant qu'il avait un rival plus jeune et plus musclé que lui.

- Où sont les statuettes et le secret qu'elles renferment ?

- Je ne sais pas. Mustapha devait les avoir avec lui.

- Pourquoi Tarik est allé le voir ?

- Mustapha était à Toulouse et, et au début, je ne comprenais pas pourquoi. Il y a trois mois, je lui avais annoncé, qu'entre nous, c'était fini. Qu'il pouvait garder cette statuette de malheur que je lui avais donnée. Mais il ne voulait rien entendre. Il répétait en boucle que nous avions décidé de vivre ensemble, de partir au Portugal, et qu'il était venu pour me chercher. Moi j'avais peur, cette histoire était allée trop loin... Je ne voulais plus avoir de contact avec lui mais il m'a menacé au téléphone. Je n'aime pas qu'un homme décide à ma place ce que je dois faire. Alors j'ai demandé à Tarik d'aller le voir pour lui signifier de s'en aller et de quitter au plus vite Toulouse, car il était recherché et il n'avait pas l'air d'être au courant.

- Vous êtes sûre de ça ? Et donc, d'après vous, il avait les quatre statuettes ainsi que les diamants en sa possession et il était revenu à Toulouse uniquement que pour vous ?

-Oui ! souffla-t-elle. Mais je n'ai aucune idée si ce sont vraiment des diamants.

- Et Tarik n'est donc pas allé le voir pour tenter de récupérer les Ramsès en question ?

- Peut-être ? Mais je ne sais pas ce qu'il a dans la tête ce type. De toute façon il ne connaissait que la moitié de l'histoire.

- Et vous me certifiez que vous n'avez jamais ouvert la statue du musée pour voir ce qu'il y avait dedans ?

- Je vous le jure commissaire. Je vous répète qu'à ce moment-là j'étais amoureuse du capitaine et que je lui ai confié la statuette indemne.

Je coupai le micro, agacé. Elle mentait sur toute la ligne. Il était temps de confronter la belle et son caïd. On fit une pause et je demandai qu'on aille le chercher car il était encore dans nos murs.

On fit asseoir Tarik Fragani à côté de Farah Velasquez. A moins d'un mètre. Magalie et moi juste en face. Je demandai à Tarik :

- Farah vient de me dire qu'elle t'avait demandé d'aller voir le capitaine. Alors ce n'est plus la peine de nier. Dis-nous pourquoi tu as planté le vieux.

- Il a sorti une lame. Je me suis défendu.

- Pourquoi ?

- Farah m'avait demandé de lui dire de se tenir tranquille. C'est ce que j'ai fait. Il est devenu nerveux quand je lui ai dit que les flics le cherchaient. Il m'a raconté qu'il était pressé de s'en aller et qu'il ne comprenait pas pourquoi Farah n'était pas venue à ma place. Il a ajouté qu'ensuite, après avoir réglé leurs affaires, ils devaient partir ensemble au Portugal.

- Et alors ? le bousculai-je fermement, en zieutant la réaction de Farah qui ne disait rien mais qui souriait d'un petit air entendu.

- Alors je lui ai répondu à ce vieux bouffon que Farah c'était ma pute à moi et qu'il devait aller se faire foutre tout seul là-bas.

- Il n'a pas aimé, j'imagine ? ponctua Magalie...

- Ensuite, il a juré plusieurs fois en anglais. Il a repris, dans son charabia de français, qu'il comprenait tout. Que l'on voulait le doubler... Alors il a sorti sa lame pour me menacer et pour que je téléphone à Farah. Il voulait qu'elle vienne le plus rapidement possible.

- Tu as appelé Farah ?

- Oui ! Puis je lui ai passé le téléphone. Il a écouté, puis il a jeté le téléphone sur la table. Il est devenu fou et il s'est jeté sur moi avec sa lame. On s'est battu et je l'ai blessé.

- A mort l'ami ! A mort ! répétai-je pour bien lui enfoncer dans le crâne que son geste n'était pas anodin. D'autant qu'il avait frappé une deuxième fois à la gorge, l'animal...

- Vous êtes d'accord avec ce qu'il affirme ? demandai-je à Farah.

- Oui ! dit-elle avec un calme absolu.

- Qu'avez-vous dit à Mustapha pour qu'il se mette dans une rage folle ?

- La vérité... Que Tarik était bien mon amant. Je lui ai rappelé, une nouvelle fois, que j'avais cassé avec lui et qu'il n'était pas question d'aller au Portugal. Et qu'il pouvait garder les statuettes. Je m'en fichai complètement.

- Je comprends que le bonhomme se soit senti floué. Vous saviez qu'il allait avoir cette réaction violente ? Vous le connaissiez bien. Il avait tué quatre fois pour vous. Il n'allait pas vous laisser avec le blanc-bec !
- Je ne pouvais pas le savoir. J'avais changé d'avis. C'est tout.
- Et les statuettes où sont-elles ? demandais-je
- Encore une fois, je vous dis que je ne sais pas !
- Ces marques de boue que vous avez aux genoux ?
- Je suis tombée… Les trottoirs ne sont pas entretenus…

A ce moment de la discussion une alouette fit son apparition. Une gentille alouette comme on le chantait quand nous étions enfants et qu'il n'y avait pas les portables qui avaient remplacé la petite histoire du soir ou la petite chansonnette pour s'endormir. Une gentille alouette qui avait une drôle de façon de jacter.

La Farah Diba est une super manipulatrice qui se sert de sa chatte épilée pour entuber les mecs. Toi, tu n'as pas baisé avec, mais tu es sous son charme, malgré tout, et elle te raconte ce qu'elle veut...

- Oui ! Gentille alouette. Je le sais mais que puis-je faire ?

J'avais eu la malheureuse idée de répondre à haute voix... Le couple me regarda comme si j'étais un frapadingue. Magalie se bidonnait en silence. Elle me demanda :
- C'est quoi ?
- Une putain d'alouette.

Je sortis de la salle d'interrogatoire. L'alouette me suivit. Dans le couloir, elle continua son speech.

Comme toutes les manipulatrices c'est aussi une joueuse. Elle a fait en sorte que Mustapha se rebelle contre Tarik. Si Mustapha avait emporté le combat, elle aurait vite rattrapé le coup... Ce qu'elle voulait, c'était qu'un des deux disparaisse. Elle savait très bien que le capitaine était un tueur. Mais elle a fermé les mirettes puisque le principal pour elle, c'était les statuettes et leurs secrets.

Et que crois-tu que Tarik ait fait après avoir planté le vieux ?

- Il a téléphoné à Farah pour la tenir au courant ou il a rappliqué très vite à la cité pour la prévenir.

Et la Farah, elle a fait quoi ?

- Ils disent qu'ils ont passé la soirée ensemble. Les trois...

Quand le cocu de Paco s'est couché, tu crois vraiment que les deux autres ont fait des galipettes ? Peut-être ou peut-être pas... Mais quand Tarik est rentré faire dodo chez sa maman, la mère Velasquez est retournée à la péniche. Car, elle avait tellement embobiné le vieux trafiquant qu'il lui avait dit où les statuettes se trouvaient. Cette salope les a récupérées. Elle a eu la nuit pour cacher le trésor quelque part... Puis, face aux évènements, elle s'est trouvée coincée. Quand vous avez amené Tarik, elle a vite compris que ce minable allait la charger... Aussi, elle a pris les devants. En racontant sa petite histoire que vous allez être obligé d'avaler lors d'un procès. Elle va s'en tirer avec un non-lieu, ou une peine minime, avec peut-être un sursis. Elle n'a tué personne, et on ne peut pas prouver son implication des meurtres sur le Nil. Le seul qui peut l'enfoncer c'est Tarik qui affirme que c'est elle qui lui a dit de voler la statuette au musée. Un bon avocat plaidera qu'elle avait plaisanté ce jour-là et que l'autre con l'avait prise au sérieux.

- Pourquoi Mustapha a-t-il tué Ibrahim, toi qui sais tout ?

Le fils de Mouloud Cherif connaissait trop de chose. Il aurait eu des soupçons à la longue et il aurait pu parler. Il avait surtout le mobile pour se venger et le capitaine avait pensé, à juste titre, que nous arrêterions là notre enquête. Ce que Dalida Wagdi et ses supérieurs ont fait.

- Et qui a écrit les lettres pour convaincre les trois lascars d'aller sur le « Nil Azur » et d'amener leurs statuettes ?

- *Mustapha et Farah certainement. Mais tu ne pourras jamais le lui faire cracher. Mais ça on s'en fiche. Peut-être cela ressortira-t-il lors du procès. Va savoir ! Mais il ne faut pas être pressé.*

- Et les romans d'Agatha Christie ? Quel était le but ?

Toujours le même ! Orienter la piste sur Ibrahim... Son père Mouloud étant parti ce jour-là avec « mort sur le Nil » sous le bras, pour faire plaisir à sa femme.

- Si tu n'étais pas intervenue, gentille alouette, je n'aurais jamais pu dénouer l'intrigue.

A moitié, petit commissaire... Tu ne sauras jamais quel était ce trésor.

Il avait raison l'emplumé. Il s'envola et traversa le mur du couloir. Je retournai dans la salle d'interrogatoire. Magalie continuait de les cuisiner.

On poursuivit l'interrogatoire une heure durant. Puis on passa au côté administratif. Le juge Hermès mit le couple en examen. Tarik Fragani pour un double meurtre et Farah Velasquez pour incitation et complicité pour les meurtres des trois malfaisants et aussi d'Ibrahim et du capitaine. Cela faisait pas mal de cadavres pour la belle cougar. Mais elle n'avait pas l'air de s'en faire plus que ça. Quant à Tarik Fragani, il roulait déjà des mécaniques. Un double meurtre, cela faisait de lui le roi de la cité des Isards.

Je fis volte-face

Tarik fut incarcéré au centre de détention de Muret dans l'attente de son procès. Farah Velasquez fut mise en examen mais elle bénéficia d'une liberté provisoire en attendant son jugement.
L'oiseau avait eu raison.

Tarik avait avoué s'être débarrassé du couteau qui avait blessé mortellement Mustapha Zhora dans une poubelle, sans plus de précisions. L'usine d'incinération des ordures du Mirail l'avait détruit à jamais à moins qu'un employé l'ait récupéré, m'étais-je dit. Je passai la fin de l'année dans mon chalet lacustre. J'avais cherché à acheter un appartement à Toulouse mais j'étais resté intransigeant sur le choix des critères. C'était ça quand on avait du blé ! On devenait très chiant. C'était entre Noël et le Jour de l'An. Il faisait un froid de canard. Le matin l'étang s'était couvert d'une belle gelée blanche qui très vite avait fondu sous la caresse du soleil d'hiver.

Après ma balade matinale, en compagnie des chiens de mes locataires qui m'avaient adopté, j'étais rentré me mettre au chaud et déguster un bon café. Puis, j'avais ouvert mes mails, comme à l'ordinaire et fait le ménage dans mes spams. Ensuite mon doigt avait glissé sur la page des actualités d'Orange. Au hasard, sans trop m'y attarder, j'avais zappé sur les gros titres, sans aller plus loin. Soudain, une information m'avait interpellé avec force. Une société de joaillerie de luxe suisse, la société de Beers, annonçait officiellement la découverte d'un énorme diamant brut de 3205 carats qui avait la particularité d'avoir été déjà partagé en quatre. Il y avait une vingtaine de lignes qui expliquait que ce diamant était, à ce jour, le plus gros du monde, puisque l'actuel numéro un, qui avait été offert en 1995 au roi de Thaïlande, Rama IX, le « Golden Jubilée », n'avait pesé au départ que 3106 carats avant d'avoir été ramené à 530.20 carats après sa taille avec toute une kyrielle de petits frères de moindre importance... Ce nouveau diamant brut, précisait l'article, était d'origine inconnue... La société joaillière appartenait au groupe mondial de Beers. C'était un conglomérat diamantaire sud-africain. Les fondateurs de la société d'origine avaient été deux frères. Ils avaient appartenu au groupe des Boers. Propriétaires des mines de diamants dans la région de Kimberley, au fil des années, la société avait acquis le monopole du marché mondial de l'extraction et de la taille des diamants. Après avoir perdu le monopole au début des années 2010, l'entreprise avait racheté à la société française LVMH (Louis Vuitton Moët Hennessy) une trentaine de boutique de luxe qu'elle lui avait cédé en 2001.

Je restais toute la journée, collé à mon écran, à me documenter sur les diamants. Le numéro deux, dans la liste des plus célèbres s'appelait le « Cullinan ». Il avait été découvert en 1905 dans la mine du même nom. Actuellement, il ornait le sceptre de la reine des Rosbeefs. Pour le rapatrier, afin d'éviter de se le faire voler, ils avaient fait une réplique qui avait pris le bateau pour l'Europe, alors que le véritable avait été expédié simplement par la poste dans une petite boite à biscuit. Il y avait aussi « l'Incomparable » trouvé en 1980 par une petite fille, et le « grand Motul », extrait de la mine de Kollur en Inde, en 1650. Son propriétaire Nader Shah avait été assassiné en 1747 et depuis la pierre était restée introuvable, lui conférant, pour le coup, une légende maléfique. Et d'autres aussi, avec très souvent une incroyable histoire. Mais tous, cependant, avec des valeurs exorbitantes, de l'ordre de plusieurs millions de dollars suivant leur couleur, leur pureté et leur nombre de carats.

L'Inde était le pays où les premières mines avaient été exploitées puis avait suivi l'Afrique du sud, puis le Brésil qui avait gardé le monopole durant un siècle environ. Aujourd'hui c'était la Russie qui produisait moins d'un tiers du marché, suivi du Bostawana, du Canada et de l'Australie.

Je tentai de savoir comment la société joaillière avait acquis le diamant mais je renonçai. Internet ne disait pas tout. Par contre, j'avais compris une chose. Il n'y avait qu'un seul œil d'Horus, et conformément à la légende. Les égyptiens l'avaient découpé en quatre. Savaient-ils tailler les diamants à l'époque ? C'était peu probable. D'où l'avaient-ils extrait ? Il n'y avait pas eu de mines de diamants en Égypte à notre connaissance. Un marchand, venu des lointaines Indes, par la célèbre route de la soie l'aurait-il rapporté ? Pourquoi pas ! J'avais appris aussi qu'un carat faisait 0.20 gramme. « L'œil d'Horus » faisait donc six-cent-quarante grammes. Partagé en quatre, cela faisait des pierres de cent-soixante grammes. C'était colossal... Une fois taillé et poli par un lapidaire, ces diamants allaient être dans le top mondial. Combien la société avait payé ce fabuleux diamant. Un, deux, trois millions de dollars... Plus, peut-être ! Et à qui ? A Farah Velasquez ?

Aux dernières nouvelles, la cougar était sous surveillance avec un bracelet électronique. Il y avait eu une suspicion de fuite et le juge avait pris ses précautions.

J'informai Fred de ma découverte. Il me répondit que l'affaire était délicate. La France n'avait pas la possibilité d'enquêter sur le sol helvétique où avait eu lieu la transaction. En outre, nous n'avions aucune preuve concernant la présence de diamants dans les statuettes qui avaient disparu. La seule qui détenait la vérité ne parlerait jamais.

Et sa fille, connard de retraité de flic de mes deux !!

Je fis volte-face. Une mouette était venue se percher sur le haut de mon buffet de cuisine. J'étais en train de me faire cuire trois œufs au plat. Je terminai ma cuisson sans lui répondre. Cela fit son effet... L'hallucination s'en alla. Était-ce la solution pour la faire disparaitre ? Ne pas lui répondre. C'était à retenter... Mais, quand même, la mouette avait raison. Je me précipitai aussitôt sur mon téléphone qui était resté sur ma table de nuit, déchargé.

Le lieutenant Michel était de garde. C'était vingt-trois heures. Je n'avais pas vu passer les heures, occupé à me brûler les yeux sur mon écran. Il était de mauvaise humeur mais il me promit de me rappeler le lendemain.

Je raccrochai et m'enfilai une bonne rasade de Jura. La tête un peu tourbillonnante, j'enfilai ma parka et allai me balader dans la pampa, sous la nuit étoilée.

Quand Michel m'appela je ne fus pas surpris.

Yasmine, la jolie égyptienne, aux yeux d'amande, ne vivait plus en France. Solange, sa copine, avait reçu des cartes postales dont la dernière était postée de l'aéroport d'Orly... Un simple coucou sans plus de précisons. Quant à sa mère, elle soutenait mordicus, qu'elle n'avait plus eu de nouvelle de sa fille depuis qu'elle avait été mise en examen. D'après Farah, elle lui faisait la gueule. Je rappelai dans la foulée le lieutenant Michel pour qu'il contacte à nouveau Solange. Je n'avais pas son 06... Autrement je l'aurais fait. Et puis, Michel, avait la cote avec la jeune femme.

- Demande-lui d'où proviennent les autres cartes postales ?
- C'est tout ?
- C'est suffisant pour moi et aussi pour mon piaf, lui répondis-je enjoué.

Vingt minutes plus tard, j'avais ma réponse. Il y en avait deux autres. Une de Paris, représentant le Louvre, avec sa pyramide en verre, l'autre de Zurich avec une vue de l'église Grossmünster. J'avais ma réponse. Zurich étant la ville la plus peuplée de Suisse mais aussi, et surtout, la plus importante place bancaire du pays. Je ne pensai pas que Yasmine soit allée en Suisse pour visiter les églises et faire de la randonnée dans les alpages. Elle y était allée pour rencontrer quelqu'un de la société De Beers. Cela ne faisait plus aucun doute.

Je m'étais bien fait couillonner par ces deux femmes. La mère et la fille avaient été de mèche depuis le début. Ou peut-être pas... Mais là, mon putain d'oiseau était bien incapable de me répondre.

Le lendemain, afin d'enfouir ma frustration sous le bienfait d'un galop matinal, je sautai dans ma barque et allai trouver Alex pour qu'il me selle un canasson. Le froid piquait et il y avait du Mistral. Mais je m'en fichai. J'avais enfilé une grosse doudoune en peau de mouton, un bonnet de laine jusqu'aux oreilles, une paire de gants, et j'étais parti au trot, c'est-à-dire en tape-cul. J'étais loin d'être un cavalier émérite... Me taper les fesses sur une selle, c'était peut-être cela qu'il me fallait, pour me remettre les idées en place ? Plus loin je tentai un petit galop mais le sol gelé me fit changer d'idée. J'avais contourné l'étang et traversé un champ boueux. Je ne connaissais pas l'endroit. J'avais passé trop peu de temps ici pour en avoir découvert tous les recoins et les divers paysages. Cela faisait une heure environ que nous allions, mon cheval et moi, du pas tranquille du promeneur. C'était mieux que le trot et surtout plus confortable pour mes fesses et mon cerveau.

Au détour d'un sentier, j'aperçus une ruine... Je m'approchai. Il s'agissait d'un mas abandonné. La vie ici était rude et il arrivait que certaines histoires de famille se terminent mal. Il ne restait alors de ces vies passées, enfermées dans l'oubli de la mort, que quelques pierres, quelques murs, quelques poutres brisées. Je mis pied à terre et me dirigeai vers un olivier qui avait pris possession de l'ancien patio. Une vieille roue de moulin en pierre, calée sur un trépied ferraillé, trainait encore là. Elle avait dû servir de table pour de joyeuses libations dans des temps plus heureux. Je sortis de mon sac un thermos et mon paquet de tabac. Là-haut, le soleil timidement, tentait de percer le paquet des nuages. Le café et la clope me ravigotèrent.

Quelque chose me turlupinait... Je n'arrivais pas à savoir ce que c'était. A travers le nuage de ma cigarette, j'entrevis soudain un petit oiseau. Il ne volait pas. Il se déplaçait, semblait-il, avec de la difficulté.
- C'est toi le piaf ? dis-je à voix haute.

Dans le silence de cette ruine, ourlé seulement du sifflement du Mitral à travers les murs délabrés, ma propre voix me surprit. Étais-je à ce point foutraque pour vouloir parler à chaque oiseau que je rencontrais ? Celui-ci, au son de ma voix, prit peur et il s'envola de quelques mètres et disparut derrière un bosquet. Ce n'était pas le mien.

Il va crever ! Tu n'as pas remarqué qu'il n'arrive plus à s'envoler. Il est juste retombé. Il va se faire bouffer !

Je me retournai. Cette fois c'était mon piaf. J'avais devant moi un beau rapace. Il était perché sur une porte délabrée qui ne tenait debout que par un gong rouillé. L'oiseau avait une fine silhouette avec des ailes longues et coudées. Son plumage était brun foncé, avec un manteau roux sombre. La queue et les ailes étaient d'un gris cendré. Ses pattes jaunes.

- Quel bel oiseau es-tu ?
Je suis un busard des roseaux. Je niche dans les roselières des marais et je me nourris de proies faciles... Alors dépêche-toi de me demander ce que tu veux. Je ne veux pas que ce passereau blessé m'échappe. C'est que j'ai la dalle moi, avec ce putain de froid !
-Bordel ! Je ne sais pas ce qui me travaille depuis ce matin. C'est la fille qui a récupéré les diamants. J'en suis pratiquement certain. Elle est allée en Suisse pour les vendre. Puis elle est partie d'Orly pour aller je ne sais où ?
Sa dernière carte postale c'est laquelle ?
- Orly !
Et la première ?

J'hésitai car je ne me souvenais plus. Je répondis hargneux :
- Cesse de jouer avec moi. Tu le sais parfaitement puisque tu vis dans mon subconscient.

Le rapace dodelina du bec et son œil se fit plus malicieux.
Tu as raison ! Je me fiche de ta gueule mon petit commissaire. Comme d'habitude tu es incapable de raisonner... La première

*carte postale, c'est celle de la Suisse. Tu ne trouves pas bizarre
que pour se barrer, certainement en Amérique du Sud, elle soit
repassée par Paris. Et qu'elle ait expédié à sa copine, comme
par hasard, une carte du Louvre. Elle sait très bien, cette petite
fûté que tu es sur ses traces. Elle aussi, se fiche de toi. Ces trois
cartes postales se sont des messages à ton intention. Une pour
de dire qu'elle a vendu l'œil d'Horus. Celle du Louvre, pour
t'indiquer qu'elle s'est aussi débarrassée des statuettes. Et la
troisième qu'elle s'est faite la malle dans un pays où tu ne
pourras jamais la retrouver ni la faire extrader. Et dans
quelques temps c'est maman qui s'en ira à son tour.*
- Pourquoi s'emmerder à vendre les statuettes alors qu'elle a
touché une fortune avec le diamant ?
Elle ne les a peut-être pas vendues... Elle a pu en faire don.
- Pour quelle raison ?
*Que tu es bête... Elle a fait histoire de l'art. Comme les autres
malfaisants, elle a quand même l'Égypte dans la peau. Elle
veut laisser une trace de l'œil d'Horus. Si j'étais toi, je
sauterais dans le premier avion pour une petite visite au rayon
égyptologie du Louvre. Allez salut ! Je vais manger...*

Je n'avais plus qu'à remonter en selle sur mon cheval qui
broutait tranquille un bouquet d'herbes, à moitié gelée. Une fois
rentré, je me précipitai sur l'ordinateur pour acheter un billet
pour Paris. Puis, je sautai dans ma barque, montai dans mon
bahut et filai à Marignane.

La conservatrice responsable du domaine égyptien du musée du
Louvre, me reçut immédiatement. Un employé me précéda
pour m'amener dans son bureau. C'était plutôt une vaste pièce
où des tas d'objets anciens s'amoncelaient. Une véritable
caverne d'Ali Baba. Un vrai capharnaüm. La conservatrice était
une femme aux cheveux blanc, avec un beau visage de cire
avec de grandes lunettes dorées. Elle était en blouse blanche et
portait des gants en latex. Devant elle, sur une grande table il y
avait les quatre statuettes de Ramsès. Toutes colorées, dans des
tons différents. Aucune ne ressemblant aux autres. Après un

rapide salut de la tête à cause de ses mains caoutchoutées, elle me dit :

- Il y a quelques temps, j'ai reçu un courrier à mon nom, ici au Louvre... Il y avait une clef d'une consigne à l'aéroport d'Orly avec un mot qui disait qu'il y avait quelque chose d'important dans ce casier qui pouvait m'intéresser. La curiosité étant la plus forte, j'y suis allée avec un collègue. Nous y avons trouvé ces quatre magnifiques représentations de Ramsès II. Il y avait une seconde lettre, tapée à la machine, qui nous indiquait que c'était un don pour le musée.

- C'est tout ? questionnai-je intrigué.

- Non ! Il y avait autre chose…

- Quoi donc ?

- Le mot disait qu'un jour, un commissaire du nom de Marcello Visconti, viendrait, accompagné d'un oiseau, me rendre visite. Pourquoi un oiseau ?

- C'est assez long à vous expliquer. Si vous voulez, je vous invite au restaurant et je vous raconte l'histoire de ce trésor. C'est assez long mais et il y a de quoi écrire un livre.

La conservatrice m'autorisa à regarder et à toucher les statuettes. Toutes, possédaient différentes parties qui s'emboitaient et qui n'étaient plus collées entre elles. La conservatrice précisa :

- Elles étaient reliées par une sorte de ciment qui a été gratté avec beaucoup de précautions. Comme vous voyez, l'intérieur est creux. Il y avait quoi dedans ?

- L'œil d'Horus, madame la conservatrice… L'œil d'Horus.

FIN

Du même auteur :

Dans la série «Putain d'oiseau»

Aux éditions Caïrn
Le clodo des Carmes

Aux éditions Bod Librairie
La naissance d'un commissaire
Les flèches dans le cœur

Autres ouvrages

SF et Fantastique
Martix l'humain et Martix la mécanique
La 403
Les cinq mains de Dieu
Les sorciers de Tinerghir
Le dernier des adultes

Roman
Mirida et le collier de l'existence

Nouvelles
Entre Matabiau et Saint Sernin

Chansons et Poésies
L'amour fou ou la mort du fou

Enfant
Pepette la mouchette
Illustrations de l'auteur